이기호 실명·실화소설

3대 패밀리

1

서음출판사

3대 패밀리

2000년 1월 20일 초판 발행
2000년 1월 24일 2판 발행

지은이 이기호

펴낸이 이광희

펴낸곳 서음출판사

등 록 1976년 5월 14일 No 6-0379

주 소 서울특별시 동대문구 신설동 94-4

전 화 (02) 2253-5292~3

팩 스 (02) 2253-5295

http: www.seoeum.co.kr

표지디자인 종이연

편 집 서현숙

ISBN 89-85223-52-6
89-85223-51-8(제6권)
© 이기호, 2000
책값은 뒤표지에 있습니다.

잘못 만들어진 책은 바꾸어 드립니다.

이 소설은?

이 소설은
1970년~80년대
이 땅의 서울을 거점으로
전국적인 조직을 도모했던 3대패밀리와
여타 조직들의 갈등 관계를 그린 실명·실화
소설이다. 작가는 이 소설을 완성하기 위하여
3년여에 걸쳐 100여명의 주먹들을 취재했다.
세상에 드러나기 싫어하는 그들이었지만
20세기의 역사 저편으로 사라져
가는 그들의 이야기를 하나의
전설로 복원해 내는 것은
작가의 몫이다.

- 저자 -

작가의 말

밤의 역사를 생각하며

잊을 수 있을까.
나는 저 높던 담장 안의 어둠 속에서
철창에 묻어나던 그 핏덩이 같던
고독을 두 손에 받아
지금 세상에 다시 내놓고 있다.
밤의 역사란
원래부터 동전의 양면처럼
존재해 왔던 것.
저
오메르타(침묵의 약속)의 율법 속에서
끝내 기록되지 않는 기록으로 남아야 하는 것.
측량되지 않는
어둠의 배면(拜面)에
소나(sona)를 쏘면서
나는 밤의 역사를 가늠한다.

무릇 밤의 세계란 춥고 어두운 세계다. 인간이 밝고 따뜻한 양지를 지향하는 것이 선일(善一)이라면 70년대 말 이 땅의 하나의 단체로 존재했던 3대 패밀리(서방파·OB파·양은이파)를 생각하지 않을 수 없다.

소위 조직건달이라는 이름으로 신군부의 광풍속에서도 살아 존재했던 현대 주먹사의 후 3강(전 3강 종로·명동·동대문)의 연원은 사회속에서 구성원으로서의 인간을 되묻게 한다.

이 소설은 한국 현대사의 본격 조직을 표방하던 3대 패밀리와 그 보스들의 '비하인드'를 통해 인간의 양지 저 반대편을 조명하고 동시에 〈적색지대〉〈백색지대〉〈협객〉〈명동시대〉등 실명소설을 발표해온 작가 자신이 쓰는 주먹 소설의 결정판이기도 하다.

아무튼 이 소설이 새 천년을 눈앞에 두고 출간되어 여러 가지 의미가 있기를 나는 선운사 경내에 앉아 돈수하고 돈수했다.

이 소설의 주인공으로 등장했던 모든 사람들에게도 돈수했다. 좋은 면에 돈수했고, 나쁜면에도 돈수했다.

암으로 사경을 헤매시는 아버님께 돈수했다. 수형생활 1년여 면회 한 번 가보지 못한 사랑하는 동생 영에게도 돈수했다. 생각하면 아프기만 한 친구 상현과 진우에게도 돈수했다.

황폐한 나의 삶에 꿈과 사랑을 건 그 누구에게도 돈수했다. 그리고 나는 다시 나를 향해 돈수한다. 이제는 모두 망각해 버린 그 무상의 것들에 돈수돈수……頓首(머리가 땅에 닿도록 절을) 했다.

2000년 새해에

장성에서 이기호

3대 패밀리 • 차례

제1부

바 람

조직폭력의
개념을 형사정책적으로
보자면 우리는 폭력의 목적과
행동의 상관관계를 먼저
생각해야 한다.

-형사정책연구원-

1

일단의 사내들이 번개가 사장으로 있는 라데방스로 몰려들어 왔다. 번개가 지배인으로 있는 라데방스는 무교동과 소공동의 명소였다.

"번개가 누구야?"

"누가 박종석이냐고?"

사내들이 기세 등등해 홀안을 뒤지고 다녔다. 7,8명의 사내들은 손에 쇠파이프와 각목 등을 들고 있었다.

"저 누구십니까?"

종업원 한 명이 그들에게 다가가 물었다.

"번개가 이곳 사장이지?"

"그런데요?"

"사장 지금 어딨나?"

"글쎄요. 좀 전에 계셨는데, 그런데 영업장에서 이러시면 안 됩니다."

종업원이 용감하게 그들을 제지했다. 번개를 믿는 모양이었다. 그도 그럴 것이 번개는 이미 무교동 일대에서 최고의 주먹으로 알려져 있었다.

"이새끼! 겁대가리가 없구만?"

"아이쿠!"

사내 하나가 종업원을 사정없이 구타하기 시작하자, 다른 사내들이 가게를 부수기 시작했다.

"니들은 다 나가라이?"

"집구석 다 부숴 버려!"

가게 안이 삽시간에 난장판이 되고 있었다. 손님들이 코너 한쪽으로 몰려 겁에 질려 있었다.

"야 이 새끼야! 번개 오걸랑 우리가 왔다갔다 그래. 그만 까불라고."

사내가 종업원의 가슴을 한 번 더 밟으며 말했다.

"이름이라도 가르쳐 줘야 말씀드릴게 아닙니까?"

종업원이 끝까지 기지와 용기를 발휘하고 있었다.

"다시 올꺼야. 곧! 야 이쯤들 하고 돌아가자."

사내들이 리더의 지시를 따라 우르르 몰려 나갔다. 그때서야 주방에 숨어 있던 종업원들이 나와 구타당한 동료들을 부축하고 일부는 홀안을 치우기 시작했다. 그때 번개가 돌아 왔다.

"이게 뭐야?"

"사장님 어떤 놈들이 떼로 몰려 와서 그만……."

얼굴에 물수건을 대고 있던 종업원이 번개에게 말했다.

"어떤 놈들이냐니까?"

"얼굴은 봤지만 이름이나 다른 것은 모릅니다. 죄송합니다. 사장님!"

종업원이 가게가 쑥밭이 된 것이 자신의 책임이라도 된다는 듯 미안한 표정을 지었다.

"아냐. 짚이는 곳이 있다. 그리고 너 이름이 뭐야?"

"동이입니다."

번개는 얼굴이 부어 오른 종업원을 바라 보며 말했다.

"동이, 그래 너를 유심히 살펴보았더니 역시 남다른 데가 있어. 침착하고 강끼도 있고, 병원에라도 가봐라."

번개는 종업원에게 지폐 몇장을 쥐어 주고 가게 일은 별일이 아니라는 듯 밖으로 나갔다. 부서진 가게야 몇일 수리하면 된다는 투였다.

"형님, 어떤 놈들이 형님 가게를 부신 겁니까?"

번개가 자주 가는 당구장에 들어서자 어느새 소문을 듣고 철희가 달려 왔다. 철희는 오종철의 동생이면서도 번개를 잘 따르는 주먹이었다.

훗날 조양은과 더불어 사보이호텔을 공격할 때 앞장서기도 했었다.

"아직 모른다. 자신들의 신분을 밝히지 않은 것으로 보아 별볼일 없는 놈들일 꺼야."

번개가 큐대를 잡고 당구공을 늘어 놓으며 말했다.

"명동 애들일 겁니다. 툭하면 무교동 쪽에 와서 행패 아닙니까?"

"자,한 게임 하자."

번개가 큐대 하나를 철희에게 주면서 말했다.

"형님, 지금 당구 칠 기분이 납니까?"

"안나면 어떡할 건가? 그 친구들이 명동식구들이라 밝혀지면 쳐들어가기라도 할건가?"

"형님, 그렇다면 쳐들어 가야죠. 이렇게 당하고만 있을 겁니까?"

무교동에 호남 주먹들이 술집 몇 개를 차지하고 자리를 잡기 시작할 무렵부터 이웃 명동 주먹들간의 사소한 시비와 충돌은 계속 되었던 일이었다.

"당할 수 밖에. 힘이 없으면 당하는 것이 주먹세계의 정답 아닌가?"

따라락!

"이런, 오늘은 당구도 잘 안되는구만!"

번개가 당구대에서 뒤로 물러서며 고개를 갸웃거렸다. 그때 라데방스에 나타나 행패를 부렸던 사내들이 당구장 안으로 몰려 들어왔다.

"이곳에 오면 번개가 있다고 하던데……?"

"……?"

번개는 들고 있던 큐대를 거꾸로 잡으며 철희에게 눈짓을 보냈다. 잘 걸렸다는 표정이었다. 사내들은 모두 여섯명이었다.

"번개가 난데 웬 개털들인가?"

번개가 자세를 돌리자 철희가 뒤에서 당구공을 던져 한 사내의 얼굴을 정통으로 맞췄다.

"아이쿠!"

"저 새끼들 죽여!"

사내들이 우르르 번개에게 달려 들었다. 그러나 번개의 몸앞에 도착도 하기 전 번개의 발치기에 한 사내가 바닥에 나뒹굴었다. IOC위원이던 김택수씨의 보디가드를 거칠 정도의 타고난 운동신경과 거리의 파이터로 번개라는 별명을 얻은 박종석의 주먹이 빛나는 순간이었다.

번개 밑에 있다는 것만으로도 주먹들이 영광으로 삼던 번개파 보스 박종석. 일대 일 겨루기의 남아있던 2세대 주먹사에 한 페이지를 남겼던 번개의 주먹은 날렵하고 강했다.

그 주먹에 다른 네명의 사내들이 무릎을 꿇고 머리를 숙이는 것은 순식간이었다.

"아이쿠 형님!"

"너희들 명동식구들인가?"

사내들이 무릎을 꿇고 있는 뒤에 철희가 큐대를 잡고 서 있었다.

"이 새끼들, 형님이 묻지 않으시나? 빨리 빨리 대답 못하나?"

철희가 큐대를 들고 소리쳤다.

"됐다. 얘기하기 싫으면 관둬라. 그리고 앞으로 술이 먹고 싶으면 나한테 와라. 오늘 일은 잊고 자 돌아들 가라."

"……?"

"돌아들 가라니까?"

"죄송합니다. 번개 형님……."

"그래 가 봐."

번개가 사내들을 돌려보내고 다시 큐대를 잡고 당구대 위에 엎드렸다. 지극히 태평한 모습이었다.

"형님, 저렇게 보내도 되는 겁니까?"

"그럼 어떻게 보내나? 주머니라도 털어서 보낼까?"

……?"

"주먹은 말이다. 여유가 있어야 되는 거야. 그래야 강자가 될 수 있다."

"……."

번개는 백구에 가서 정확하게 타격을 가한 적구를 보고 기분이 좋은 듯 했다. 자신의 가게가 부서진 일이나 방금전 당구장 안에서 벌어졌던 일들을 이미 까맣게 잊은 듯 했다.

철희는 뭐가 뭔지 잘은 모르지만 그런 번개의 모습이 멋있게 보였다.

가게가 수리되고 다시 영업을 재개하자 라데방스에 오종철이 찾아 왔다. 번개는 반갑게 그를 맞았다.

그들은 같은 연배였으나 주먹의 년조는 번개가 훨씬 깊었다. 그러나 오종철은 그것을 인정하지 않으려 했다. 그것이 호남주먹 분열의 단초였다.

"장사 잘 되지?"

"장사는, 오늘 신장개업한 거 모르나?"

"하하, 더 깨끗하군. 자식들 언제 우리 가게도 좀 들러 망가뜨리지 수리좀 새로 하게."

오종철이 자리에 앉으며 말했다. 번개가 종업원에게 술을 가져오라고 시켰다.

"그리고 참, 번개형이다 인사드려라!"

오종철이 옆에 데리고 온 청년을 번개에게 인사를 시켰다.

"양은이입니다."

"이 친구 광주에서 내가 키우고 있는 아이야. 대단한 깡다구지. 아마 머지않아 바람을 일으킬 거야."

오종철이 조양은의 한쪽 손을 잡으며 번개에게 자랑을 했다. 작은 등치에 하관이 빠르고 눈빛이 살아 있었다.

"눈빛이 살아 있구나. 그래 반갑다."

번개는 손을 내밀어 조양은에게 악수를 청하며 말했다.

"그래 너는 홀에 좀 가 있어라."

오종철이 조양은에게 말했다. 조양은은 자리에서 일어나 밖으로 나갔다.

"저 아이를 광주에서 데려올 참인가?"

"백학이형 밑에서 생활을 하던 아이야. 요즘 그 쪽이 OB파로 분열을 하며 진통을 겪는 모양인데……저 친구가 단연 두각을 나타내고 있어. 그래서 시간을 보아 불러 올릴 셈이지."

오종철이 번개의 잔에 술을 따르며 말했다. 생각할수록 조양은이 마음에 드는 모양이었다.

"재목이라면 잘 키워 봐. 인상이 남는 친구군."

번개는 술잔을 받아 마시며 말했다.

"그런데 명동을 어떻게 생각하나?"

오종철이 번개의 얼굴을 주시하며 말했다.

"명동이라니?"

"그 새끼들 어떻게 생각하냐 그 말이야?"

"몰라서 묻나? 명동은 30년 역사를 갖고 있는 주먹들이야. 위계질서와 어떤 흐름이 있는 보스들과 중간층 그리고 행동대가 느슨한 것 같으면서도 단단한 체계야."

"노쇠하지 않았나? 한때는 명동이 최강이었는지는 몰라도 그들은 늙은 조직이야. 행동대원들 중에 30대가 끼어 있는……."

"물론 그런 면도 있지. 이화룡이나 정팔, 정걸 등이 사업쪽에 신경을 쓰고, 신상사, 이승완 등도 제각기 사업에 바쁘다 보니까 조직이 느슨해진감은 있어. 그러나 아직도 명동엔 신상사가 있어. 그 밑에 1백여명의 행동대가 있고."

번개는 침착하고 계산이 밝았다. 그는 벌써 오종철의 수를 읽고 있었다. 오종철은 명동과 전면전을 벌리고 싶은 모양이었다.

"명동을 치는 것이 어떨까? 나와 번개가 손을 잡으면 안될 것도 없을 것 같은데……?"

오종철이 번개의 예상대로 찾아 온 이유를 말했다. 그도 나빌라에 몇번 명동 식구들이 와 당한 적이 있어 감정이 쌓여 있는 상태였다.

"원론은 나도 찬성이야. 하지만 아직은 때가 아냐. 우리에겐 아직 그럴 힘이 없잖은가?"

"힘이 뭔 상관인가? 나나 번개의 아이들만 모아도 3,40명은 될텐데 보스급 한두 놈만 작살내면 끝나는 일이야. 안 그런가? 신상사만 뭉개버리면 천하의 명동도 한풀 꺾일게 아니겠어? 그래야 자꾸만 불어 나는 식구들 먹여 살릴 자리도 마련할 수 있고 말야."

오종철이 명동을 치려는 의도는 그것이었다. 호남 주먹들에게는 기식할 자리가 필요했다. 그래서 각종 유흥업소가 번창하고 있는 명동이 절실했던 것이다.

"하여튼 뜻은 알았네. 그러나 너무 서두르지는 마. 때가 되면 나도 빠지지는 않을 테니까. 자 오늘은 술이나 더 마시자구."

번개는 오종철과 술잔을 교환하며 머리가 복잡했다. 사실 오종철의 주장에 공감이 가는 대목이 있었다. 무교동이 명동의 턱밑에 있으면서 항상 명동을 의식하느라 소화불량에 시달리던 입장이었기에 더욱 그랬다. 그러나 명동이 어디 그렇게 만만한 조직이던가.

'어떻게 기습을 하면 어느 정도 타격은 줄 수는 있겠지. 그러나 그들의 반격이 문제야. 깊고 넓은 뿌리에서 뿜어져 나올 반격이 소수의 인원으로 강하게 한 번은 칠 수 있다. 그러나 그 다음 해답이 없어…….'

번개는 고개를 갸웃거렸다. 싸움의 상대로는 너무 큰 상대가 명동이었다. 그렇다고 마냥 이렇게 눌려 지낼 수만은 없는 것도 현실이었다.

"자, 건배. 명동을 칠 그날을 위해서!"

오종철이 명동을 입에 달고 노래를 불렀다. 번개는 한편으로 오종철이 고맙게 생각되었다. 자신에게 하나의 원군이 생긴 것이다.

그의 밑에는 지방에서 올라 온 겁없는 20대들이 있었다. 그들은 코흘리개가 아니었다.

20대 후반에서 30대 초반을 행동대로 갖고 있는 여타 조직들이 갖고 있지 못한 근성을 온몸 가득 품고 있는 조양은 같은 신예들이 있었다.

'그렇지, 어차피 명동은 노쇠했고, 주먹계의 세대교체가 필연이라면 다음은 우리 호남이지 암!'

번개도 어금니를 깨물며 내일을 기약했다. 내일을 위해 번개는 오늘 무교동을 지켜야 했다. 무교동이 호남 주먹들의 숙원인 서울 진출의 발판이었기 때문이다.

번개가 오종철과 헤어진 다음 날 어느 신사가 찾아왔다. 그가 번개에게 내민 명함에는 신민당(新民黨) 중앙당의 간부 직함이 찍혀 있었다.

"박종석씨죠?"

"그런데요."

"나 김의원입니다. 어디 가서 잠깐 얘기 좀 합시다."

그는 신민당 비주류에 속하는 이철승 계보 의원이었다. 번개는 무슨 일인가 하고 그를 따라 나섰다.

"폐일언 하고 우리좀 도와 주십시오."

인근 호텔의 커피숍으로 자리를 옮기자 김의원이 서론 없이 본론을 꺼냈다.

"무엇을 도와 달라는 것입니까? 주먹이 정치를 돕는다는 것이……."

번개는 고개를 갸웃거리며 말했다. 정치인이 자신을 직접적으로 찾아와 도움을 청한 일이 처음이었기 때문이다. 당시는 10월 유신 이후 야당인 신민당이 이철승계와 김영삼계로 나뉘어 당권을 놓고 첨예하게 대립하고 있을 때였다. 어쨌든 이 만남이 시발이 되어 신민당 반당대회(反黨大會)와 5.26 전당대회 폭력사건이 일어나게 된다.

"우리 당의 청년부를 맡아 주셨으면 합니다."

"청년부요? 저에게 청년부의 간부직을 맡아 수행하라는 것입니까?"

번개가 자신의 귀를 의심하며 말했다. 주먹에게 정치란 확실히 유족의 공간이었다. 이정재나 유지광 등의 비극적인 예를 모르는 것은 아니나 항상 발등에 떨어진 불을 안고 사는 처지의 주먹들에겐 그들의 강력한 소화력도 필요한 것이 주먹세계이기도 했다.

"그렇습니다. 청년부가 뭣하면 어떤 직책이라도 드리겠습니다."

김의원은 아예 사정조로 나왔다. 이쯤되면 부탁인 셈이었다.

"며칠만 생각해 보겠습니다."

"박동지, 고맙소. 기다리고 있겠소이다."

김의원이 번개의 손을 굳게 잡고 호텔을 나갔다. 번개는 그와 헤어진 후 송태준의 자택으로 그를 찾아 갔다. 송태준은 10월 유신이후 단행되었던 긴급조치로 옥고를 치르고 나온 지 얼마 안된 때였다.

"형님?"

"오 번개 어쩐 일이야 바쁠텐데?"

"바쁘기는요. 형님 몸은 좀 어떻습니까?"

"괜찮아, 그런데 종철이가 요즘 무슨 일을 꾸민다면서?"

송태준이 번개를 보고 말했다. 오종철이 어젯밤 자신에게 한 말이 생각났다.

"그 친구가 홧김에 한 말일 겁니다. 가게에서 몇 번 소란이 있었거든요."

"큰 싸움이 있어서는 안돼네. 아직은 힘이 모자라잖아."

"아직입니까?"

번개는 송태준의 얼굴을 바라 보았다. 호남계 주먹들 모두가 내심으로는 오종철의 생각에 동조하고 있다는 반증이었다.

"모든 면에서 열세 아닌가? 자칫 일이 잘못되면 소기의 목적도 이루지 못하고 피박을 쓰는 수가 있어. 손해 보는 장사는 하지 말아야지."

번개는 그의 말에 고개를 끄덕였다. 번개 자신뿐만 아니라 호남계 주먹의 행동대장격인 오종철·오기준·박영장·김봉수 등의 후견인으로써 송태준은 손색이 없는 사람이었다.

"형님 신민당에서 사람이 하나 왔었는데요."

"김의원 말인가?"

번개는 깜짝 놀라며 반문을 했다.

"알고 계셨습니까?"

"내게 전화가 와 호남계 주먹을 한명 소개해 달라고 하길래 자네와 영장이를 소개했어. 물론 정치는 주먹들에겐 독이야. 그러나 때에 따라서는 약이 될 수도 있는 거지. 잘 생각해서 자네에게 도움이 되는 쪽으로 활용을 하게. 주먹에게 정치란 여자와 같은 거야. 멀리하면 원수가 되고 가까이 하면 버릇이 없는 여자 말이야. 정치는 그런 정도로 여기면 돼. 이용당해 주는 척 이용을 하면……."

송태준은 번개에게 차를 권했다. 노련한 처세술로 무장이 된 사람이었다.

"향이 그만이군요."

"해남에서 직접 가져 온 차야. 차맛이야 해남차를 당할 것이 있나?"

송태준이 번개의 찻잔에 뜨거운 물을 부어주며 말했다. 녹차 향이 방안에 그윽하게 맴돌았다.

"아 참, 허선생한테 전화가 왔더군. 지난번 일 고마웠다고 말이야."

"저에게도 전화가 왔습니다. 노인장께서 여기 저기 잘 챙기시는군요."

"선비 아니신가? 우리 전남 사람들이 한국에 자랑하는 선비이자 예인(藝人)이시니까."

송태준이 말하는 사람은 의제 허백련이었다. 그는 얼마전 번개의 주선으로 전시회를 개최해 성황리에 끝낸 적이 있었다. 번개는 허백련 뿐만 아니라 전남의 예인들과 막역한 교류를 나누고 있었다.

당시 모든 예인이 그랬지만 동양화가들은 발표의 장이나 판매 통로가 없어 대단히 어려운 생활을 할 때였다. 번개는 그들에게 전시회를 열어 주고 생활비를 도와주는 후견인 역할을 하고 있었다.

후에 그들의 그림값이 천정부지 뛰어 올라 번개의 동생들 중 횡재를 한 사람도 있었지만 그때 당시로 그들의 그림값이 그렇게 비싸게 될지 아는 사람은 아무도 없었다.

"시골에는 언제 다녀 오셨습니까?"

"어제 저녁에 올라 왔어. 그리고 내 소개할 친구가 하나 있어."

"소개할 사람이요?"

"광주에서 올라 온 아인데 일단 기준이 밑에 있기로 했어. 태촌이라고 아주 물건이야."

"태촌이요?"

"그렇지, 김태촌. 마침 저기 들어오는군."

그때 대청마루로 성큼 올라서는 청년이 보였다. 어제 저녁에 보았던 조양은과 비슷한 연배였다.

"큰 형님을 뵙습니다."

김태촌이 마루에 넙죽 엎드려 송태준에게 인사를 했다.

"그래 제 시간에 왔구나. 잘 왔다. 이 형에게 인사해라. 번개라고 들어 봤지?"

"태촌입니다."

"……."

번개는 자신의 이름을 듣고도 별다른 동요없이 인사를 하는 김태촌에게 묘한 호기심이 생겼다. 호남 주먹들은 번개라는 이름앞에 주눅이 드는 것이 통례였다. 그러나 조양은과 김태촌은 그렇지 않았다. 그들의 눈빛은 날카롭고 예리했으나 한편으로는 무심했다. 동요가 없다는 것, 그것이 주먹에게 최고의 덕목이라는 것을 누구보다 잘 알고 있는 번개는 미묘한 흥분에 가슴이 떨렸다.

"몇 살인가?"

번개가 김태촌에게 나이를 물었다.

"스물넷이지라."

"스물넷? 그래 상경해 보니까 어떻던가?"

"답답하지라. 고향 서방동은 가슴이 확 트이는 들판이라도 있었는데 말이지라."

김태촌과 오기준의 고향이 광주 서방동이었다. 그들은 자신들의 출신지명을 따 서방파의 창시자가 된다. 훗날 명동파가 퇴조하고 그 뒷자리를 메웠던 최강 조직 서방파의 형체가 이렇게 태동하고 있었다.

"서울이 답답하다. 하하하 머지 않아 이 서울 바닥에 태풍이 불어칠 거야."

송태준이 자리에서 일어나 들창가에 있던 난화분에 물을 주며 말했다. 번개는 그에게 인사를 하고 김태촌을 데리고 밖으로 나왔다. 김태촌이 번개에게서 한 걸음 정도 떨어져 뒤따라 오고 있었다.

"……."

두 사람 다 말이 없었다. 번개는 하늘을 보며 잠시 호흡을 가다듬었다. 하늘이 잔뜩 흐렸다. 비라도 금방 쏟아질 것 같은 날씨였다.

"풍운이 온다는 말 아나?"

번개가 김태촌에게 물었다. 그의 우묵한 눈이 조금 움직이는 듯 하더니 대답을 했다.

"뒤엎는다는 말 아니겠어라. 비바람으로 팍 엎는다 그말이지라."

"하하하, 그래 풍운이라는 것이 그런 말이다. 너는 어릴적 꿈이 뭐였나?"

"장군이 되는 것이여라. 서방동 출신의 장군이 한 분 계신데 그분이 저의 우상이었지라."

김태촌은 보기보다 순수한 구석이 있었다. 어린 소년적의 꿈을 가감없이 얘기하는 모습이 그랬다. 사실 김태촌은 독실한 기독교 집안의 자식이었다. 양부모가 당시 보기드문 인텔리로 어린날을 남부럽지 않게 자랐다.

"장군이 꿈이었다 그말이지?"

"네, 번개 형님. 그것이 저의 꿈이었지라."

“그래, 어쨌든 서울에 잘 왔다. 이제 한배를 탓으니 저 비바람 몰아치는 곳으로 함께 가보자꾸나. 풍운의 바다로 말이다.”

“암요, 그래야지라 형님! 저 태촌이 힘껏 한 번 해볼라요.”

김태촌이 번개의 뒤를 바짝 따르며 말했다. 번개와 김태촌의 만남은 이후 그들의 다짐대로 흘러 갔다.

2

원래는 내 것이었던 것. 그러나 그 누구의 것도 아니었던 사람. 사람은 때로는 울지 않기 위해 길을 떠나기도 합니다. 어차피 우리네 삶이 길 위에서 만나 길 위에서 이별을 하며 만남과 이별을 반복하는 것이지만, 원래 만남과 이별은 하나이고 다른 것이 아니라고 하지만, 그래서 이 다음에 어디선가 또 다른 남자, 또 다른 여자로 다시 만나는 것이라고 하지만…… 수동리에서의 여름, 당신과 내가 만났었던 그 짧은 여름은 이제 어디로 가고 있습니까.

그래 칠석날 밤 은하수 한가운데서
두 개의 별이 내려 와
수동리 여름을 이렇게 밝혀 놓았는데
바보같은 너는 지금
어디서 너의 별을 찾고 있니.

유배지에 한 죄인이 있습니다. 아름다운 죄, 천상의 죄를 지어 버린 죄인은 한 목숨 접기가 너무 힘들어 산수(山水)간의 한켠에 묻혀 자신을 생각합니다. 사랑을 버리기로 했습니다. 천한 목숨 결단 내기가 그렇게도 힘들어 사랑하는 마음, 은애하는 마음을 접기로 합니다. 그리고 생각합니다. 과연 나는 한 아름다운 인간 이남표를 사랑했는지, 진정 은애 했는지를 물어 봅니다.

서울을 떠날까 합니다. 세상을 버리기로 했습니다. 푸른 산 푸른 바람을 벗삼아 저 아름다운 자연에 청송(靑松)이 되어 있는 듯 없는 듯 그렇게 살고자 합니다.

이제야 조금은 압니다. 나의 사랑이 나의 은애가 결국 나의 자유를 가두었던 속박이었던 것을 자신에게 자유스럽지 못했던 마음의 동요였다는 것을 이제야 알것 같습니다. 그리하여 미령은 다시 인연을 생각합니다. 고통스런 인연의 바다 속을 떠돌며 아름다운 청년 이남표와의 만남을 자랑으로 압니다.

부처를 만나기가 진실로 어렵다던가요. 그러나 진정한 사랑을 만나기는 어디 그리 쉽던가요. 미령은 그것을 아름답게 추억합니다.

그리하여 아름다운 청년 이남표의 깊고 깊은 가슴속에 나를 묻고 한 여인은 온전히 나를 떠납니다. 길 떠남을 위해 나를 떠나는 것입니다. 가시는 길 부디 평안하시길…….

- 미령 -

가을이 오고 있었다.

목동 대전교도소의 은행나무잎이 노랗게 물들어 백혈을 앓다 하얀 피를 쏟다 죽은 소녀의 얼굴처럼 창백한 가을이 다가 오고 있었다.

"고생 많았다!"

육중한 교도소의 철문이 열리고 격정의 섹스 끝에 분출하는 정액처럼 한 스푼의 인원이 쏟아져 나왔다. 따뜻한 가을 햇살 하늘이 너무 높고, 구름 한점 없었다.

출옥자들이 제각기 길을 찾아 떠나고 남표는 그들이 떠난 뒷길을 투벅 투벅 걸으며 발길을 옮겼다.

정처 없는 길이었다. 그러나 한번은 반드시 거쳐야 할 곳이 있었다. 오미령이 마지막 보냈던 편지의 발신지 그곳이었다.

청평사(青平寺).

오미령의 편지에 청평사 인솔암이라고 분명히 적혀 있었다. 그녀의 필체속에 산사 처마 끝에서 바람에 흔들리는 풍경소리가 묻어 있는 듯 하던 청평사를 찾아 나선 것은 남표 행보로 당연한 것이었다.

"남표?"

목원대학의 채플탑이 멀리 보이는 길가에 찝차 한 대가 서 있고 그 안에 타고 있던 중절모를 쓴 사내가 내리며 들고 있던 담배 꽁초를 바닥에 버리며 말했다.

"……?"

"잘 있었나? 일도 형님이 너를 부르신다."

강상수, 그는 여전히 건들대고 있었다. 일도파의 중간 보스로 때로는 오일도의 대리 역할을 하는 강상수가 자신이 버렸던 담배 꽁초를 콧날이 거울처럼 반짝거리는 구두발로 짓밟았다.

"그 형님이 나를 찾을 일이 없을 텐데요? 당신이 잘 아실텐데……."

남표가 물감을 들인 군용 홑잠바의 깃을 세우며 강상수를 쏘아 보았다. 그들 사이엔 피차 다시 결합하기 힘든 벽이 있었다.

"당신……? 이남표 니가 나를 맞보겠다 그 말인가?"

강상수가 남표 앞으로 다가서며 말했다. 그의 옆에 기사인 듯한 사내가 함께 자세를 잡았다.

"일도 형님이 나를 봐버리라고 작업을 준거요?"

남표가 어이가 없는 표정을 지으며 강상수를 노려 보았다. 그때서야 강상수도 자신의 목적을 깨달았는지 표정을 누그러 뜨리고 나왔다.

"형님께서 너를 기다리신다. 이번 일을 미안하게 생각하시는 듯 했다. 그래서 변호사나 기타 수발도 들어 준 것 아닌가?"

"내가 원하지 않았던 일이니 생색을 낼 필요도 없겠지요. 그리고 나 이제 지난 일은 다 잊었습니다. 그리고 일도 형님과의 인연도 이번 일로 다 된 것으로 알고 있고…… 그럼."

"어…… 남표, 너 이새끼 이래도 되는 거야?"

남표는 강상수의 가슴팍을 밀고 길을 텄다. 언덕 위에 작은 대학이 앙증맞게 보였다. 석양이 지는 공제선 위에 채플의 첨탑과 십자가가 높지 않은 교사(敎寺)의 그림자가 아름다웠다.

플라타너스가 아름다웠다. 교도소의 사하(舍下)에서 철창 너머로 아스라이 보이던 플라타너스가 성하의 잎을 떨구며 가을앞에 우뚝 서 있었다. 그 앞에 남표도 서 있었다.

저 타오르는 미루나무의
알 수 없는 가지 가지 마다에
나는 우리는 어딘가에서
다시 만나고 있을 것이다.

〈함성호〉

청평사 입구에 다다랐을 때는 어둠이 짙게 내린 밤이었다. 소양강이 둔중하게 달빛을 받아 조명 없는 침대 위에 누워 있는 몸집 좋은 여자처럼 은파를 쏘아대고 있었다. 소쩍새가 울고 있었다.

물가의 작은 풀섶 위에 강오리들이 어둠과 풀섶을 은폐·엄폐삼아 낮은 포복으로 약진을 하고 있었다.

"청평사로 들어 가는 배는 내일 아침 열시구먼유."

가평, 춘천을 거쳐 소양강에 왔는데 사공은 강원도 말투가 아닌 충청도 사투리로 남표를 맞았다.

"그럼……?"

"시내에 가서 자던가 아니면 저밑 민박에서 묵고 내일 출발해야지유."

사공은 길다란 노를 한쪽 어깨 위에 메고 몇 가구 불빛이 반짝이는 마을로 향했다.

"민박집이 어딥니까?"

"따라오슈. 내집인디 하룻밤 묵어 가는 거야 그리 불편치 않을 게유. 그런데 손께선 밤늦게 청평사에는 어찌 들어 가실려고 길을 떠났수?"

"볼일이 좀 있습니다. 어르신네 집에서 신세좀 지겠습니다."

남표는 사공의 뒤를 따라 발걸음을 옮겼다. 물냄새가 산길까지 쫓아 와 온몸에 묻는 듯 했다.

"어머 식사를 금방 하려는데……."

사공의 부인인 듯한 여자가 들마루 위에 밥상을 올려 놓다가 남표를 보고 부엌으로 들어가 밥과 국 한 그릇을 가져 와 상위에 올려 놓았다.

들마루 위엔 잿빛 사파리를 입은 여자가 수저를 든체 남표에게 가볍게 목례를 했다. 그녀도 남표와 같이 청평사로 들어 가려다 발이 묶인 모양이었다.

검은 옥수수가 몇알씩 섞인 잡곡밥에 된장국이 민박집 여인의 손끝이 만만치 않음을 느끼게 했다.

"……."

여자는 말이 없었다. 남표는 어디선가 본듯한 인상인 여자의 얼굴을 살짝 엿보며 고개를 저었다. 도대체 어디서 보았겠는가.

"청평사는 왜 가시죠?"

여자가 먼저 말을 걸어 왔다. 외모 만큼이나 그 목소리도 아름답고 고왔다.

"어떤 사람을 만나러 갑니다."

"여자인가요?"

"예, 여자입니다."

"애인이세요?"

"애인요?"

"네. 애인이 몸이라도 아픈 모양이죠? 그래서 요양이라도 하고 계신가요?"

남표는 수저를 놓고 숭늉을 마시며 여자의 얼굴을 바라 보았다. 보기보다 붙임성과 호기심이 많은 여자였다.

"호기심이 많으시군요? 처음 보는 사람의 행각에 그렇게 궁금한 것이 많습니까?"

"행각이라고요? 좋은 말이군요. 저는 〈불광〉이라는 불교잡지의 기자예요. 내일 청평사에서 바루공양식을 한다기에 취재를 나왔지요."

"바루공양이라면?"

남표는 그때서야 여자 옆에 놓인 카메라 가방과 취재 수첩을 발견하고 말했다.

"절집의 식사행사죠. 과거에는 일상적인 행사였는데 절차와 법식이 까다롭고 시간이 걸려 지금은 절집에서도 거의 절연이 된 행사죠."

"그렇군요."

남표는 자신에게 배정된 방에 룩색을 던져 놓고 민박집을 나와 강둑을 걸었다. 여자도 답답한데 잘되었다는 듯 남표의 뒤를 따라 나왔다.

"불자인 모양인데 왠지 호기심이 가는 분이군요. 뭐랄까 고독과 적당히 위험해 보이는 분위기…… 청평사에 계시다는 여자와는 어떻게 되는 사이죠?"

남표는 멀리 소양강댐이 보이는 바위돌 위에 앉아 담배를 태워 물었다.

"모시던 분이였습니다."

"모시던 분요?"

"네, 제가 모시던 사장님의 사모님이셨습니다."

"아, 그런데 그런 분이 왜 절집에 계시죠?"

"지금 아프시기 때문입니다. 사고로 양다리를 쓰지 못하십니다."

남표는 담배연기를 내뿜으며 소양강 저쪽 너머의 산등성을 바라 보았다. 산등성 위로 달이 걸려 있었다. 그리 멀지 않아 추석을 밝힐 준비를 하며 몸집과 광채를 키워가고 있는 만월이었다.

청평사에 도착한 다음 날은 사시(巳時 오전 11시)였다. 청평사의 대중방안에는 수많은 학인(學人:스님)들이 모여 선반 위에 올려져 있는 바루를 내려 법력에 따라 ㅁ자 순으로 앉아 있었다. 그 앉아 있는 모습이 청정하기 그지 없었다.

타악!

죽비 소리가 회발게(回鉢偈)를 알리고 곧이어 또 한 번의 죽비 소리로 전발게(展鉢偈)를 발하고, 또 한 번의 죽비에 전 학인이 바루(수저와 밥그릇)를 펴고 십념(十念)을 읊게 했다.

"천수요!"

당번이 밥을 돌리기 전 천수물(바루를 닦는 물)을 나눠주자 학인들이 소리없이 바루를 한 번 가신 후 양손으로 진중하고도 조용하게 바루를 정대(눈썹)까지 올려 눈을 감고,

-제가 지금 감사히 저 공양을 받겠습니다.

수식게(受食偈)가 죽비소리를 타고 울리고, 이어 오관게(五觀偈)가 학인들의 마음속에서 울려 퍼진다.

저 공양이 올때까지
그 공을 헤아리니
내 덕행으로 받기가 부끄럽도다
탐·진·치를 끊고 마음을 다스려
오직 수행을 위한 약으로 도업을
이루고자 이 공양을 받음이라.

땀흘려 농사지은 농부와 음식을 만들어준 이들에게 감사함과 고마움을 표한 후 학인들은 생반대에 밥알을 몇개씩 덜어 놓고 비로소 1일 1식 부처 시절의 공양을 시작한다.

자중하고 엄숙한 수발게는 계속되었다. 도대체 한끼 공양에 저렇게 거창하고 장대(?)한 절차와 시간과 의미가 있고서야 어찌 불편(?)하지 않을까 남표는 생각했다. 그 학인들 속에 오미령이 한쪽 말석에 앉아 있었다.

"아……!"

한때는 너무나도 사랑했던 여자였다. 남표에게 세상의 전부이

자 전무였던 여자였다. 그녀를 위해 살고 그녀를 위해 죽을 수 있다면 죽겠다던 작심(作心)도 했던 여자였다.

"공양이 끝난 후 바루에 숭늉을 돌려 마시고 천수물을 받아 바루를 씻어 그 마지막 물마저 지옥에 사는 아귀에게 밥으로 줍니다. 학인들의 물처럼 맑은 영과 육을 채우고 먹다 남은 청정공양이야 말로 배의 크기가 수미산만큼 크고, 목구멍이 바늘 구멍만한 아귀에게 적당한 음식이겠죠. 찾으시는 분이 청정납자들 속에 끼어 앉은 저 보살인 모양이죠? 일보고 가시길……."

취재에 열중이던 여기자가 남표의 등을 치고는 공양이 끝난 한 스님에게 다가가 반갑게 인사를 했다. 남표는 대중방을 나오는 오미령에게 허리를 굽혀 인사를 했다.

"남표……?"

"사모님……."

"나좀 밀어 줄래."

남표는 쏟아지는 눈물을 가리며 오미령이 타고 있는 휠체어의 뒤를 잡고 앞으로 밀었다. 3년만의 만남, 3년만의 해후였다.

"식사는 맛있게 드셨습니까?"

"응."

"이곳이 너무 아름답군요. 산사, 호수 그리고 사람들을 실어 나르는 배…… 마음이 좀 편하십니까?"

"남표, 어깨를 좀 만져줄래."

오미령이 한 손으로 긴 머리를 쓸어 넘기며 멀리 소양호반에 시선을 고정시켰다. 그녀의 눈에는 조금도 동요가 없었다. 남표는 휠체어를 멈추고 오미령의 양쪽 어깨를 두 손으로 잡았다. 손끝이 파르르 떨렸다.

화장을 할까. 밖은 비가 오는 밤인데
나는 창가에서 성애끼는 유리를 닦을께
촛불은 어때. 전등을 끄고 작은
책상 위에 앉아 너 오길 기다려야지
이 빗속을 이 어둠속을 뚫고 바람처럼
걸어 올 너를 위해 가까히 오면 가까울수록
그리운 너이기에…… 미안해.
내가 너를 위해 진실로 할 수 있는 것은
이렇게 넋놓고 기다리는 것 뿐
나는 외롭고 너는 슬프구나.

"지금 나온 거야?"

"네."

"목욕은 한 거야? 두부도 좀 먹고……."

"그냥 오는 길입니다. 목욕은 교도소를 나오기 전날 했습니다."

"그래, 어쨌든 미안해. 우리 저쪽 강밑으로 갈까."

"날씨가 쌀쌀한데 괜찮겠습니까?"

"괜찮아. 경치가 좋지?"

오미령이 남표가 미는 휠체어에 편안하게 앉아 호반 쪽에 시선을 두며 말했다.

"건강은 좀 어떠십니까?"

"괜찮아, 사고 이후로 한동안 너무 힘들었는데 지금은 견딜만해."

"죄송합니다. 곁에서 돌봐드리지 못해서."

"아냐. 내가 미안하지. 남표만 생각하면 가슴이 아프고 슬펐어."

"죄송합니다. 마음을 아프게 해드려서."

"또 그 소리…… 이제 어떡할 거야?" 뭐래도 해야 될텐데……"

오미령이 남표의 앞날을 걱정했다. 28세의 청년이 과실치사로 3년형을 살고 나와 자신의 휠체어를 붙잡고 있는 것이 죄스럽고 안스럽기 그지 없었다.

"아직 생각해 보지 않았습니다. 설마 혼자 몸둥이 어디 주체 못하겠습니까?"

남표는 휠체어를 소양호반의 검푸른 물이 내려다 보이는 커다란 측백나무 밑에 세우고 말했다.

"미안해, 남표에게 그 얘기를 할 날을 얼마나 기다렸는지 몰라. 그때 그 편지를 보내고 많이 후회했었어. 한번은 꼭 만나 미안하고 고맙다는 말을 하고 싶었어."

오미령이 한손을 어깨 위로 올려 남표의 손을 잡았다. 따뜻했다. 남표는 오미령의 경호원이었다. 아니 엄밀히 말하면 조직에서 그녀를 감시하기 위해 붙였던 요원이었다. 그녀는 대륙토건 최만동 사장의 애첩이었다.

최만동, 그에게는 최억기라는 아들이 있었다. 그는 주먹패와 어울리며 주색잡기와 각종 오락에 탐닉하는 자로 최만동의 재산 상속을 둘러싸고 오미령을 극심하게 견제했다. 최억기와 선이 닿아 있던 자가 남표가 속해 있는 주먹패의 보스 오일도였다.

그러나 남표는 자신의 감시 대상과 사랑에 빠져 끝내 고혈압을 심하게 앓고 있던 최만동과 오미령의 사소한 다툼에 최만동이 쓰러져 죽자 곁에서 지켜 보던 남표가 오미령의 죄를 뒤집어 쓰고 과실치사형을 살고 나온 것이었다.

"저는 차라리 그곳에서 행복했습니다. 제가 사모님을 위해 무엇인가를 할 수 있다는 것이 그렇게 기쁘고 가슴 벅찬 것인줄 몰랐습니다. 그런데 다리는……."

남표가 휠체어 옆에 쪼그리고 앉으며 오미령의 얼굴을 바라보았다. 오미령의 다리 위에 부드럽고 얇은 모포가 한 장 덮혀 있었다.

"……!"

여인의 손이 남표의 어깨를 감싸 안았다. 손끝이 따뜻했다. 남표는 그녀의 다리를 덮고 있는 모포 위를 손으로 만졌다. 그녀의 한쪽 다리가 없었다.

"미안해 내가 이렇게 됐어."

"아닙니다. 이렇게 그토록 보고 싶던 모습을 눈 앞에서 보고 있다는 것만으로도 저는 행복합니다."

"고마워. 그리고 고생 많았지? 어디 보자 내 사랑 남표가 어떻게 변했는지…….”

오미령이 두손을 뻗어 남표의 얼굴을 잡았다. 가늘고 긴 손에 잿빛 메니큐어를 바른 손톱이 남표의 양볼을 스쳤다. 그들 사이엔 다섯 살의 나이 차와 신분의 벽이 가로놓여 있었다. 유부녀와 총각, 고용주와 피고용인이라는 사회적 인식이.

“남표…….”

오미령이 남표의 상체를 끌어 안고 뜨거운 키스를 퍼부었다. 아, 얼마나 기다려 왔던 순간이던가. 남표는 이때를 기다리며 또 얼마나 많은 생각들을 공굴려 왔던가.

“이제 어떡하지?”

오미령이 남표의 입에서 입술을 떼고 말했다. 그녀의 눈에는 눈물과 흥분이 적당히 묻어 있었다.

“갚아 주어야죠. 우선 사모님을 이렇게 만든 최억기에게 이 빚을 갚아 주겠습니다.”

“복수를 하겠다는 거야?”

“복수가 아니죠. 빚을 갚아 주는 것 뿐입니다. 그런 인간에게 복수란 의미가 없을 겁니다.”

“남표, 그러지마. 그렇게 한다고 해서 변하는 게 뭐가 있겠어. 나는 다시 남표을 잃고 싶지 않아. 제발 그런 생각일랑 하지마.”

오미령이 남표의 상체를 끌어 안았다. 한쪽 다리를 잃고 나서인지 그녀의 손힘이 더욱 세진 것 같았다. 남표는 그녀의 손에 자신의 상체를 맡기고 어금니를 깨물었다.

3

청계천을 끼고 명동과 종로를 경계하는 중림동의 한 공터에 한떼의 사내들이 어울려 패싸움을 벌이고 있었다.

대형 도매법인인 청과물시장의 상인들이 벌떼같이 나와 그들을 에워싸고 싸움 구경에 여념이 없었다.

수십명이 뒤엉켜 치고받는 통에 상인들은 누가 누구와 싸우는 것도 구분하지 못하다가 급기야 경악을 금치 못하는 표정들이었다. 1대 15의 대결이었다.

휙-

"아악!"

화물차를 등지고 서서 달려드는 사내들을 상대로 단 한번의 주먹과 발길로 한 사람씩을 쓰러뜨리는 이 사람, 이 자가 바로 경북 전남 주먹들의 큰형님으로 받들어지던 조일권 일명 조창조(趙昌祚)였다.

"죽여 이새끼!"

수적 우세에도 불구하고 자신들이 밀리자 사내들이 각목과 쇠파이프를 휘두르기 시작했다. 그러나 손에 무기를 든 사내들도 조창조의 신기를 뿜어내는 주먹에 속수무책으로 당하고 있었다. 상인들은 물론 싸움을 걸어 온 인근의 주먹패 자신들도 경악을 감추지 못하는 표정이었다.

무심의 표정과 짧은 행동 반경을 유지하며 싸움의 흐름과 맥을 조절하고 태산처럼 무겁고 바람처럼 유연하게 움직이는 조창조 앞에 많은 수의 인적 자원은 더 이상 무의미한 것이었다.

"형님, 저희들이 형님을 몰라 봤습니다."

조창조를 손보러 왔던 사내들이 무릎을 꿇고 용서(?)를 청했다. 순식간의 반전이었다.

"일어나라. 사나이들이 아무 곳에서나 무릎을 꿇으면 되나? 나는 조창조라고 한다. 그리고 오늘부터 이 시장 사무실에서 일하게 되었다. 앞으로 잘 지내도록 하자."

조창조는 사내들과 일일이 악수를 하고 감정을 털어냈다. 방금 전까지 죽기 살기로 싸우던 사람들이 금방 친형제나 되듯이 가까워졌다. 그들 속에 경북 출신의 서인석과 목포 출신의 주먹 정철윤 등이 속해 있었다. 그들은 훗날까지 조창조의 충직한 동생으로서 역할을 다했다.

이북이 고향으로 대구에서 성장하다 일본으로 건너가 관서지역 야쿠자 행동대장으로 활동하다 30대에 고국으로 돌아와 중림동 청과시장에 터를 닦은 조창조는 빠른 시간에 시장 상인들의 전폭적인 지지를 받는다.

명동 이외의 지역에 극심했던 지역 군소 주먹들의 패악이 중

개시장과 그 일대에서 사라졌기 때문이다.

시장은 도매시장인 탓에 중개인들의 입김이 셀 수밖에 없었다. 조창조는 그들 중개인들과 법인 양쪽의 지원을 받아 시장 안에서 확고한 자리를 잡는다.

일종의 시장 전체의 경비용역을 따낸 셈이었다. 그 이익이 적지 않았고 지속적이었다.

"조형!"

"어 이거 노사장 아닙니까?"

조창조를 찾아 온 사람은 며칠 전 한 중개인의 소개로 인사를 한 노사장이었다. 그는 건축업자로 왕십리와 시내 중심가 등에 상가를 짓고 있었다.

"이번에 내가 무교동에 건물을 하나 짓고 있는데 문제가 좀 생겼습니다."

노사장은 조창조가 쓰고 있는 사무실로 들어오며 말했다. 금테 안경에 광택나는 넥타이 핀 등 어디를 보아도 부티가 나는 사람이었다.

"문제라뇨?"

"동네 주먹패들이 자꾸 시비를 걸고 인근 주민들까지 나서 사소한 것을 문제삼아 트집을 잡고 나서 도저히 공사를 진행시킬 수 없는 형편입니다."

노사장이 손수건을 꺼내 땀을 닦으며 말했다.

"깡패들의 시비는 어떻게 해보겠으나 인근 주민들의 민원은 제가 어떻게 할 수 없지 않습니까?"

조창조가 노사장을 바라보며 말했다.

"민원이야 건물을 짓다 보면 있기 마련이지만 이번 건은 질적으로 다르니까 문제입니다."

"다르다니요?"

"주먹패들과 주민들이 합세하여 현장을 골탕 먹이고 있습니다. 세상에 법이 없어도 유만부득이지……."

조창조는 그때서야 노사장의 말을 이해하고 담배를 꺼내 물었다. 그때 서인석이 들어왔다. 어느새 서인석은 조창조의 행동대장이 되어 있었다.

"너 노사장 모시고 현장에 가서 괴롭히는 놈들이 어떤 놈들인지 쫓아 버리고 와. 보나마나 별 볼일 없는 놈들일 꺼야."

"예, 형님!"

서인석이 두말없이 노사장을 데리고 밖으로 나갔다.

"역시 여기도 사람 사는 곳이라 여러 가지 일들이 일어나는군."

조창조는 시트에 머리를 기대고 천장을 올려다 보았다. 일본의 작은 축소판이 고국 한국 같았다.

이미 일본에서 예전에 겪었던 일들이 한국에서도 하나씩 일어나고 있었다.

"형님, 손님이 왔습니다."

"손님?"

조창조는 동생의 안내를 받으며 들어오는 사람을 보고 깜짝 놀랐다. 그는 동아일보 기자 고동수였다.

"아니, 고기자가 어쩐 일이시오?"

고동수는 얼마 전 취재를 왔다가 조창조와 안면을 익힌 사이였다.

"요즘 강호에 떠도는 말이 한국 최고의 싸움꾼이라기에 그 얼굴 좀 자세히 살펴 보기 위해 왔습니다."

고동수가 앞자리에 앉으며 말했다. 그는 훗날 경향신문 편집위원까지 거친 기자이면서도 열혈청년의 기질로 주먹계와 교분을 쌓고 수많은 일화를 남긴 사람이었다.

삼성의 사카린 밀수 사건이 터졌을 때 그는 예의 기자 정신으로 불철주야 뛰어 다니며 기사를 썼지만 여러 가지 압력으로 제대로 반영이 안되자 그는 중앙일보 사옥으로 달려가 이병철 당시 회장의 퇴근길 앞에 드러누워 시위를 했던 일화가 그중 하나였다.

그는 훗날 이태원 등에서 술집을 하며 용팔이 김용남을 물심양면으로 도와 주었고 자신이 살고 있는 집을 세를 주고 그 위에 텐트를 치고 사는 등 특이하고 자유분방한 사람이었다.

"고기자? 한국 최고의 주먹이라는 말은 낯뜨겁소이다."

"이제야 주먹계가 다시 3강 체제로 재편될 시기를 맞고 있습니다."

"3강 체제라뇨?"

"60년대를 석권했던 명동, 얼마 전 출소한 유지광을 따르는 세력, 그리고 조형을 위시한 호남세력이지요. 송사장이 조형을 만나고 싶어 하던데요."

"송사장이요?"

조창조가 왠말이냐는 표정을 지으며 고동수의 얼굴을 바라 보았다.

"이거 왜 이러십니까? 그 쪽에도 나와 통하는 주먹들이 있습니다."

고동수가 다 알고 있다는 투로 말했다. 조창조가 피식 웃으며 대꾸를 했다.

"알고 있다니 말하죠. 사실 오늘 오후 무교동에서 만나기로 했습니다."

"그래요? 참석자는 누구 누구입니까?"

"다 알고 있다면서요?"

조창조가 자리에서 일어서며 말했다.

"알고는 있지요. 그런데 오늘 모임의 참석자는 누구 누구입니까?"

고동수가 기자답게 눈초리를 반짝이며 조창조에게 밀착해 왔다.

"번개 · 오종철 · 박영장 · 오기준 등입니다. 왜 놀라운가요?"

"아 아닙니다. 장소가 어디입니까?"

고동수가 환상적인 표정을 지으며 조창조를 바라 보았다. 그도 그럴 것이 참석자들 대부분이 서울에 올라 와 조금씩 자리를 잡아가고 있는 호남 주먹의 맹장들이었다.

"장소를 가르쳐 주면 함께 참석이라도 하시려고요? 고기자, 우리 내일 술이나 한잔 합시다."

조창조는 고동수를 그냥 돌려 보내기 미안해서 한마디 했다. 고동수가 조창조의 손을 잡으며 말했다.

"고맙습니다. 우리 나이도 비슷하니 서로 친구합시다. 좋지 않습니까?"

"하하, 기자께서 친구 하자는데 싫을 리가 있겠습니까? 고기자, 사실 나도 기자라는 신분을 떠나 당신에 대한 얘기를 듣고 감동하던 참입니다. 우리 잘 지내봅시다."

조창조는 고동수와 헤어진 후 송태준과 만나기로 약속한 소공동의 라데방스로 향했다.

라데방스에는 송태준이 먼저 와 기다리고 있었다. 새로 단장한 라데방스의 실내는 일본업소 못지 않게 화려하게 꾸며져 있었다.

"제가 좀 늦었습니다."

조창조가 약속 장소에 들어서 먼저 와 있는 송태준을 보고 깍듯이 인사를 했다.

"아니오. 내가 좀 일찍 나왔습니다. 자 앉으시오. 우선 물이라도 한잔씩 합시다."

송태준은 전남 출신의 사업가로 주먹계와 연분이 많은 사람이었다. 무교동, 소공동쪽에 자리를 잡으면서 자신을 보호해 줄 주먹의 필요성을 느낀 송태준은 광주의 오종철을 상경시켜 무교동 나빌라 영업부장으로 자리를 잡게 했고, 번개 박종석에게는 라데방스 지배인을 맡게 했다.

"회장님!"

번개 박종석이 먼저 와 있는 송태준에게 깍듯하게 인사하며 다가 왔다.

"오, 번개 이리와서 인사들 나눠. 이쪽은 조창조, 그리고 이쪽은 번개 박종석."

"박종석입니다."

"조창조요."

조창조와 번개가 서로 손을 잡으며 인사를 나누었다. 두 사람의 눈빛과 숨결이 혈관을 통해 전달되었다. 이미 상대방의 이름을 충분히 듣고 있었지만 이렇게 대면한 것은 처음이었다.

그들의 인사가 끝나기 무섭게 박영장(朴榮藏)과 오기준이 들어왔다. 그들은 광주 동아파에서 활동하다 상경한 주먹들로 소위 서방파를 조직하고 있는 중이었다.

"오기준입니다."

"박영장입니다."

"조창조요."

송태준의 소개를 받으며 그들이 인사를 나누자 좌장격인 송태준이 장내를 정리하며 모임의 의미를 말했다.

"우리 호남 식구들이 서울에 올라와 자리를 잡는 중에 여타 조직들로부터 텃세를 당하는 것은 우리들의 단결력이 부족하기 때문이라 생각하오. 결코 우리가 힘이 부족해서가 아닙니다. 이번에 조형이 우리와 뜻을 함께 한 것이 바로 그 증표 아닙니까? 우리가 단결만 하면 이 서울땅에서 누구도 우리를 함부로 보지 못할 것이오.”

송태준이 무교동 일대를 주름잡는 호남의 맹장들과 중계동의 신흥주먹 조창조를 한 곳에 모아놓고 보니 힘이 절로 나는 모양이었다.

사실 그들은 무교동의 유흥가가 발전하면서 주변 주먹들과 사소한 충돌을 끊임없이 반복하고 있었다. 그중 명동파와의 갈등이 가장 심각한 것이었다. 그러나 대부분 호남파가 양보하고 물러설 수 밖에 없는 비애가 있었다. 그들은 힘이 약했기 때문이다.

“회장님 말씀이 지당하십니다. 조금 문제가 되는 게 명동인데 그 아이들도 별거 아니라고 봅니다.”

“……?”

오종철이었다. 그의 말에 순간 좌중에 찬물이 뿌려진 듯 조용했다. 명동파가 그렇게 쉽게 볼 상대가 아니라는 것은 그들 자신이 너무도 잘 알고 있는 터였다. 그들에게 명동은 하나의 화두였다.

“어떻게 명동이 별게 아닌가? 현실성이 있는 소리들을 해야지.”

“뭐라 카노?”

“뭐야?”

오기준이 반문을 하자 오종철이 되받아쳤다. 그들은 서로 사이가 좋지 않았다. 그 감정이 커져 끝내 회복할 수 없는 비운이 될만큼.

"이 사람들 이거 왜 이래? 앉아. 지금 이 자리는 단합 자리가 아닌가. 그리고 명동이 지금 장안 전체를 잡고 뒤흔들고 있다 해도 지금 우리에겐 종철과 같은 용기와 기백이 필요한 거요. 자 건배부터 하고 다음을 얘기합시다."

송태준이 술잔을 높이 들었다. 전남 주먹의 대부 송태준의 건배 제의에 조창조, 번개 등이 술잔을 부딪혔다. 그들 호남파의 뿌리는 광주였다.

OK파니 케세라파니 학생 주먹들이 난립하던 광주의 주먹계는 1960년대 초 광주시내의 대호다방과 동아다방을 중심으로 모여 든 청년들 사이에 대호파와 동아파라는 조직이 심백학과 전희장에 의해 결성되었다.

충장로의 신사로 통하던 심백학의 대호파가 후에 유명해진 OB파의 전신이었다.

그 뒤 안남현의 신OB, 이은규의 신양OB, 진상호·박동욱의 충장OB 등으로 분파하여 이동재가 신OB에서 분파, 서울로 상경, 3대 패밀리의 하나인 OB파로 발전했고, 오종철·조양은 등도 그 한 갈래였다.

전희장의 동아파는 계림파·시민파·대인파 등으로 분파했고 그중 한 갈래인 서방파가 서울로 상경(오기준·김태촌)했고, 여운환의 국제PJ파가 광주의 중심 세력으로 남게 된다.

특히 광주의 주변 도시인 순천과 목포 또한 빼놓을 수 없는 지역이었다. 순천, 벌교를 터전으로 한 시민파와 중앙식구파 등과 목포파와 일로파 등이 서울로 상경한 호남주먹들의 든든한 충전지가 되어 주었다.

라데방스에서 모임을 갖고 다시 중계동으로 넘어 온 조창조는 체육관을 찾았다. 동대문에 있는 청도관이었다. 청도관에는 신도환이 저녁 늦게 한번씩 나와 운동을 하고 있었다.

그는 과거 일본 천황배 유도대회를 석권했던 왕년의 유도왕이었다. 그는 4.19혁명 직후 정치폭력 사건으로 이정재·유지광 등과 수감생활을 하였지만 곧 정계에 투신 활발한 정치 활동을 펼치고 있었다.

조창조는 처음 청도관에 와서 신도환과 맞겨루다가 형편없이 깨진 적이 있었다. 싸움에서 져본 적이 없다고 자부하던 조창조로서는 뜻밖의 사건이었다.

유도라는 룰안에서 치뤄진 제한적인 대결이었으나 조창조는 납득이 가지 않았다. 신도환의 손에 잡히기만 하면 자신은 너무도 쉽게 중심을 잃곤 하는 것이었다.

"나오셨소? 자 한판 잡아 봅시다."

신도환이 유도복을 갈아 입고 대련 자세로 나오는 조창조의 한쪽 옷소매를 잡았는가 싶더니 어느새 당김과 밀어치기로 조창조의 균형을 무너뜨렸다.

타악!

쉬익!

조창조는 이번엔 쉽게 당하지 않겠다는 듯 버티었다 신도환의 가벼운 손 공격에 매트 위로 넘어지고 말았다.

"……?"

"하하하. 무도와 싸움은 같은 것이지만 또한 이렇게 다른 것이기도 하지요. 스트리트 화이터(거리의 싸움꾼)도 제한적인 공간과 규칙 안에서는 낯선 것이 당연하고, 절정을 꿈꾸는 고수는 그 틈을 놓치지 않는 것입니다."

신도환은 알듯 모를 듯한 말을 조창조에게 하고 있었다. 그들은 매트 한장을 사이에 두고 마주 앉았다.

"승부는 언제나 한 순간이었습니다. 상대가 많던 적던 맞싸우는 순간 상대의 급소가 보이고 그 순간에 생사가 결정되듯 승부는 결정나곤 했습니다. 스피드와 타이밍만 잘 잡으면 한번 해볼 수 있겠다 싶지만 유도에서는 그게 잘 통하지 않는군요."

조창조가 한 수 가르침을 청한다는 듯 의견을 물었다. 수많은 실전을 통해서 습득한 싸움의 기술을 유도와 연결하려는 그의 말에 신도환이 빙긋이 웃으며 말했다.

"스피드와 타이밍도 중요하지만 그보다 더 중요한 것은 생각하기 전에 움직이는 반사동작이지요. 생각하고 치면 스피드와 타이밍이 그만큼 반감되지만 생각이 없는 반사적 동작은 그만큼 빠른 법입니다. 잡아보면 압니다."

신도환이 자리에서 일어나며 한 손을 뻗는 자세를 취하며 말했다. 그의 선 자세가 장중하고 엄숙해 마치 태산이 앞에 서 있는 듯 했다.

"유도는 상대의 힘을 이용하는 무술이지요. 잡아 끌면 끌려 가고 밀면 함께 밀려 주는… 잡고 끌려는데 따라 오지 않고 버티는 자는 이미 상대가 못되지요. 잡고 밀때 있는 듯 없는 듯 무심(無心)으로 맞서는 자가 진정 무서운 자입니다. 그럼……."

신도환이 자리를 뜨며 예를 취했다. 그의 보좌관이 도장 안으로 들어와 기다리고 있었다.

'뻣뻣하면 하수다.'

조창조는 신도환의 말을 음미하며 혼자서 한참동안 땀을 뺏다. 새삼스럽게 도장에서 땀을 뺀다는 것이 쑥스러운 일이었지만 몸을 단련하기 위해서는 운동시간이 꼭 필요했다.

그런 중에 유도의 달인 신도환과 만난 것은 행운이 아닐 수 없었다. 신도환은 조창조가 형·아우로 지내는 박영장의 장인이기도 했다.

"형님?"

"응? 어 그래……."

조창조는 체육관으로 찾아 온 서인석을 보고 도복을 갈아 입고 체육관을 나왔다. 노사장 일을 처리하고 온 서인석이 상황을 설명했다.

"회현동에서 노는 양아치들이 주민 한명과 연결되어 있더군요. 노사장이 건물을 지으면 출입구와 자신의 집 벽에 금이 간다며 공사를 방해하고 있었습니다."

"그래서?"

"먼저 양아치 새끼들을 진상을 떠는 주민들과 떼어놓았습니다. 한 두번만 더 설득하면 잘 해결될 것 같습니다."

서인석이 조창조의 얼굴을 바라 보며 말했다.

"잘했어. 그런 일에 잡음이 생기면 안돼. 그런 개인들간의 이해가 관련된 일을 잘 처리하는 것이 극도(極度)다."

"극도요?"

"아, 일본에서 야쿠자들이 쓰는 말인데 협객이란 말이지. 올바른 주먹을 일컫는 말이야."

조창조가 서인석을 대동하고 청과물시장에 도착하자 먼저 와 기다리는 사람이 있었다. 그는 남대문 시장에서 주먹을 휘두르는 한수였다.

"당신이 조창조인가?"

"형님, 엄동욱이라는 권투선수 출신 주먹의 동생입니다. 저 친구도 권투를 한 것으로 알려져 있습니다."

서인석이 조창조에게 한수에 대한 정보를 알려 주었다. 조창조가 한수 앞으로 나서며 말했다.

"그렇소. 내가 조창조요. 그런데 무슨 볼일이라도 있소?"

"우리 상인들이 자꾸 당신에게 당한다던데……?"

"나는 건전한 상인들을 괴롭혀 본 적이 없소이다."

"어제 당신한테 얻어 맞은 사람이 있는데 오리발을 내밀기요?"

"어제? 아 그 친구는 상인이 아니라 양아치였소. 우리 경매인에게 행패를 부리기에 만류한 것 뿐이요."

조창조는 어제 오후에 있었던 일을 상기하며 한수에게 말했다. 그런 일은 부지기수였다.

"만류? 그런데 턱뼈가 돌아가나? 당신 주먹이 그렇게 센가?"

한수가 겉옷을 벗어 던지며 말했다. 어느새 그가 권투폼으로 조창조에게 접근하고 있었다. 빈틈 없는 자세였다.

쉬익!

한수의 왼손이 나오기도 전에 조창조는 몸을 날려 한수의 왼쪽 다리를 차 넘겼다. 순간적인 일이었다.

"이런?"

다리를 공격당해 넘어졌던 한수가 몸을 일으켜 다시 공격 자세를 취하려 했다. 그러나 그것은 생각일 뿐이었다. 그의 왼쪽 다리가 뜻대로 움직이지 않았다.

"돌아가시오. 다만 이거 한가지는 알았으면 합니다. 나 조창조는 필요없는 주먹을 쓰는 사람이 아니라는 것을."

조창조는 그 말과 함께 한수를 뒤로 하고 사무실로 돌아왔다. 밖에서는 서인석이 한수의 겉옷을 집어주며 돌려보내고 있었다. 싸우고 나서 상대의 독기를 더욱 높여 놓을 필요가 없다고 생각하는 사람이 조창조였다.

그는 이같은 자세와 스타일로 60년대 후반 서울 주먹세계에 급격히 세력을 넓히고 있었다.

풍운의 1970년대가 그렇게 다가오고 있었다.

제2부

청평사의 가을

일어나야지.
밤새 하늘의 물감이 다
내려와 온 마을을 단풍으로 다 가둬
놓았는데. 바보같이 너만 혼자
잠들어 고립되었다는
말이냐.

1

가을이 다가와 훌쩍 길을 가고 있었다.

온 산이 그야말로 만산홍엽, 떨어지는 것이 낙엽이고 바람에 날리는 것도 낙엽이었다. 만추의 가을이 쓸쓸한 영화의 엔딩 장면같은 가을이었다.

토질이 좋아서 예로부터 도요지로 유명한 이천의 한 집 거실에 중년의 사내 둘이 앉아 있었다. 그들 앞에는 찻잔과 다기가 놓여 있었다.

"다향이 좋군요."

"지난번 운문사에 갔을 때 그곳 스님에게서 얻어 온 것인데 그 향이 가히 일품입니다."

"운문사라면 초의선사라는 그 유명한 스님이 기거 하면서 차를 재배했다는 곳 아닙니까?"

"하하, 조형이 차에 대해 많은 것을 알고 있군요."

"들은 풍월입니다. 여기저기 떠돌다 보니 주색다협(酒色茶協) 아닙니까?"

"주색다협?"

"술·여자·차·주먹말입니다."

"아, 그렇소? 술·여자·차·주먹이라. 그렇지, 듣고보니 우리 생활과 잘 어울리는 말이구료. 하하하."

단정하게 차려 입은 평상복 위에 짧은 밤색 조끼를 받쳐 입은 자가 유지광이었고, 그를 찾아 서울에서 이천까지 내려 온 자가 조창조였다.

유지광은 이정재가 세상을 떠나자 동대문사단의 계보를 뛰어 넘어 전국주먹들의 상징처럼 활동하던 존재였다.

이정재.

60년대 한국 주먹계의 대부중의 대부였던 유지광의 보스 이정재는 경기도 이천 출신으로 휘문고보를 나왔고 당시 전국 씨름왕 대회를 3연패 했던 역사(力士)였다. 경제적 기반과 먹거리의 부족이 심각하던 시절 난장을 돌며 씨름판을 벌이는 사업이 주먹들의 최대의 이권 사업이었고, 전국 주먹들의 각축장이기도 했다.

경기도 일대의 난장을 주름잡던 이정재는 서울에 입성, 종로4가에 터를 잡고 김두한과 호혜적 관계를 유지하다가 끝내 정치적 갈등관계를 빚는다.

6형제회의 소위 이정재·임화수·조열승·김복록·김사범 등을 중심으로 동대문사단을 결성, 최강 조직을 구성했다.

이정재는 자신의 고향인 여주·이천에서 국회의원에 출마하려는 정치적 야망을 펼치다 이기붕과 반목, 끝내 5.16쿠데타 이후 비운(悲運)을 맞는다.

그가 이끌었던 동대문사단에는 친위부대 오따 정종훈, 도끼 이석재, 쐐기 장세기, 이천일을 필두로 행동대장 유지광, 낙화유수 김태련 등 기라성같은 주먹들이 즐비했다.

유지광은 5.16이후 군법회의에서 받은 5년 6개월의 형을 마치고 나와 곧바로 화랑동지회라는 단체를 만들어 이정재 사후 구심점을 잃어 버렸던 동대문의 계보를 재구축한다. 이천의 유지광의 집에는 전국의 주먹들이 끊임없이 찾아들었다.

“그건 그렇고 천안의 조일환이 일을 저지른 모양이던데?”

“그렇습니다. 지금 그 일로 전국의 주먹들이 난리들입니다.”

“듣기로는 엄청난 인원들이 동원되었다는데 그 말이 맞는 말이오?”

유지광이 찻잔을 탁자 위에 내려놓으며 호기심을 보였다. 이정재의 심복으로 동대문사단의 별동대를 이끌고 수많은 전쟁을 치러 왔던 자신의 지난날이 떠오르는 모양이었다.

“숫자는 정확히 몰라도 엄청난 인원이 동원된 것은 사실인 모양입니다.”

“대결도 만만치 않았을 텐데 거기다 명동의 지원도 있었을 테고……?”

유지광이 말했다. 그들의 대화는 얼마전 속리산호텔 카지노에서 있었던 사건을 말하는 것이었다.

당시 대전의 주먹계는 서종식의 쪽제비파와 목포네기파의 김기영이 양분하고 있었다. 서종식은 단구에 특유의 두뇌와 배짱으로 정덕진으로부터 카지노 지분을 사들여 친구 한용석과 함께 운영하고 있었다.

그곳을 천안의 조일환과 수원의 최창식이 연합하여 밀고들어가 난리를 친 것이 속리산 카지노사건이었다.

"서종식이 명동의 신상사, 이승완 등과 친분이 돈독하고 실제로 명동식구인 꼽술이 최정국이 파견 나가 보안반장을 맡기도 했으니까요. 그러나 결국 조일환의 뚝심에 밀려 양보를 한 모양입니다."

"일정량의 지분을 얻어내고 말이죠……?"

"그렇겠죠. 조일환으로서는 승리를 했다 생각할 겁니다."

"승리, 승리라……."

유지광이 자리에서 일어나 장지문을 활짝 열었다. 마당에 심어져 있는 정원수에서 마른 잎이 떨어지고 있었다.

"천안의 곰이 그 사건으로 명실공히 전국구 주먹이 되었구만."

"세를 얻은 것이 사실입니다. 도무지 겁이 없는 성격에 서울과 지방을 마음대로 쑤시고 다니더군요. 이것 저것 눈치 볼 것 없이 말입니다. 지난번 워커힐사건만 해도."

"음……."

유지광은 장지문과 들창 사이의 공간에 놓여 있는 난초의 가지를 손으로 어루만지며 헛기침을 했다. 워커힐 카지노사건은 동대문 주먹들에게도 약간의 체면이 걸린 문제였다.

속리산 카지노사건이 있기 얼마 전 천안의 조일환은 자신의 직계 부대를 이끌고 한강 다리를 건너고 있었다.

수원의 최창식은 물론 모경호·신성근·박충규 등 조직원들을 가득 실은 7~8대의 관광버스가 수도 서울로 진군하여 워커힐 카지노로 들이 닥쳤다.

카지노 업계와 주먹의 결탁이 이 세계의 불문율이고 보면 당대 최고 주먹을 나타내는 증표는 워커힐 카지노의 보안책임권에 있다고 해도 과언이 아니었다. 워커힐 카지노의 사장은 전낙원이었고, 보안책임격 운영을 맡은 자는 지배인 유화열이었다.

유화열은 상이군인들의 대부로 동대문, 종로 주먹들과 밀접한 관계가 있었다.

그는 김두한·이정재가 건중친목회라는 단체를 만들었을 때 그 고문직을 맡기도 했던 왕년의 주먹이었다.

유화열은 애초 전낙원을 이끌어 주던 사람이었으나 지금은 위치가 역전되어 있었다. 그것은 타고난 전낙원의 사업수완 때문이었다.

어쨌든 카지노업계의 명콤비인 유화열과 전낙원의 중심업장인 워커힐로 천안의 주먹 조일환이 밀고 들어온 것은 사건이 아닐 수 없었다.

"지배인, 이거 어떻게 된거야? 어떤 놈들이 업소를 난장판으로 만드는 거야?"

전낙원이 얼굴이 사색이 되어 유화열을 찾았다. 이북 출신으로 6.25이후 명동에서 오락기 사업을 키워 카지노 업계의 대부로 성장했고, 훗날 여동생이며 문인(文人)이었던 전숙희를 도와 동서문학을 후원했던 유화열도 이런 류의 사건은 처음 당하는 것이었다.

"천안의 조일환이 애들을 끌고 쳐들어 온 모양입니다. 겁대가리를 상실해도 유분수지."

유화열이 전낙원의 흥분을 가라앉히며 말했다. 그러나 당황한 것은 그도 마찬가지였다. 느닷없이 발생한 돌발 사태에 천하의 유화열이라 해도 뾰족한 수가 없었다.

"수백명도 넘겠군. 어떻게 막아 보던지 해야 할것 아닌가?"

"애들을 소집하겠습니다."

"시간이 없잖아? 지금 급한 것은 업소에 난입한 놈들을 제지하는 것이 급선무인데 이제 인원을 동원해서 어쩌라는 거야?"

"그렇다고 앉아서 당할 수만은 없지 않습니까? 우선 급한대로 상주인원들로 막으면서 지원부대가 올 때까지 시간을 벌 테니 여기 저기 전화나 좀 해주십시오."

유화열이 밖으로 나가자 전낙원은 전화기를 집어 들었다. 자신의 업소 안에서 전쟁을 치룰 수는 없었다. 주먹세계의 충돌은 희생을 동반하는 것이 상례인 이상 불난 집에 기름을 뿌릴 수는 없는 것이었다.

전낙원이 전화를 건 곳은 지원부대가 아니라 경찰과 중앙정보부 등 요소였다. 그들이 어떤 때는 주먹들에게 요긴한 소방수였기 때문이다.

"조형?"

"네."

"사건의 발단이 재미 있던데……?"

"네. 먼저 수원의 최창식이 워커힐 카지노에서 3백만원을 잃은 것이 발단이 된 모양입니다. 끝내 되찾아 갔다는군요."

"하하하, 따면 그만이고 잃으면 다시 되찾아 간다. 그야말로 주먹다운 발상이구료. 그건 그렇고 내가 볼적에 조일환은 뚝심만 있는 것이 아니오. 무식하게 돌발적인 것 같으면서도 결국엔 자신의 몫을 다 챙기고 있으니 말이오. 뒤탈도 없이 깨끗하게 말이지. 엄청난 인원들을 동원해 세상을 깜짝 놀라게 해 놓고도 정작 아무일도 없지 않소?"

유지광의 얼굴에 잔잔한 미소가 흘렀다. 차분하고 여유가 있는 얼굴이었다.

"뚝심과 함께 머리도 비상하다는 증거겠죠. 아마 서울에서 저희들이 그만한 인원들을 동원해 설치고 다녔다면 벌써 난리가 났을 겁니다. 시국으로 보아서도 말이죠."

"만천하에…… 하늘을 가리고 땅을 건넌다는 상대의 의표를 찌르는 작전이오. 아마 조일환의 휘하에 조직이나 작전의 귀재가 있을 거요. 그렇지 않고서야 이런 무모한 작전을 연거푸 성공시킬 수는 없는 거요."

"……."

"조형?"

"네."

"동생들을 관리하는데 노고가 많을 겁니다. 원래 우리들 일이라는 것이 소문이 요란하고 실속이 없는 일이라서…… 항상 힘들다는 거 내가 잘 압니다. 그런데 조형?"

"네 말씀하시죠."

"정사장 말이요?"

"정덕진이 말입니까?"

"그래요. 속리산건 때문에 마음이 상했을 것 같은데……."

"물론 기분이야 좋을리 없겠죠. 그러나 정덕진이 그깟 일에 연연할 사람입니까?"

"하하하 맞아요. 그 친구라면 능히 그깟 일 정도야 벌써 떨쳐버렸을 게요."

유지광은 정덕진만 생각하면 기분이 좋았다. 충무로와 명동일대를 배회하며 꼬깃꼬깃하던 삶을 펼치던 어린날의 정덕진을 만나 인연을 맺은 지 벌써 수십년 각별한 사이였던 것이다.

정덕진은 충무로의 시대극장 앞에서 암표장사를 하던 소년 시절에도 남다른 데가 있었다. 유지광은 극장 앞에서 처음 그를 만났을 때 큰 그릇임을 알아 보았다.

"몇살이지?"

"열 여덟입니다."

"그래 식구가 몇 명이나 되나?"

"대여섯명 됩니다."

"너 내가 누군지 아나?"

"네. 유지광 형님을 어떻게 모르겠습니까?"

"그래. 내 밑에 들어오겠니?"

"싫습니다."

"싫어?"

"네 말씀은 고맙습니다만 저는 제 꿈이 있습니다."

"꿈? 네 꿈이 주먹이 아니라 다른 거란 말이지?"

"네, 저는 사업을 하고 싶습니다."

"사업?"

"네 저는 돈을 많이 벌고 싶습니다. 엄청난 돈을……."

유지광은 같은 또래의 고아나 가출한 소년들과 함께 암표상을 하며 충무로 바닥을 전전하면서도 기백을 잃지 않고 있던 정덕진을 좋아할 수 밖에 없었다. 어린 날의 불행을 좌절하지 않고 한 번 멋지게 살아 보겠다는 가상한 정신과 당대의 유지광의 말을 거절할 수 있는 배포가 마음에 들었던 것이다.

"정덕진을 생각하셨습니까?"

"아, 내가 잠깐 딴 생각을 한 모양이오."

"사실 오늘날의 정덕진이 있기엔 회장님의 도움이 절대적이었다고 들었습니다. 충무로와 청량리에 작은 오락실을 차려 번창일로를 가게 된 것이 회장님의 배려였다고 다들 그러더군요."

조창조가 유지광을 바라 보며 말했다. 유지광과 정덕진의 인연이 주먹사회에서 새삼스런 것은 아니었다.

"아니오. 그것은 그렇지 않소. 물론 나의 도움도 전혀 없었다고는 할 수 없으나 정작 오늘날의 정덕진이 있었던 것은 바로 정덕진 자신의 노력과 능력 때문이요. 오죽하면 사업의 귀재 이승완이 운영하다 포기한 명동의 빠징코를 인수해 성공작으로 만든 것을 보더라도 그의 사업수완이 탁월함을 인정하지 않을 수 없소."

"하하 회장님께서 정덕진을 많이 아끼시는군요."

조창조가 찻잔을 탁자 위에 놓고 작은 물주전자를 들어 물을 따르며 말했다. 찻잔에서 하얀 김이 피어 올랐다. 조창조는 새삼 유지광을 통해서 보스의 모습을 엿볼 수 있었다.

보스란 무엇인가? 보스란 결국 사람의 마음을 잘 이끄는 덕성의 강자가 아니던가.

"그런데 조형?"

"네."

유지광이 손질 하던 춘란에서 떨어져 방으로 들어왔다. 그의 손엔 어느새 벽에 걸려 있던 한국도가 한 자루 들려 있었다. 칼자루 위에 금색으로 쓰여진 대명(大命)이란 글씨가 돋보였다.

"이번에 내가 만든 화랑동지회를 활용해서 말입니다."

"……."

조창조는 유지광의 긴 설명을 들으며 고개를 끄덕였다. 유지광은 옛날 명동과 전쟁을 벌였던 종로 아오마쯔, 서대문의 최창수와 함께 만들었던 삼우회(三友會)와는 약간 성격이 다른 단체인 화랑동지회를 최창수 그리고 광화문의 임형빈 등과 조직하고 그 진로를 고심하고 있던 중이었다.

조창조가 중계동 자신의 사무실로 돌아오자 하나의 작은 사건이 기다리고 있었다. 아우 중에서 이배근이 화를 참지 못하고 씩씩대고 있었다.

"뭐야?"

"아닙니다. 형님!"

"뭐냐니까?"

조창조의 추궁을 이기지 못하고 이배근이 자리에서 벌떡 일어나 말했다.

"신상사한테 당했습니다."

"뭐야? 신상사한테 당하다니?"

조창조가 얼굴에 핏대를 세우며 말했다.

"이봐, 형님한테 똑바로 얘기해."

옆에 있던 서인석이 사태가 이상하게 돌아가려 하자 나섰다.

"사보이호텔에 갔다가 당했습니다."

"왜 당했는데? 그리고 사보이호텔엔 네가 왜 갔어?"

조창조는 두가지를 한꺼번에 물었다.

"그냥 사보이호텔에 갔다가 신상사가 있길래 그만……."

"뭐야? 네가 시비를 걸었다는 거야? 뭐야?"

"형님, 제가 말씀드리겠습니다."

서인석이 이배근의 편을 들며 말했다. 조창조의 서슬에 이배근이 말을 더듬거리자 동료를 도우러 나선 것이다.

"배근이가 사보이호텔에 가 커피숍에 앉아 있는데 마침 뒷자리에 신상사가 앉아 있었던 모양입니다. 그런데 그가 일어나다 배근이와 부딪혔다는 겁니다. 그래서 배근이가 사과를 요구하다 얻어 터진겁니다. 얘기는……."

"신상사가 주먹을 휘둘렀다는 말인가?"

"아닙니다. 신상사가 그런 일에 주먹을 쓸 사람입니까? 그와 같이 있던 구달흥에게 맞았답니다."

신상사는 당시 유지광과 더불어 전국 주먹계를 양분하는 위치였다. 육군특무대 이등상사 출신으로 중앙극장을 중심으로 한 정팔의 압록강 동지회에서 주먹으로 출사, 이화룡·정팔의 계보를 그대로 이어 받아 명동의 보스로 자리잡고 한국 주먹세계의 1인자로 군림하고 있었다.

"그래, 그런데 너 사보이호텔은 왜 갔는데?"

조창조가 이배근에게 다시 물었다. 사보이호텔은 자신도 잘 가지 않는 곳이었다. 그곳은 명동의 본거지나 마찬가지였다.

"친구를 좀 만나러……."

이배근이 친구를 핑계대며 사태의 모면에 나섰다. 일이 묘하게 꼬인다는 표정이었다.

"너를 탓하는 것이 아냐. 이왕 그렇게 된 거 잘못한 것도 아냐. 누가 감히 명동의 본가에 가서 신상사에게 시비를 걸겠나? 그래도 배근이 너 정도는 되니까 그런 짓도 할 수 있는 거지. 나가들 봐."

"……?"

이배근과 서인석이 칭찬인지 질책인지 구별이 가지 않는 조창조의 말을 듣고 밖으로 나갔다. 조창조는 상의를 벗어 책상 위에 던져 놓고 자신의 의자에 몸을 던졌다.

'음 신상사…… 신상사라……?'

조창조는 양손에 깍지를 끼고 깊은 생각에 잠겼다. 서울의 주먹세계는 겉으로는 평온했다. 10년 넘게 명동과 신상사의 시대가 있었으나 속내를 들여다 보면 그렇지도 않았다. 유지광을 중심으로 한 동대문의 계보가 건재했고, 서울로 진출해 올라오는 호남세가 그렇고, 워커힐이나 속리산 카지노 등을 슈킹하는 천안의 조일환 등 지방세도 만만치 않았다.

"오종철이 말이 맞아. 명동을 장악하지 않고는 이땅에서는 아무 것도 할 수 없어."

조창조는 시트에 머리를 대고 담배를 꺼내 물었다. 그때 사무실 안으로 누군가가 들어왔다.

"형님!"

"응 자네 누구야?"

"태촌입니다. 형님!"

김태촌이 조창조 앞에 와 인사를 했다. 얼마전 오기준이 소개를 시켜 줘 인사를 튼 사이였다. 그 뒤로 김태촌이 가끔 찾아와 용돈을 얻어 가곤 했다.

"그래 앉아. 요즘 바쁜가?"

"아니지라 형님, 뭐 별로 할 일이 있어야지라."

"일이 없으면 돼나. 사내가 일이 없으면 내일이 없지. 그러나 자네에게는 금방 일이 있을 거야."

"……."

"식사전이지? 마침 잘 되었어. 나가자고."

"아 네 그러지라."

조창조가 자리를 털고 일어서자 김태촌이 뒤를 따랐다. 이목구비가 뚜렷한 얼굴에 과묵한 김태촌의 평소의 모습이 그대로 드러나는 대목이었다.

"그런데 형님……?"

"뭔가? 뭐 할말이 있나?"

"동생들이 있어서라."

"그래. 그럼 함께 가야지. 어디 삼겹살 집에라도 가서 소주라도 함께 하자."

조창조는 동생들을 챙기는 김태촌의 어깨를 치며 앞장을 섰다. 그 뒤를 김태촌이 결코 멀지도 가깝지도 않은 거리를 두고 뒤를 따랐다.

"형님?"

사보이호텔 커피숍에 중년의 사내들이 앉아 눈물을 머금고 있었다. 박원선과 김관철이었다.

"그간 어떻게 지내셨습니까?"

박원선은 목이 메였다. 옛날 명동의 명소 무랑루즈의 동업 사장이던 김관철을 종로의 주먹 아오마쯔와 더불어 린치 주먹계를 떠나게 만들었던 지난날의 자책감에 몸을 떨던 그였다.

김관철, 해병대 출신의 철권으로 종로와 명동의 밤거리를 무상으로 출입하며 주먹을 날리던 김관철을 은퇴시켰던 날에 생긴 흉터가 얼굴에 고스란히 남아 있었다.

"그래, 잘 있었나? 사업도 잘 되고?"

김관철은 여러 사업을 거쳐 당시 사보이호텔의 빠징코를 운영하는 박원선에게 별다른 감정이 없다는 듯 무심한 표정을 지었다. 지난 일은 다 잊었다는 표정이었다.

"형님, 그때 일은 정말 죄송합니다."

"나는 다 잊었네. 이렇게 서로 잘 살고 있으면 되는 일 아닌가?"

"형님, 정말 고맙습니다. 그렇게 마음으로 용서를 하셨다니 저도 정말 마음이 편하군요."

"그토록 마음 고생을 했었나? 오히려 내가 미안하군."

"형님 그런데 그 모습이……."

박원선은 김관철의 행색에 마음이 아팠다. 주먹 출신들의 말년이라는 것이 대부분 그랬지만 김관철은 더욱 초라해 보였다.

"하하 그럼…… 자 다음에……."

김관철이 무슨 말을 하려다가 말고 자리에서 일어나려 했다.

"형님 잠깐만요. 잠깐……."

박원선이 자리에서 일어나 자신의 영업장으로 내려가더니 봉투를 하나 가져 와 김관철 앞에 내놓았다.

"형님, 이거 용돈이나 하십시오. 그리고 자주 찾아 주십시오. 형님 용돈은 이제부터 제가 책임지겠습니다."

"저……?"

"형님 무슨 하실 말씀 있습니까?"

박원선이 김관철의 손에 봉투를 쥐어 주며 말했다.

"아닐세. 그럼……."

김관철이 힘없이 호텔을 나섰다. 로비까지 나와 배웅을 하던 박원선은 퇴장한 왕년의 주먹 김관철의 뒷모습이 눈에 밟혀 금방 커피숍을 떠날 수 없었다. 그런데 잠시 후 김관철이 헐레벌떡 되돌아 왔다.

"형님……?"

"원선이 고맙네. 사실 나 아이 학교 등록금이 부족해 염치불구 자네를 찾아 왔었네. 입이 떨어지지 않더군. 그런데 이 돈은 너무 많아."

"아닙니다. 형님 제가 형님에게 한 짓을 생각하면 이건 아무것도 아닙니다. 이제 자주 놀러오십시오."

"원선이……."

두 사내의 맞잡은 손이 뜨거웠다. 김관철의 손에는 100만원권 수표 석장이 들려 있었다. 대학 등록금이 20만원을 조금 넘던 때였다.

사보이호텔은 이처럼 명동 주먹계의 많은 사연들이 피고지는 화원같은 곳이었다. 전국의 주먹들이 서울에 왔을 때 한 번쯤 들려 가는 것은 물론 서울의 보스급 주먹들의 사교장 같은 곳이었다. 그것은 물론 명동과 신상사가 그곳에 있다는 것 때문이었다.

이즈음의 명동 주먹계는 신상사와 이승완을 따르는 두 개의 흐름이 있었다. 충무로의 보스였던 정결은 사업쪽으로 기반을 잡고 주먹 일선에서 물러난 상태였다.

신상사와 이승완도 비슷한 처지였다. 나이트크럽, 대형가구

점, 양주대리점 등이 그들이 당시 운영하던 사업이었다.

"원선 형님, 관철이형이 다녀갔다면서요?"

신상사가 커피숍에 앉아 있다가 수시로 드나드는 박원선을 보고 말했다.

"나도 뜻밖이었어. 놀랍기도 하고 반갑기도 하고."

"왜 안 그렇겠습니까? 그 형 사는 형편은 좀 어떻습니까?"

신상사가 커피를 다시 시키며 말했다. 그는 호텔커피숍에서 진종일 사람들을 만나고 저녁무렵 차값을 한꺼번에 계산하는 타입이었다. 그 차값이 어떤 날은 십만원이 넘는 날도 있었다.

"그렇지 뭐. 주먹들 말년이라는 것이……."

"큰일입니다. 주먹들도 모여 연금조합같은 거라도 하나 만들던지 해야지 원."

신상사가 입맛을 다시며 말했다. 수많은 주먹계 은퇴자들의 삶을 가까이서 지켜보던 신상사는 그들의 곤궁한 삶이 항상 안타까웠다. 그래서 만나는 선배마다 옛날 종로며 동대문을 가리지 않고 용돈을 나누어 성의를 표시하고 있었다.

"요즘은 좀 어때?"

"뭐가 말입니까?"

"호남 주먹들이 강성해지고 있다는데……."

박원선이 신상사의 얼굴을 바라 보았다. 호남 주먹들의 움직임은 명동에서도 화제거리였다. 동대문이며 종로며 하면서 경쟁을 하던 옛날에 견주어 하나의 세력이 등장한다는 것은 분명 사건이 아닐 수 없었다.

"글쎄요. 골목에서 가끔 우리 애들과 충돌을 하는 모양인데 그 정도야 사람 사는 곳에 늘상 있는 일이고 별로 신경 안 씁니다. 저도 이제 주먹 일선에서 떠난 몸이고, 제 나이도 불혹이 다 됐지 않습니까?"

신상사가 커피잔을 만지며 말했다. 그의 뒷자리에 참모격인 윤형기가 신문을 펼쳐 들고 있었다.

"맞아, 아우도 이제 마음 편하게 살때가 되었지. 지난날들이 재미도 있었지만 어떻게 보면 그게 사는 거였나? 억지로 산거였지."

"하하, 형도 나이가 드시니까 이제 도인이 되시는구료."

"도인?"

"말끝마다 세상 다 산 사람 같으니 말입니다."

"하하 그래 도인이라, 그 말도 싫지는 않군."

"그럼, 요 앞에 돗자리 한장 깔아 드려야겠습니다."

"뭐야? 이사람…… 어?"

"뭡니까?"

신상사가 박원선의 모습을 보고 뒤를 돌아다 보았다. 출입구를 등지고 앉아 있어 박원선이 먼저 본 사람을 늦게 볼 수 밖에 없었다.

뒷자리에 신상사의 차단막처럼 앉아 있던 윤형기가 들고 있던 신문을 내려놓고 한 사내를 노려보고 있었다. 검은 양복에 중절모가 썩 잘 어울리는 사내였다. 조창조였다.

신상사가 자리에서 일어났다.

"……!"

두 사내의 시선이 허공에서 마주쳤다. 이 땅의 주먹세계에서 두말이 필요없는 사나이 신상사와 전남 경상도 주먹들이 큰 형님으로 받드는 조창조가 커피숍 안에서 마주 서자 실내가 찬물을 끼얹은 듯 조용했다.

뚜벅.

뚜벅.

조창조가 신상사에게 바짝 다가왔다. 신상사가 좌석에서 다리를 빼고 비스듬하게 조창조를 바라 보았다.

신상사가 탁자 위에 벗어 놓았던 중절모를 들어 한 손을 감추고 강렬한 눈빛을 조창조에게 쏘아보냈다.

열려 있는 커피숍문 안으로 명동의 거리를 휩쓸고 다니던 바람이 쏟아져 들어 왔다.

2

남표가 서울에 온 날은 오미령이 병원에 오는 날이었다. 그녀는 아직도 1개월에 두번씩 병원에 들러야 하는 환자였다. 그녀는 완전한 몸이 아니었다.

"이렇게 있으니 행복하다. 아픈지도 모르겠어. 어떻게 지난 3년을 보낼 수 있었는지……."

오미령이 서울 한 병원의 병실에서 간병을 하는 남표의 손을 잡고 말했다. 환자복으로 갈아 입은 그녀의 모습이 더욱 애처롭고 아름답다고 남표는 생각했다.

"먼저 검사부터 받으십시오. 제가 무엇을 도와야 하는지……."

"시간이 좀 걸릴 거야. 병실 밖에서 좀 앉아 있으면 돼."

"그렇게 하면 되겠습니까?"

"그럼. 남표가 가까이 있다는 것만으로도 나는 행복하거든."

오미령은 병실에서 남표의 손을 한 번 잡아 주고 간호원이 이끄는 검사실로 들어 갔다. 남표는 그 뒷 모습을 보고 병원을 나와 대륙건설의 사옥으로 향했다. 서울에 오미령과 함께 오기 전부터 생각했던 일이었다.

대륙건설의 사옥은 병원에서 그리 멀지 않은 곳에 있었다. 경인공단의 조성 사업에서 엄청난 실적을 보여 자리 잡은 대륙건설은 욱일승천하는 사세를 과시라도 하듯 단독 사옥까지 갖추고 있었다.

"어디를 가신다고요?"

대륙이란 헝겁으로 된 명찰을 가슴에 달고 있던 경비가 남표를 제지하며 말했다. 사장을 면담하러 왔다는 말을 확인하려는 듯 반문했다.

"최억기 사장을 만나러 왔다고 분명히 말했을 텐데요."

"사장님을……? 약속은 된 겁니까?"

경비가 다시 남표의 아래 위를 훑어 보며 말했다. 경비로서 충직한 일면을 갖고 있는 중년의 사내였다.

"약속은 된바 없습니다. 그러나 최사장이 나를 피하지는 않을 겁니다."

"약속한 바가 없다고요? 호, 그런데 사전 약속도 없이 이렇게 찾아 와 저희 사장님을 만나시겠다? 돌아가시오. 하루에도 당신 같은 사람이 몇 사람씩 됩니다."

경비가 이제 모든 것을 알았다는 듯 남표에게 출입구를 가리키며 말했다. 별 싱거운 사람 다 봤다는 표정이었다.

"당신 이러면 실수 하는 겁니다. 사장실에 전화 연결이라도 한 번 하고 이렇게 나와야지."

남표가 오히려 경비의 앞으로 한발 더 나가며 단호하게 말했다. 조금도 굽힘 없는 표정과 자세에 경비가 고개를 갸웃 거리더니 수화기를 들었다. 경비실까지 자체 전화기가 놓여져 있는 것만 봐도 대륙의 사세를 가늠할 수 있었다.

"당신 신분과 용건을 얘기 하시오?"

"나의 이름은 남표고, 오미령씨 일로 최사장과 만날 일이 있다고 전하시오."

경비가 수화기에 대고 남표가 말한 이름과 용건을 불러 주고 있었다. 상대가 최억기는 아닌 듯 했다.

"잠깐 기다리시오. 그리고 다시 한번 말하지만 당신 허튼 수작을 부렸다가는 나한테 혼날줄 아시오."

경비가 팔 소매를 걷어 부치며 전화기를 내려다 보았다. 그의 굵다란 팔들 위에 '배신 사(死)'란 문신이 선명하게 새겨 있었다.

"후후……."

남표는 쓴 웃음을 지며 담배를 꺼내 물었다. 배신하면 죽는다는 문신의 글자가 씁쓸하고도 웃겼다.

그때 경비 앞에 놓여 있는 전화기에서 벨이 울렸다. 교환을 일일이 거쳐야 하는 수동식 전화기였다.

"아, 네. 알겠습니다. 저……."

경비가 경직된 모습으로 남표에게 들고 있던 수화기를 전해 주었다. 그의 표정에 자신이 무엇인가를 실수했다는 기색이 깃들어 있었다.

"나 최억기요. 당신이 남표라는 친구라고?"

수화기 저쪽에서 탁하고 둔중한 목소리가 들려 왔다.

"맞습니다. 제가 남표입니다. 인사가 늦었습니다."

"인사가 늦었다…… 하하 생각보다 빨리 나온 모양인데 그렇다면 어디엔가 몸을 숨기고 나름대로의 생도지망을 갖는 것이 도리겠거늘 이렇게 명 재촉을 한단 말인가?"

"최사장께서는 별 걱정을 다 하십니다. 그런데 이렇게 정 없이 기계통에다 대고 얘기를 해야 됩니까?"

"나를 만나고 싶다는 말인가? 나는 너같은 놈을 만나고 싶지 않다. 부모를 죽인놈 하고는 한 하늘 아래 살 수 없다는 말도 모르나?"

"내가 당신 부친 최만동 사장님을 죽였소이까? 물론 나의 과실로 그분이 비명에 가시기는 했으나 그 과정은 바로 당신이 더 잘 알고 있을 터인데……. 당신 부친의 죽음은 원래 당신이 꾸미고 설계한 것 아니냐 그말이외다."

"미친놈! 그만 꺼져. 거기 경비를 바꿔."

최억기의 고성이 수화기를 타고 들렸다.

"최사장 사모님을 어떻게 그렇게 만들 수 있소?"

"사모님이라니, 나는 그런 년 모른다 몰라. 이새끼 경비 못 바꾸나?"

"경비를 바꾸기 전에 내가 당신 사무실로 올라가지. 예까지 왔으니 그래도 당신 얼굴은 보고 가야 하지 않나?"

남표가 수화기를 내려놓고 위로 올라 가는 계단으로 향했다. 경비가 아직 정확한 사태 파악이 안되는지 전화기와 남표의 뒷

모습을 번갈아 보고 있었다.

"이렇게 들어 오면 안됩니다."

"비키시오. 나는 당신들 사장과 이미 약속이 된 사람이오."

남표가 사장실로 들어서자 몇 사람의 직원이 남표를 제지하고 나섰다.

"일단 나가시오. 당신 여기가 어딘데 감히 행패를 부리는 거요?"

뚱뚱한 직원 하나가 남표의 가슴에 자신의 가슴을 대고 힘으로 밀어 부치고 나왔다. 그러나 그의 힘은 남표의 손끝 당기기 한 번에 사무실 한켠에 자신의 몸을 나뒹구는데 이용되었을 뿐이었다.

"아이쿠!"

"당신 경찰을 부르겠어?"

동료가 나뒹구는 것을 본 직원들이 남표를 에워싸며 말했다. 사태가 심상찮게 번지고 있었다.

"왜 이렇게들 소란 스러운가? 그리고 저 친구 안으로 들여보내."

최억기가 자신의 방문을 열고 남표를 날카롭게 바라 보았다. 그 눈빛이 살기를 띄고 있었다.

"행패를 부리러 온건가?"

"아닙니다. 이깟 행패를 부리러 이곳까지 찾아 왔겠습니까?"

"그럼…… 무엇때문에 찾아온 건가? 그리고 자네는 입이 열개라도 할 말이 없는 사람 아닌가?"

최억기가 자신의 자리에 앉아 남표를 쏘아보며 말했다. 어느새 그는 이성을 찾고 사태를 냉정하게 바라 보고 있었다.

"최만동 사장님을 말한다면 나도 그 은혜를 잊지 못하는 사람입니다. 하지만 최억기 당신이 최만동 사장님을 거론할 자격이 있는지 그것부터 당신은 알아야 한다고 보는데……."

"후후. 수작 그만 떨고 그래 빵간에서 나오자 마자 나를 찾아온 이유를 말해보시지? 이유가 뭐야?"

최억기가 담배 한 개비를 꺼내 손가락 장난을 하며 말했다.

"당신이 그렇게 말하니 나도 돌려서 대답할 필요가 없겠지. 사모님에게 보상을 하시오. 그의 몫 상속분과 그리고 당신이 저지른 그녀에 대한 테러에 대한 대가를 말이오?"

"오미령의 몫이라 했나? 오미령의 몫? 하하하 그 여자가 도대체 나에게 무엇인데……? 웃기지 말고 그만 돌아가라. 그리고 그년의 몫은 그렇다 해도 테러는 또 무슨 소리야?"

"몰라서 묻는 것입니까? 최사장 당신이 사주를 해 차사고를 낸 것으로 아는데……?"

"하하하, 정말 웃기는 친구군. 그 여자가 교통 사고가 난 것이 내가 누군가를 사주해서 시켰단 말이지? 자네말야 빵에서 나오는 즉시 정신병원을 먼저 다녀올걸 그랬나봐. 그렇지 않나 친구?"

"이 새끼 끝까지……!"

남표가 최억기의 멱살을 틀어 쥐고 말했다. 순간 두 사람의 시선이 불꽃을 튕겼다. 최억기도 조금도 물러서는 구석이 없었다.

"이거 놓는 게 좋을텐데 니가 지금 얼마나 큰 실수를 하는지 알고 있나?"

"오일도를 믿고 있나?"

"오일도라…… 그래 그럴지도 모르지. 그 친구가 지금 이곳으로 오고 있지. 아마 요 앞에 도착했을지도 모르지……."

"……."

최억기가 남표의 양손을 잡고 떼어 내려 힘을 주며 말했다. 최억기의 말이 끝나기가 무섭게 중절모를 쓴 사내들이 방안으로 들어 섰다. 모두가 낯이 익은 사내들이었다.

"남표, 그 손을 떼라. 이렇게 대거리를 하려들면 일이 순서가 아니지?"

오일도였다.

서울 종로패에서 가지를 뻗고 70년대초 서울에 독자적 세력을 형성하고 있던 잔인하고 비정한 주먹 오일도가 수하 강상수와 서너명의 행동대를 데리고 최억기의 방으로 들어와 있었다.

"형님 오래간만입니다."

남표가 최억기의 멱살을 풀어 주며 오일도에게 인사를 했다. 그러나 그 인사에 각별한 예의가 깃든 것은 아니었다.

"너 이 자식 큰 형님에게 인사를 그 따위로 밖에 못하나?"

강상수가 남표를 질책했다.

"오형, 이래도 되는 겁니까? 이런 일이 자꾸 생기면 나 오형과의 관계 다시 생각해야 합니다."

최억기가 오일도에게 불쾌한 표정을 지으며 상의를 찾아들고 밖으로 나갔다. 오일도가 미안하다는 듯 최억기에게 허리를 굽히고 남표의 앞자리로 와 앉았다.

주인이 나가 버린 사무실에 객들이 들어와 진을 치고 있는 모양이었다.

"앉아. 자 담배 한 대 피워라."

오일도가 담배갑을 남표 앞으로 던지며 말했다.

"됐습니다, 형님."

"그래 몸을 보니 건강은 좋은 것 같고 그래 학교에서 나와 겨우 찾아온 곳이 여기냐? 이곳은 니가 찾아올 곳이 아닐텐데?"

"형님 찾고 안 찾고는 저의 자유입니다."

"이 새끼가 말끝마다."

"상수 가만히 있지 못하겠나? 그래 자유 그거 좋은 말이지."

오일도는 강상수를 제지해 놓고 남표에게 계속 말을 했다.

"물론 사람은 하고 싶은 것을 할 수 있는 자유가 있다. 하지만 때로는 그 자유가 자신을 죽이기도 한다는 것을 알아야지."

오일도는 나즈막하게 말을 내뱉은 후 피어문 담배 연기를 길게 내품었다.

"형님, 저는 그만 돌아가 보겠습니다."

남표가 자리에서 일어났다. 그러자 오일도가 한 마디를 덧붙였다.

"남표, 너에게 사과와 경고를 하겠다. 사과는 어찌되었든 조직의 일원으로 너를 제대로 대접해 주지 못했던 점을 미안하게 생각하고, 언제고 찾아오면 그 보상을 하겠다. 그리고 오늘 이후로 최억기 사장의 주변에서 너를 만나는 일이 없기를 빈다. 그것은 나의 경고이기도 하고 너를 아끼는 애정이기도 하다."

오일도가 자리를 박차고 일어나 남표의 어깨를 툭 치며 최억기의 사무실을 빠져 나갔다.

"……?"

남표는 무리를 지어 빠져 나가는 오일도 일행의 뒷 모습을 바라 보며 쓴 웃음을 지었다. 사과와 경고라는 양날의 칼을 자신의 손에 들려 주고 가는 오일도, 그가 최억기의 복수 앞에 먼저 배를 내밀고 있지 않은가.

"형님 미안합니다. 그러나 이제는 각자 가는 길 아닙니까?"

남표는 자리를 뜨면서 혼자 말로 중얼거렸다. 오일도, 주먹세계에서 남표 자신에게 입문의 자리를 마련해 주고 키워 주었던 보스와 정면으로 칼을 맞대야 하는 현실이 서글펐다. 그러나 그 또한 숙명이라면 피할 수 없는 것이었다.

남표는 다시 병원으로 향했다. 오미령은 검사와 진료를 끝내고 병실에 누워 있었다.

"어디 다녀오는 길이야?"

오미령이 남표를 보자 반가움과 걱정하는 표정을 함께 지으며 말했다.

"최억기를 만나고 오는 길입니다."

"남표……?"

"그리 걱정 마십시오. 그냥 얼굴만 보고 왔으니까요."

"남표, 그냥 그 일은 잊어 버리면 안될까? 아무 일 없었던 듯 말이야."

오미령이 불안한 표정으로 남표를 바라 보았다. 그 얼굴에 공포가 깃들어 있었다.

"걱정 마시라니까요. 다만 빚을 받으려는 것 뿐입니다. 사모님의 인생과 그리고 이 절망에 대한 최소한의 대가를 말입니다."

"남표, 최사장은 보통 사람이 아냐, 악마같은 사람이야. 그런 사람을 상대로 싸운다는 것이 그것도 혼자서 말야."

"다리는 좀 어떻습니까?"

남표가 화제를 바꾸며 오미령의 손을 잡았다가 이내 손을 풀었다. 자청해서 그녀의 손을 잡아 본 적이 거의 없었기 때문이었다.

"없는 다리가 뭐 어떻겠어?"

"사모님……."

"아냐. 미안해 할 필요 없어. 의사 선생님 말은 걱정하지 않아도 되겠데. 수술 휴우증이 크게 나타나지 않아 다행이라고 하셨어."

"정말 다행이군요. 그럼 다시 청평사로 돌아갈까요?"

"아냐, 집에 좀 들렀다가 가져갈 것도 있고."

"집에요?"

"그래 집…… 남표와 처음 만났던 그 집 말이야."

오미령이 남표의 손을 잡아 자신의 얼굴에 대고 잠시 말과 호흡을 멈추고 있었다.

"집으로 모시겠습니다."

남표는 오미령을 휠체어에 앉히고 그녀의 소지품들을 가방속에 챙겼다. 퇴원 절차는 그리 복잡하지 않았다. 오미령의 서울집은 서대문에 있었다. 대륙건설의 창업주 최만동과 살던 집이었다.

"엉망이지……?"

집안으로 들어서자 오미령의 말대로 실내는 엉망이었다. 그만큼 오래 비워 놓았던 탓이었다.

"잠시만 기다리십시오. 제가 금방 청소를 하겠습니다."

남표는 오미령과 들고 온 그녀의 가방을 문 앞에 함께 세워놓고 집안으로 들어가 청소를 시작했다. 실내 안은 먼지와 거미줄로 엉망이었다. 거실엔 최만동의 사진 하나가 커다란 액자속에서 뽀얀 먼지를 뒤집어 쓰고 있었다.

'사장님 인사 드립니다. 죄송하고 고맙고 그렇습니다.'

남표는 최만동의 사진 앞에서 독백으로 인사를 하고 그의 사진위에 묻은 먼지를 털어 냈다. 열어 놓은 창문으로 시원한 가을 바람이 불어 들어왔다.

"남표라고 했던가?"

"네 사장님!"

최만동이 고혈압으로 쓰러지기 몇일 전의 일이었다. 최만동은 바로 이집 거실 안에서 오미령의 운전수이자 경호원이었던 남표를 불러 말했었다.

"내가 이제 얼마 살지 못하리라는 거 알고 있겠지?"

"사장님……."

최만동은 그때 이미 심각한 혈압증세와 합병증으로 오늘 내일 할 정도로 죽음만을 기다리고 있었다.

"그건 그렇고 내가 자네에게 한 가지 부탁이 있네."

"부탁이라시면……."

"자네와 한 집에 산 지 1년이 다 되지. 내가 쭉 지켜보았다네. 자네는 신의가 있는 친구야. 나는 그런 사람을 좋아 한다네. 내가 이 세상을 떠나면 저 여자를 부탁하네. 오미령이 불쌍하고 좋은 여자일세."

"사장님!"

"알아. 미령이도 자네를 믿고 따르는 것 같더군. 그것도 아마 자네의 의로운 심성때문일 거라고 믿네. 바로 그거야. 내가 죽으면 미령이가 많은 고난에 처할지 모르네. 그건 아마 억기때문일 거야. 물론 억기는 나의 아들이고 후계자이기도 하지만 미령이는 나의 사랑이었지. 미령이를 지켜 주길 바라네. 그리고 할 수 있으면 그녀의 마음까지도 돌보아 줬으면 좋겠어. 사랑으로 신의를 말일세. 내 말 무슨 뜻인지 알겠나?"

최만동은 신의와 의(義)를 주창하는 성공한 사람이었지만 마음은 그보다 더 크고 울림이 있는 사람이었다.

"사장님께서 저를 너무 지나치게 평가하고 계셔 몸둘 바를 모르겠습니다."

"평가가 아닐세. 믿는 것 뿐이야. 나는 자네를 믿고싶어. 미령이를 지켜 주고 돌보아 주게."

"사장님……."

남표는 늙은 최만동 앞에 두 무릎을 꿇고 머리를 숙였다. 그것은 남표에게는 하나의 충격이었다. 또 사건이었다. 한 남자가 자신이 진정 사랑했던 여자를 또 다른 남자에게 맡기며 부탁하는 자리에 자신이 놓여 있었기 때문이다.

"남표, 그쯤 해둬. 사람을 사서 차차 정리를 하면 되지."

오미령이 긴 머리를 뒤로 쓸어 넘기며 말했다. 그녀의 긴 머리 뒤로 석양이 비춰 검은색 머리가 노랗게 물든 듯 아름답고 쓸쓸하게 보였다.

"힘드십니까?"

"아냐. 나보다 남표가 힘들 것 같아 그러지."

"잠깐만요."

남표는 오미령을 안아 거실 소파 위에 앉혔다.

"뻬치카에 불을 좀 피우면 안될까?"

오미령이 거실 한쪽에 있는 뻬치카를 가리키며 말했다. 뻬치카 앞에는 옛날에 갖다 놓았던 장작 몇 개가 놓여 있었다.

"추우십니까?"

"아냐. 춥지는 않고 왠지 집안이 쓸쓸하고 허전해서. 불이라도 피우면 좀 낫지 않을까."

"그렇겠군요. 잠시만요."

남표는 뻬치카 안에 마른 장작과 신문 한장을 적당히 쌓아 놓고 불을 붙였다. 장작은 너무도 불을 기다렸다는 듯 순식간에 자신의 몸에 화기를 일으켰다.

너무도 오래 기다렸습니다.
내 몸이 늦가을의 단풍처럼
물들고 물들다가
마침내 한 바탕 불을 만나
온 산을 태우는 산불이 되었습니다.

"따뜻하다."

오미령이 타오르는 불을 보며 말했다. 남표는 그런 오미령의 앞에 가 거실 바닥에 앉았다. 오미령이 남표의 목을 와락 껴안고 뜨거운 입김을 목덜미에 불어 넣었다.

"……."

뜨거운 입맞춤이었다. 남표는 오미령의 키스를 받으며 가슴이 터지는 듯한 감동을 느꼈다. 아 얼마나 기다려 왔던 순간이던가. 막상 그 기다리고 고대해 왔던 시간 앞에 남표는 어찌할 바를 모르고 앉아 있었다.

"사모님……."

"아무 말 말아. 그저 고맙고 미안해. 그리고 그리고 너를 진정으로 사랑해."

오미령의 한 손이 남표의 가슴속을 파고 들어왔다. 가늘고 긴 손가락이 파충류의 촉수처럼 다가와 남표의 온갖 신경을 자극해

잊고 있던 저 잠재의식의 문을 열어 놓는 듯 했다.

"아……."

오미령이 남표의 앞 가슴을 풀어 놓고 그 가슴에 입술을 퍼부었다. 한입 한입 그녀의 입술이 남표의 가슴에 발자국을 낼때마다 남표는 가슴속이 뜨금 거리는 느낌에 온몸을 떨었다.

"어메, 이 집에 오래간만에 주인이 찾아온 모양이네이."

"……?"

남표는 오미령의 얼굴과 상체를 껴안고 있다가 집안으로 들어서는 사람의 기척을 느끼고 오미령을 떼어 놓았다.

"사모님 잠깐만요."

"누구지……?"

오미령도 그 기척을 느끼고 몸을 수습하고 긴장하는 표정이었다.

"별일 아닐겁니다. 제가 나가보죠."

남표는 상의의 단추를 채우며 자리에서 일어나 출입문 쪽으로 향했다.

벌써 정원 안으로 들어서는 몇 개의 발걸음이 보였다.

3

서울 답십리 대로변에서 조금 떨어진 어느 가정집은 자정이 넘었는 데도 불이 꺼지지 않고 환하게 밝혀져 있었다. 일종의 하우스였다. 그러나 노름에 열중인 사람은 몇명 되지 않았다.

"두끗 죽고."

"멍따 말짱 도루묵이군."

대여섯명의 사내들이 뿜어대는 담배 연기와 뜨거운 시선이 노름방의 분위기를 무겁게 가라앉히고 있었다.

"까보시지!"

두 사내가 화투패를 꺾으며 패를 잡고 있는 노꾼을 바라 보았다. 그 중의 한 사내가 얼마나 세게 물고 있던지 담배 꽁초가 끊어져 바닥 위에 떨어질 정도였다.

"다섯끗이오."

노꾼이 자기 패를 공개하자 나머지 한 사내는 패를 엎어 버렸다. 결국 노꾼 앞으로 모든 판돈이 쓸려 갔다.

"씨발 오늘 개떡이군."

"음!"

사내들이 다시 나누어진 패를 한장씩 조심스럽게 까보며 계산을 했다. 손끝의 감각만으로도 끗수를 알 수 있다고 믿는 그들이었다.

"자 와들 보시지."

패를 나누어 준 노꾼이 자신의 패를 계산하고 승부를 재촉했다. 한 사내가 지폐 한 덩이를 밀어 놓으며 패를 접었다.

"하나 죽고 다음……?"

"3천!"

"나도 3천!"

나머지 사내들이 돈 다발을 던져 놓으며 노꾼을 바라 보았다.

"3천 받고 3천!"

노꾼이 미소를 지으며 판돈을 키웠다. 두 사내가 쉬지 않고 노꾼을 좇아 왔다.

"6천 받고 6천.

"오늘 날이 꽤 덥군. 자!"

사내 하나가 더욱 호기를 부리며 노꾼을 좇아 왔다.

"나도."

또 다른 사내도 담배를 고쳐 물며 따라 왔다. 그의 눈이 바닥에 깔려 있는 패와 최초로 죽은 사람의 패를 살펴보고 회심의 미소를 지었다.

"5만에 5만."

노꾼 앞에 쌓인 지폐 더미가 작은 산처럼 쌓였다. 여기서 한 사내가 더 이상 따라 갈 수 없다는 듯 패를 꺾었다.

"정말 덥군. 다음에 보세."

그가 까놓은 패는 일곱끗이었다. 아까운 끗발이었으나 상대들이 미동도 하지 않고 계속 밀고 나오자 손을 털어버린 것이었다. 오늘의 승부는 이 한판으로 결정이 나는 셈이다.

"10만 받고 10만. 자 이쯤에서 패를 까보시지?"

노꾼이 돈뭉치를 판 위에 올려 놓고 사내를 바라 보았다.

"먼저 펴시지. 어디 자네 솜씨 좀 볼까."

마지막까지 레이스를 따라 왔던 사내가 노꾼의 두 눈을 직시했다. 중요한 순간이었다. 어쩌면 이 정도의 승부는 화투판 몇 년에 한번 있을까 말까한 승부인지도 몰랐다.

"세(四) 오(五) 아홉끗."

침묵이 흘렀다. 순간 상대의 미간이 세세하게 흔들리는 것을 노꾼은 발견했다. 어차피 바닥에 장땡과 삼(3)팔(8)광땡은 죽어 있었다. 그리고 그의 계산대로라면 상대는 1과 7을 들고 있을 것이었다. 그렇다면 그는 여덟끗, 자신이 한끗 앞선 것이다.

"아깝군!"

"……."

상대가 7 싸리를 먼저 바닥에 던져 그 위에 또 한 장의 패를 포개 놓았다. 7자였다.

"미안하군. 하하 오늘은 내가 운이 좋은 날이야."

상대가 판돈을 자신의 앞으로 쓸어가려 했다. 그러나 그보다는 노꾼의 손이 더욱 빨랐다.

"잠깐!"

"뭐야?"

노꾼이 상대의 손을 잡아채자 그의 소매끝에서 화투 한 장이 떨어져 나왔다. 솔패 1자였다.

"……!"

"호 이곳에서 손장난을 놀았다는 말이지?"

어느새 방안으로 들어온 서너명의 사내들이 화투패를 속이려 한 사내의 주변을 에워 쌌다. 사내는 벌레라도 씹은 듯 절망의 표정을 짓고 있었다.

"규정은 알고 있겠지?"

"꼭 그렇게 해야 되겠소?"

사내가 고개를 숙이며 힘없이 말했다. 이미 엎질러진 물이고 반복할 수 없는 상황임을 그도 이미 알고 있기 때문이었다.

"차라리 잘 되었지 않소. 이렇게라도 해서 노름판에서 손을 털면 말이오."

"음!"

사내들이 노름꾼 입에 재갈을 물리고 그의 한 손을 바닥에 길게 늘어 놓으며 움직이지 못하게 힘을 주자 나머지 한 사내가 손 도끼를 꺼내 손목을 내려 찍었다.

"우--욱!"

노름꾼의 얼굴 전체에 핏줄이 터지듯 발갛게 변하며 사방으로 선혈이 튀었다. 삽시간에 온 방안이 시뻘건 피로 물들고 화투장이 아무렇게나 놓여 있는 군용 담요가 시커멓게 그 피를 빨아

들였다.

"어-흥!"

손목이 잘린 사내가 바닥에서 툭툭 튀는 자신의 손목을 바라보며 사자의 울음 소리를 내며 그 자리에서 기절을 했다. 비참한 노름꾼의 종말이었다.

"그래서 그 자식의 손목을 잘라버렸다는 말이지?"

"네 형님!"

"아무리 그렇다 해도 그렇게 까지 할 필요가 있었나?"

오일도가 지난밤 하우스에서 돌아온 기술자와 강상수를 앞에 세워 놓고 말을 했다. 사건이 필요 이상으로 확대되었다는 판단을 한 모양이었다.

"형님, 하우스에 기강이 없으면 별놈들이 다 끼어 들어 물을 흐립니다. 그래서 그 친구에게 손을 대지 않을 수 없었습니다."

강상수가 자신은 별다른 잘못이 없다는 투로 말했다.

"시범 케이스라 하더라도 지나친 것은 항상 좋지 않아. 뒷처리를 어떻게 할건가?"

"치료나 해주고 용돈 조금 쥐어 주어 끝낼 예정입니다. 너무 걱정마십시오. 형님……."

"경찰에 빗(기소)이 안되도록 신경을 써라. 다친 자에게도 조금 더 후하게 해주고. 상수 니가 알아서 잘 처리해. 나 밖에 좀 나가야겠다."

오일도가 더 이상 얘기하지 않고 자리를 뜨려는 듯 일어났다.

"형님?"

강상수가 아직도 할 말이 남았다는 듯 오일도를 불러 세웠다.

"뭔가? 또 할말이 있나?"

"남표 그 새끼 어떻게 할겁니까?"

"무얼 말인가?"

"어떤 식으로든 조치가 있어야 할 것으로 봅니다. 아이들 기강 문제도 있고."

"기강?"

"네, 형님. 조직을 배신하면 상대가 누구라도 어떻게 된다는 것을 똑똑히 보여줘야 됩니다."

"그 일은 나에게 생각이 있다. 민호 밖에 있나?"

오일도가 빙그레 미소를 짓고 밖으로 나갔다. 그러자 한 사내가 문밖에서 기다리다 오일도의 길잡이에 나섰다.

"형님, 어디로 모실까요?"

민호라 불리는 사내가 찝차의 운전대를 잡으며 물었다. 그는 오일도의 개인 경호원이자 운전기사였다.

"염천교로 가자."

"염천교입니까? 알겠습니다, 형님."

민호가 오일도의 대답이 떨어지기 무섭게 찝차를 몰았다. 염천교에는 거지 대장을 하고 있는 더듬이라는 주먹이 있었다. 그는 오일도와 형 동생 하는 사이였다.

"형님."

"아, 일도 아니야. 이거 영광이군. 이 거지 움막에 정통 주먹이 찾아주시고 말야."

"형님도 참. 그래 무슨 일이십니까?"

오일도는 더듬이가 사무실로 쓰고 있는 움막 안으로 스스럼없이 들어가며 그와 뜨거운 악수를 했다. 거의 1년여만의 만남이었다.

"지난번 자네가 보내준 돈 잘 썼어. 그 인사도 좀 할겸."

"형님도 참 그깐 일 가지고 신경을 쓰셨습니까? 형님 감방에서 나온 뒤 제대로 챙기지 못한 제가 죄인이죠. 그런데 계속 이곳에서 사실 작정이십니까?"

오일도는 더듬이가 내놓은 나무 의자에 앉으며 말했다. 더듬이는 5,6년 전 서울역전을 장악하고 있던 왕초 대성이를 잡아 난자했던 사건으로 빵간을 다녀 온 뒤였다.

당시 서울에는 일종의 거지 부랑아 집단이 곳곳에 산재해 있었다. 그중 최강의 집단이 서울역 홈을 무대로 한 대성이파와 염천교 일대를 무대로 한 더듬이파였다.

세상에 거지들의 왕초 중의 왕초로 잘못 알려진 김춘삼은 답십리, 전농동 공터에 미군용 텐트를 몇개 쳐놓고 고아원이라는 명목을 내세워 미군이나 정부의 지원을 타내 사회사업(?)을 하고 있을 때였다.

"나도 어디 적당한 사무실을 알아보는 중일세. 그건 그렇고 오래간만에 만났으니 술한잔 해야지."

"그거 좋죠. 형님 저 위쪽에 보니까 식당이 하나 생겼던데 거기로 가시죠."

"그럴까. 나도 이번 감방에서 나온 뒤로 말이야 왠지 이곳이 마음에 안들어."

"그게 다 나이가 들었다는 거 아닙니까."

오일도와 더듬이가 앞서거니 뒤서거니 식당으로 들어갔다. 안주와 술병이 나오고 두 사람은 몇 순배 술잔을 돌린 후 본격적인 본론으로 들어갔다. 두 사람은 대낮에 식당에 앉아 술잔을 기울일 만큼 한가한 사람들이 아니었다.

"형님, 무슨 일이 있습니까?"

"하나 도와 줄 일이 있네."

"도와드릴 일요? 제가 말입니까?"

"일도 자네의 힘이 필요한 일이야."

"저의 힘이라면……?"

"사실 나 이번 감방에서 나오 뒤로 부터 통 잠을 잘 수가 없어."

"잠을요……? 그건 왜요? 혹시 홈안패들 때문입니까?"

홈안이라는 말은 서울역에서도 홈안을 장악하고 있던 대성이파를 말하는 것이었다.

"맞아. 걔들이 어디 잠자코 있을 조직인가? 사활을 걸고 나를 죽이려 하고 있어."

"그렇겠지요. 어디 대성이형이 보통 사람입니까?"

오일도는 그때서야 사태의 심각성을 깨닫고 담배를 하나 꺼내 들었다. 서울역 대성이파는 당시 주먹 세계의 주류는 아니었다. 그러나 그들은 중심이 아니면서도 언제나 무시하지 못할 역할로 서울에 존재하는 조직이었다.

그들은 그만큼 무섭고 악랄한 존재였다.

당시 서울역과 서대문에는 대주먹 최창수가 있었다. 그는 유지광·아오마쯔·심종현과 삼우회를 구성해 명동파와 대전쟁을 치룬 역전의 용사로 지금은 출옥한 유지광의 화랑동지회에 가입해 주먹계에 영향력을 행사하고 있었다.

그런 최창수도 관내에 두고도 함부로 다루지 못하던 조직이 대성이었다.

"저는 형님 나오고 나서 잠잠하길래 홈안패들이 그 일을 접은 것으로 알고 있었는데 그게 아니었군요."

"접긴? 내가 출옥하자마자 집요하게 나를 노려 왔어. 그간 내가 워낙 철저하게 피해 왔기 망정이지 그렇지 않았으면 나는 벌써 끝났을 거야."

"큰일이군요. 형님은 이미 조직도 해산하지 않았습니까?"

"해산하지 않을 수 없었잖아. 그 사건이 얼마나 컸었나."

더듬이는 자작으로 술잔을 따라 마시며 긴장을 하고 있었다. 대성이를 린치 살해했던 기억이 떠오르는 모양이었다.

"그래서 형님 제가 어떻게 하면 좋겠습니까? 홈안패와 싸워드리면 되겠습니까?"

"아냐, 이 사람아. 기본적으로 주먹들의 일을 가지고 일도 자네까지 끌어 들이고 싶지 않아. 다만 내가 부탁인데 칠수라고 알지?"

"칠수라면 그 깜박이……."

"맞아. 지금 그 친구가 홈안패의 왕초 노릇을 하고 있는데 그 깜박이와 나를 일대 일로 만나게 해줘."

깜박이는 칠수라는 대성이파의 2인자의 별명으로 이마가 유달리 넓어 붙여진 것이었다.

"일대 일로 말입니까?"

"그래. 단 둘이 만나 내가 매듭을 지어야겠어. 용서를 구하든 칼을 받든……."

"역시 형님이시군요. 제가 한 번 깜박이형을 불러내 형님과 자연스럽게 만날 수 있도록 자리를 만들어 보죠. 아니 오늘중으로 해보겠습니다."

"그래 주겠나?"

"그럼요, 형님. 다행히 제가 홈안애들과 안면이 있으니 잘 되었네요. 이따 오후 늦게 서울역 뒤에 있는 야시장 아시죠. 거기 뚜껑형 식당말입니다."

"그래 알지."

"그곳에서 기다리고 계십시오. 제가 깜박이형을 그리로 데리고 가겠습니다."

오일도는 자리에서 일어나 밖으로 나왔다. 얼떨결에 주먹들의 싸움에 중재가 되었지만 그것이 싫지 않았다. 선배 주먹이 자신을 중재자로 선택했다는 것은 기분 좋은 일이기도 했다.

뚜껑은 4가패(동대문)에서 말단 주먹 생활을 하다 만리동 야시장에 곱창집을 내고 정착을 하고 있었다.

"아니……."

"잘 있었나? 여기서 장사를 하고 있었군?"

뚜껑은 더듬이를 보자 잠시 놀라면서 말했다. 더듬이는 비록 거지패의 왕초였으나 정통 주먹들도 인정하는 인물이어서 뚜껑도 기억하고 있었다.

"여기로 앉으십시오. 고생 많으셨지요?"

"고생은 뭐? 자네가 먹고 사느라고 고생이 많군."

"그런데 어떻게 여기까지……?"

뚜껑은 주먹 출신답게 이상한 예감이 드는 모양이었다. 더듬이와 홈안패의 갈등을 알고 있는데 지금 더듬이가 홈안의 소굴로 들어와 있지 않은가.

"여기서 깜박이를 만나기로 했어. 아 별다른 사고는 나지 않을테니 걱정하지 말게. 화해를 하는 자리니까. 가서 일보게."

더듬이가 입구 옆의 탁자 앞에 앉으며 뚜껑에게 일을 보라는 말을 했다. 그의 손에 담배가 들려 있었다.

"먼저 술 한병 드릴까요, 형님?"

"어, 그래. 물도 한잔 줬으면 좋겠어."

더듬이가 무엇엔가 조금 긴장하고 있다는 것을 뚜껑은 느꼈다. 그도 그럴것이 자신을 원수로 생각하는 주먹패의 구역에 혼자 들어와 앉아 있는 이상 긴장이 안된다면 그것도 이상한 일일 것이다.

"이 근방인데…… 아 깜박이형 여기입니다."

"……!"

더듬이는 가게 앞 길가에서 들려오는 오일도의 목소리를 듣고 품속에서 신문지에 싸들고 있던 길다란 물건을 꺼내 탁자밑에 숨기고 오일도와 깜박이가 가게 안으로 들어 오길 기다렸다.

"어이 뚜껑……."

"우욱!"

"응?"

오일도는 가게 안에서 분주하게 움직이던 뚜껑을 보고 인사말을 건네려다 뒤따라 들어오던 깜박이가 무릎을 꿇고 바닥에 엎드리는 것을 보고 기겁을 했다.

"이 새끼 아예 죽여버려!"

"욱!"

"형?"

오일도가 깜박이의 등에 다시 칼을 꽂아 넣는 더듬이의 얼굴을 발 뒷꿈치로 가격하며 제지를 했다. 그러나 상황은 이미 돌이킬 수 없는 것이 되었다.

제3부

염천교 그리고 더듬이

숲에서 숲을 본다.
바람소리, 빗소리에 나신을 떨고
있는 후박나무 잎이며 상수리 나무 잎이
전하는 여자야 사랑의 고백을
들어 보아라.

1

가을이 점점 깊어가는 어느 날 땅거미가 뉘엿뉘엿지는 광주(光州) 천변의 태평극장 앞에서 한떼의 청년들이 패싸움을 벌이고 있었다.

양쪽에서 동원된 인원들이 20여명씩이나 되어 그 싸움의 양상이 점점 심각해지고 있었다.

"죽여!"

"이 새끼들 여기가 어디라고 혓바닥을 내미나?"

그들의 손엔 쇠파이프와 갈고리 등이 들려 있었다. 이미 서너명의 부상자가 발생하여 싸움판의 한켠으로 비켜나 신음소리와 함께 쓰러져 있었다.

"이 새끼들!"

"와!"

초저녁인지라 광주 천변과 충장로 시내쪽에서 몰려나온 구경꾼들로 태평극장 앞은 인산인해를 이루고 있었다. 광주 태평극장은 1954년부터 그 자리에서 99년 현재까지 영업을 해오는 유서깊은 극장이었다.

"형님, 주변이 너무 번잡하지라 쪼개 골치 아푸겠어라."

안남현이 심백학에게 말했다. 심백학, 충장로의 신사로 불리는 그는 광주OB파의 총보스였다.

"글쎄다. 저쪽 애들도 그것을 알텐데 일을 이 지경으로 만드는지……."

심백학이 어깨를 한 번 들썩이고 싸움판을 지켜보고 있었다. 광주의 영원한 숙적인 동아파와의 대규모 접전을 바라보며 그는 입맛이 썼다.

50년대 OK·케세라· 들장미 등으로 학생들 사이에서 들불처럼 번지던 군소 주먹패들이 심백학과 전희장이라는 두 사람에 의해 통합 양분된 두 조직은 신OB·구OB·충장OB·신양OB 등으로 분파한 OB파와 대인·계림·서방파 등으로 분파한 동아파로 자리를 잡고 광주의 헤게모니를 놓고 치열하게 싸우고 있었다.

"형님, 노과장입니다."

심백학과 안남현이 사태를 주시 하며 싸움 현장을 지켜보고 있는 곳으로 한 조직원이 다가 와 말했다.

"노과장 어떡하지라? 형님……."

안남현이 알았다는 듯 조직원에게 손짓을 하고 심백학에게 물었다. 그는 두말이 필요없는 광주의 주먹이었고, OB파의 간판 식구였다. 그는 불과 몇년 후 조직의 내분으로 서울로 분가해 간 이동재와 그 후배들에게 칼을 받는 등 촉망받는 주먹이었다.

"일단 싸움을 중지시켜…… 곰들이 출동한 이상 그들의 체면도 세워줘야지."

심백학이 싸움을 그칠 것을 안남현에게 지시하자 안남현이 앞으로 나가며 OB 식구들을 뒤로 물렸다. 그와 동시에 동아쪽에서도 전의를 거두자 광주 천변은 순간적으로 정적에 휩싸였다. 들리는 소리라고는 사내들이 내뿜는 거친 숨소리 뿐이었다.

"이 사람들 이거 왜 이래? 누구 목 떨어지는 것 보려고 이러는 거야?"

광주서 형사과 노과장이 전희장을 데려 오며 심백학에게 말했다.

"형님 미안하게 됐습니다."

심백학이 노과장에게 수인사를 하며 전희장을 노려 보았다. 광주의 숙적 심백학과 전희장의 눈빛이 허공에서 파열음을 냈다.

"이 사람들 여기서 이러지 말고 저 위 다방에라도 들어가서 얘기하지."

노과장이 심백학과 전희장을 데리고 극장 근처에 있는 한 다방으로 들어갔다. 보스들의 휴전 명령과 형사들의 출동으로 싸움판은 이미 파장이 나 있었다. 부상자 몇명이 찝차에 실려 병원으로 가는 모습이 보였다.

"여기 차들 한잔씩 내오소?"

노과장이 다방안에 들어서 두 사람에게 자리를 권하며 마담에게 말했다. 마담은 심백학의 얼굴을 알고 있었던 듯 약간 긴장된 얼굴로 차를 내왔다.

"생각들을 좀 해보게. 백주에 이게 뭐야? 그래서 당신들이 얻는 게 뭐냐 그 말이야?"

노과장이 두 사람의 얼굴을 번갈아 보며 말했다. 치안을 담당한 경찰들의 체면을 망가트린 그들이 화가 난다는 표정이었다.

"형님, 오죽하면 제가 이렇게까지 나왔겠습니까?"

전희장이 자세를 고쳐 앉으며 노과장을 바라 보았다. 오늘의 전쟁은 그가 선공을 가한 까닭이었다.

"그 까닭이 뭔가?"

"형님, 지난번 사직공원일만 해도……."

"이봐, 그 일은 니덜 식구들이 먼저 시비를 건거야?"

"시비? 그렇다고 칼을 주나?"

사직공원은 광주천과 붙어 있는 광주시민들의 휴식장소로 별로 할 일 없는 시내의 주먹들이 곧잘 배회하는 곳이었다. 그곳에서 얼마전 양측 조직원들간에 충돌로 동아 식구 하나가 칼을 맞은 사건이 있었다.

"시끄러 이 사람들아. 지금 그런 것이 중요한 게 아니잖아. 그 일들은 이미 일단락 된 사건이고 오늘 일이 걱정이야. 그걸 논의 해야지."

노과장이 직설적으로 나오는 두 사람의 감정은 생각하지 않고 이 사건의 사태 수습에 관해 거론했다.

"논의 하기는 뭘 논의할 게 있습니까? 저쪽 애들이 쳐들어 와 일어난 일인데 저는 다친 우리 아이들 치료비와 전희장의 정식

사과를 받으면 됩니다."

"사과? 하하 사과 같은 소리 하네."

"그렇다면 알아서 해. 일단 피를 봤으니 끝까지 가자는 거겠지."

심백학이 자신과 노과장 사이를 가르고 나오는 전희장에게 대수롭지 않다는 듯 대꾸를 했다.

"자네들 정말 이러긴가? 이렇게 해서 두 사람에게 득될게 뭐가 있나? 응?"

노과장이 차를 들라는 시늉을 하며 두 사람의 마음을 가라 앉혔다. 그때 마담이 다가와 노과장에게 귓속말을 했다.

"어 그래…… 나 잠깐……."

노과장이 자리에서 벌떡 일어나 전화기가 있는 카운터로 갔다.

"네 충성! 네……."

심백학과 전희장은 노과장이 수화기를 잡고 벌벌 떨고 있는 모습을 보며 피식 웃었다. 사실 두 사람은 그렇게 원수지간을 삼을 만한 사이가 아니었다. 그들이 서로 합심하지 못하는 것은 두 사람의 탁월한 주먹과 리더십 그것일 것이었다.

"후…… 아 참."

노과장이 수화기를 내려놓고 머리를 긁적이며 테이블로 돌아와 앉으며 투덜댔다. 무엇인가 맥이 빠진다는 반응이었다.

"왜 그러십니까? 형님?"

심백학이 노과장의 얼굴을 살피며 말했다.

"문과장의 전화일세."

"무희 형님 전화요?"

심백학이 그때서야 상황을 눈치채고 빙그레 웃었다. 문무희가 누군가에게 사건을 전해 듣고 노과장에게 전화를 한 모양이었다. 광주 서중(광주일고 전신) 출신으로 중앙정보부의 전국 주먹들을 관리하는 위치에 있던 문무희는 호남 출신 주먹들을 절대적으로 비호하고 있었다.

"별다른 일 아니면 간단하게 처리해 달라는 요구야. 위에서까지 이런 관심을 갖고 있으니 자네들도 좀 주의해 줬으면 좋겠어. 일단 오늘 일은 내가 어떻게 매듭을 지어볼테니 더 이상 충돌은 피해들 주게. 아 이 사람들 나를 봐서라도 악수라도 좀 해."

노과장이 자리에서 일어나 심백학과 전희장의 손을 잡아 맞잡게 했다.

"허 참."

두 사람이 억지로 잡았던 손을 풀며 다방 밖으로 나왔다.

"그럼 들어가 보십시요."

심백학이 전희장과 함께 떠나는 노과장에게 인사를 하고 다시 다방 안으로 들어 왔다.

"형님, 뭐라지라?"

안남현이 다방 밖에 서 있다 심백학을 따라 들어 와 물었다.

"싸우지 말고 사이좋게 놀라는 거지 뭐겠어."

"사이좋게 놀라고라? 아따 그거 말되네요이."

"그리고 참 오늘 양은이가 서울로 완전히 올라 간다며?"

심백학이 담배를 하나 꺼내 물며 말했다. 마담이 그들 앞에 쌍화차를 한잔씩 갖다 놓았다.

"그러기로 했나 봅니더. 지금 사무실에 인사를 하겠다고 온 모양인데…… 어 저기 오고 있구만이라."

안남현이 다방문을 열고 들어오는 조양은을 보고 말했다. 23세의 청년 조양은이 검은색 양복차림으로 들어오며 인사를 했다.

"형님 양은입니다."

"그래 앉아라. 너 종철이 밑으로 가기로 했다면서?"

"우선 그렇게 해 볼 생각입니다. 마땅히 가 있을 만한 곳도 없고……."

조양은이 조심스러우면서도 조금도 위축됨이 없이 말했다.

"미안하다. 형으로써 너희들을 제대로 거둬주지 못해서……."

"아닙니다 형님. 형님이 베풀어 주었던 은혜 죽어도 잊지 못할 겁니다. 형님."

"그렇게 생각해주니 고맙다. 사실 너는 약간 특한 데가 있다. 배짱, 두뇌 그리고 용돈을 만들어 쓰는 방법까지 스스로 터득한 주먹으로 대성할 소지가 있어. 어차피 광주 바닥이 너무 적으니 상경한다 생각하고 생활 잘하길 바란다."

심백학은 주먹 하나를 믿고 서울로 떠나는 후배 조양은에게 따뜻한 격려를 했다. 광주 인근 화순 출신으로 그곳 출신 주먹들과 화순 8인조를 결성, 그 리더로 행세하며 자리를 잡기 위해 동분서주하는 조양은을 아슬아슬하게 바라 보면서도 한편으로는 대견하게 생각하던 그였다.

"형님, 그럼 건강하십시오."

"그래, 그리고 이건 동생들과 올라가서 며칠 여관비라도 해라."

심백학은 자리에서 일어나 품속에서 봉투 하나를 꺼내 조양은의 손에 쥐어 주었다. 그리고 손을 내밀어 조양은의 손을 굳게 잡았다.

"형님……!"

"미안하다. 너 같이 장래가 촉망한 후배를 서울로 보내야 하다니……"

심백학은 순간 깊은 소외감이 들었다.작은 바닥이 넘치는 주먹들로 인해 언제나 문제를 안고 있는 곳이 광주였다. 별다른 유흥가와 관광지가 발달하지 못한 지역적 특성이 가져 온 결과였다.

광주의 무등천변에서 동아파와 OB파가 쟁투를 벌였던 그날 밤 조양은은 서울행 열차에 몸을 싣고 있었다.

"이제는 완전히 서울 상경이구나."

조양은은 차창으로 스쳐 지나가는 광주 시내를 바라 보며 독백을 내뱉었다. 차창에 화순에서 양장점을 하며 자식 하나만 보고 산 어머니가 함께 오버랩 되자 고향을 떠나는 심정이 한층 더 심난했다.

-서울로 간다고?

-네, 어머니.

-그럼 나도 따라가야겠구나.

이미 오래전 남편을 여의시고 자식 하나만을 바라보고 산 여인답게 그녀는 아들의 서울행 소리를 듣자 두말 없이 서울로 따라 나서겠다는 말을 했다.

남자는 남자답게 살아야 하고 그렇게 사는 자식을 말없이 지켜보며 격려해야 한다는 자식관을 갖고 있던 여인이 조양은의 어머니였다.

"형님 심난 하십니까?"

조양은의 앞자리에 앉아 있던 박기창이 말했다. 강승봉·표승진·오철묵 등이 자랑하는 의리파 주먹들과 함께 훗날까지 조양은을 믿고 따랐던 두뇌 회전이 빠른 친구였다.

"글세, 심난한 것 보다는 착잡하다."

"그게 그 말씀 아닙니까?"

"그런데 형님?"

"왜 뭐 할말이라도 있나?"

"쪼까, 서울에서 저희들을 반길 사람이 있을까 그게 걱정이 됩니다."

박기창이 조양은의 눈치를 보며 말했다. 불안한 표정이었다.

"왜? 그게 불안한가?"

"저희들이야 형님이 하라는대로 하겠지만…… 어쨌든 형님을 믿으니까요."

"그래 그러면 되는 거야. 일단 내가 닦아 놓은 곳에서 묵으며 때를 기다리면 기회가 올거야. 서울이야 큰 바닥 아니냐?"

"큰 바닥요?"

"큰 바닥이지. 곳곳에 업소가 있고 슈킹할 곳이 있는 그곳에 우리들이 터를 닦고 조직을 단단하게 키우는 거야."

"큰 형님이 도와주시기만 한다면야 큰 힘이 안되겠습니까?"

"일단 종철 형님의 도움을 받으며 자리를 잡다가 우리들의 조직을 만드는 거야."

"저희들만으로요."

"자리를 멋지게 잡으면 우리에게 몰려드는 주먹들이 있게 마련이다. 그들중 쓸만한 인물들을 끌어들여 대조직을 만드는 거야. 큰 주먹의 그늘이 좋기는 하지만 작더라도 혼자 서있는 나무만은 못한 법이거든."

"……?"

"나 눈좀 부쳐야겠다. 서울 근교에 닿으면 깨워라."

조양은은 시트에 머리를 파묻으며 말했다.

기차가 전남권을 지나 전북의 경계로 들어 서고 있었다. 서울로 진출하기 위해 지난 몇년간 서울을 오르락 내리락 하던 조양은의 서울 입성은 이렇게 시작되고 있었다.

그날 조양은이 서울역에 도착한 새벽엔 가을비가 부슬부슬 내리고 있었다.

2

청평사에 오미령을 다시 데려다 놓은 남표는 다시 서울로 와 얼마전 오일도 밑에서 함께 주먹 생활을 하던 민철을 찾았다. 민철은 청계천변의 한 쪽방에서 살고 있었다.

"민철아?"

"형님…… 아이고 형님!"

쪽방 안에 쪼그리고 앉아 화투패를 맞추고 있던 윤민철이 죽은 조상이 살아온 듯 남표를 반겼다.

"이 주소로 찾아 오느라고 혼났다. 건강해 보이는구나?"

"형님, 출옥날 가보지도 못해 죄송합니다."

"내가 나오는 날도 너는 몰랐잖아. 그래 너 요즘 뭐하고 사나?"

남표는 방바닥에 앉으며 말했다. 손바닥만한 방에 세간이라고는 냄비 한 개와 수저 그리고 그릇, 아무렇게나 걸려 있는 옷가지 등이 전부였다.

"그냥 형님 나오실날만 기다리며 하루 하루 보내고 있었습니다. 상수형 만나봤습니까?"

"그래 일도형도 만나 보았다."

"큰 형님은요? 무슨 일 없었습니까?"

민철이 커다란 몸집을 움직여 남표 앞으로 다가 앉으며 물었다. 그는 오일도 식구들 중 유일하게 남표를 따르다 조직에서 쫓겨 나온 처지였다.

"무슨 일은…… 별일 없었다. 민철아 우리 밖으로 나가자. 할 일이 많다."

남표가 자리에서 일어나 민철을 밖으로 데리고 나오며 말했다. 민철의 복장이 낡은 사지 즈봉에 군용 파커로 궁색함을 여실히 드러내고 있었다.

"형님, 할 일이라뇨?"

"우선 너의 궁색한 촌놈티부터 벗자."

남표는 지나가는 택시를 잡아타고 기사에게 명동으로 갈 것을 부탁했다.

"형님, 명동 거기는 모든 것이 겁나게 비쌀텐데요?"

"당연하게 비싸겠지. 한국 제일의 상권 아닌가? 아저씨 양복점 골목에 세워주소."

남표가 운전 기사에게 명동의 행선지를 확인시키고 민철에게 다시 말했다.

"너 동우형 소식 아나?"

"동우 형님이요. 동대문시장에서 식당을 하고 있어요."

동우는 남표를 좋아하던 은퇴한 주먹이었다. 사람 둘을 죽이고 10년 형기를 마치고 나와 주변에 있는 오일도 식구들 중 남표를 유달리 아끼고 사랑했던 사람이었다. 그러나 남표와 그렇게 나이차는 나지 않았다. 소년기에 사고를 쳤던 탓이었다.

"식당을…… 명동에 들렀다가 동우형에게 가보자."

"형님…… 저……."

민철이 뒷머리를 극적거리며 남표의 눈치를 살폈다.

"왜 뭐 할말 있나?"

"저는 동우형님 다음에 보면 안될까요?"

"……?"

남표는 잠시 이상한 생각을 하다가 이내 민철이 편한대로 하라고 했다.

"마음대로 해. 왜 동우형과 무슨 일 있었나?"

"아닙니다 형님. 그 형님이 저한테 얼마나 잘해 주시는데요."

"그건 그렇고 요즘 서울 돌아가는 얘기 좀 해봐."

"그런데 형님 서울 돌아가는 얘기보다도 어젯밤 있었던 일도 형님 사건 들었습니까?"

"일도형 사건? 왜 그 형님에게 무슨 일 생겼나?"

"아직 모르시는군요. 어제 일도 형님이 염천교 더듬이형을 데리고 홈안패 구역으로 가 깜박이를 작살냈다는 겁니다. 그래서 지금 홈안패 애들이 일도 형님을 잡겠다고 난리인 모양입니다."

"뭐야? 그런 일이 있었나?"

남표는 전혀 뜻밖이었다. 그리고 자신이 알고 있는 오일도가 그런 일을 했으리라고는 믿어지지 않아 민철을 못 믿겠다는 듯 바라 보았다.

"형님 저도 확실한 것은 모르겠는데 일도 형님과 홈안패가 뭔가 잘못된 것만은 분명합니다. 저도 새벽에 청계천에 나갔다가 양꼬마 동생들에게 그 얘기를 듣고 곧바로 집으로 짱박혀 있었습니다. 홈안애들에게 재수 없이 걸리면 싸움밖에 더 일어나겠습니까?"

"일도 형님이 누굴 손보기로 하면 그런 식으로는 하지 않지. 그것도 누구 다른 사람과 함께 작업에 나섰다면 그건 뭔가 한참 잘못된 일이야. 그 형님은 정면을 가는 타입이지 우회하는 성격이 아냐."

남표는 그렇게 말한 후 주먹계가 영일이 없다는 것을 또 한 번 실감했다. 바로 며칠전 만나 보았던 오일도가 그 며칠 사이 어떤 사건에 휘말려 있는 모양이었다.

"손님들 다 왔습니다."

남표와 민철이 여러 가지 얘기를 하는 사이에 택시는 명동의 양복점 골목에 닿아 있었다.

"어 벌써 다 왔나 내리자."

남표는 기사에게 요금을 지불하고 차에서 내려 한 양복점으로 들어갔다. 상업도시 명동에서도 구두와 양복이 전국 최고로 인정받던 시기였던 만큼 그들이 들어선 양복점 내부는 크고 화려했다.

남표는 민철에게 양복과 구두 등을 사서 입히고 동대문시장안에 있는 강동우가 하고 있는 식당으로 갔다. 국밥과 술국 등을 파는 허름한 가게였다.

"저는 저 다방에서 기다리겠습니다."

민철이 식당 근처에서 머뭇거리자 남표는 그렇게 하라고 고개를 끄덕이고 식당안으로 들어 갔다. 간판이 돼지식당이었다. 동우와 썩 잘 어울리는 상호라는 생각이 들었다.

"그러니까 씨발 지금 나에게 고기값을 겨내라 그 말이지?"

식당안은 손님은 하나도 없고 동우가 윗통을 벗어 부치고 한 작은 사내를 탁자 앞에 앉혀 놓고 다투고 있었다.

남표는 무슨 사연이 있겠거니 하고 식당 출입구 쪽에 몸을 숨기고 안에서 흘러 나오는 소리를 들었다.

"겨내라는 말이 아니고 수금을 좀 해 주십사 사정하는 것입니다요."

"사정? 겨내라메……?"

"제가 어떻게 강사장님에게 그런 언사를 쓰겠습니까? 어디까지나 수금을 좀 해주시라는 얘기죠. 저도 고기를 들여 오지 못할 정도로 돈 때문에 절절매고 있습니다요."

"돈이 없으면 외상으로 들여 오면 되지 않나?"

"아이고 도살장에서 현금 없이 어디 외상을 줍니까요. 저의 사정을 좀 봐 주십시오."

사내가 사정을 하고 있었다. 칼자국과 온통 문신 투성이의 동우의 거대한 상체가 사천왕처럼 보였다.

"듣고 보니 딱하군. 그래 주지. 다음에 와."

동우가 말문이 막히는지 벗어 놓았던 웃옷을 주워 입으며 말했다.

"다음 언제……?"

"다음에 아무때나 와 그럼 줄게."

"그 날짜가…… 그리고 오늘 조금이라도 어떻게 안될까요?"

사내가 동우에게 메달리 듯 나왔다. 건달패의 다음에 준다는 약속은 이미 부도난 수표나 마찬가지였다.

"그러니까 다음에 오라고. 쓰발 정말 마음에 안드네. 그리고 너 이새끼 오늘 고기는 왜 배달 안해주는 거야. 고기 없어 장사 못하면 손님 다 떨어지고 손님 떨어지면 망하는데 니가 손해배상 할 거야 응?"

동우가 말도 안되는 소리로 고기값을 수금하러 온 정육점 주인을 공박하고 있었다. 역시 동우다운 장사법(?)이었다.

"형님, 수금 좀 해 주쇼. 거 정육점 주인장도 좀 먹고 삽시다."

"뭐야? 오 남표 아니야?"

남표가 식당안으로 들어 서자 동우가 두 팔을 뻗어 남표를 끌어 안으며 말했다.

"나오는 날을 얘기 해야 나가볼 거 아냐 이 친구야. 가만히 있어봐."

동우가 주방 안으로 들어 가더니 두부 한모를 가져 와 남표의 입에다 대고 빨리 한입 베어 물으라는 시늉을 했다. 남표는 정육점 주인의 눈치를 보며 두부를 한 입 베어 물었다.

"그런데 푸줏간, 너는 왜 안가냐? 니네집 가기 싫나?"

동우가 갑자기 정육점 주인을 째려보며 윽박질렀다. 완전히 고양이 앞에 쥐였다.

"형님 그러지 말고 앉아 봅시다. 그래 수금할 돈이 얼마요?"

"네……?"

"당신이 이 진상에게 받아 갈 돈이 얼마냐 그 말이요?"

"진상……?"

"아 죄송…… 형님 잠깐요. 그래 얼마요?"

"저 그러니까 어제까지 총 합계가 15만 3천원입니다."

"형님, 무슨 고기집 외상값이 소 두 마리 값이 넘소? 그러니 이양반 죽는 소리 하는 거 당연하지. 그리고 형님, 민철에게 돈 꿔준거 있지? 그거 얼마요?"

"민철이 그 새끼 봤나? 걔 보면 이거 좀 전해줘라."

동우가 갑자기 민철이 소리를 듣더니 돈 통을 열고 그 속에서 작은 약봉지를 하나 꺼내 왔다.

"이게 뭐요?"

"이거 쥐약인데 먹기좋게 내가 설탕하고 버무려 놨으니까 물하고 함께 먹어 버리라고 해."

"형? 형도 누가 돈 꿔가 안 갚으면 돌아버리지?"

"돌아버릴 정도가 아니라 뚜껑 열린다. 나 민철이 그 새끼한테 당한 거 생각하면 잠이 안온다. 잠이 안와."

"얼마나 빌려 줬는데요 형?"

"5만원. 그것도 빌려준 것도 아냐. 그 새끼한테 강도당한 거지……."

"강도요, 에이 설마……."

"내가 하도 화이방이 돌아 고소할려고 파출소에 가 방범에게 물어보니까 그런 경우는 강도사기에 해당한다는 거야."

"강도사기? 형법에 그런 조항도 있나……?"

"하여튼 그 새끼가 나한테 한 짓은 강도사기야. 걔 지금 어딨나…… 아 민철이 요새끼 이거 꼭 전해줘."

동우가 설탕과 함께 먹기 좋게 혼합해 놓았다는 쥐약봉지를 남표의 손에 쥐어 주었다. 기필코 민철이가 그것을 먹는 것을 보고싶다는 표정이었다.

"민철이가 사기쳐 간 돈이 얼만데 형?"

"5만원이야. 그 돈만 있었으면 내가 푸줏간 저 인간한테 이런 수모도 안당했을 텐데……."

"수모는 오히려 형이 저 양반을 시보리(협박) 하던데 뭘 그래. 자 형 다 잊고, 여보슈 15만원이면 해결되는 거요?"

"네?"

"15만원이면 이 형님 외상값 계산되는 거냐고요?"

"네, 그럼요."

"여기 있소. 이제 이 형과 거래하지 마쇼. 이 형 별명이 동대문 개좆 아니요."

남표는 안주머니에서 돈 다발을 꺼내 정육점 주인에게 동우의 외상값을 모두 계산했다. 돈을 받아 든 사내가 이게 왠거냐 하는 표정으로 연신 인사를 하고 밖으로 달려 나갔다.

"남표 저거 좀 남겨놔도 되는데……."

동우가 돈다발을 들고 가는 사내의 등을 바라보며 입맛을 다셨다. 외상도 재산이라고 생각하고 아까운 생각이 드는 모양이었다.

"형, 이걸로 민철이 건은 없는 것이 되었습니다. 민철이가 형에게 슈킹한 돈과 정신적 위자료까지 받은 셈치고. 형 그리고 우리 오래간만에 만났으니 어디 근사한데 가서 한잔 해야죠?"

"그럼 어디로 갈까? 내가 좋은 곳을 하나 아는데 외상도 잘 주고."

"형은 맨 외상 잘 주는 집들만 상대합니까. 스윙싸롱으로 갑시다. 거기 물이 좋다는데 그리고 민철이도 함께 데리고 가 감정도 푸시고 형님. 아 동우형이 밑에 애들을 거둬야지 누가 거듭니까?"

"민철이가 근방에 있나?"

"네, 저 밑에 다방에서 기다리고 있습니다. 가게 대충 정리하고 오소. 거기 가 있을 테니."

남표는 동우에게 말하고 민철이가 기다리고 있는 다방으로 왔다.

"형님, 동우형은……."

"만나봤다. 그리고 동우형에게 니가 진 빚은 내가 다 처리했으니 신경쓸 것 없어. 동우형도 너를 보고싶어 하더라."

"죄송합니다, 형님……."

"그런데 너 동우형에게 뭔 짓을 했길래 너를 주겠다고 설탕에다 쥐약을 섞어 갖고 다니는 거냐?"

"저……."

민철이 물컵을 들어 마시며 쓱스러운 듯 말했다.

"제가 능력이 없어 끼니가 떨어지면 동우형을 찾아가 용돈을 얻어다 썼습니다. 자꾸 찾아 가니 형도 짜증이 나는지 영 안주더라고요. 그래서 한번 좀 크게 먹자고 해서 사기를 한번 쳤습니다. 그 돈으로 한방 튀겨 두배로 갚아드리려 했죠."

"강도사기를 당했다던데?"

"동우형이 저에게 먹이겠다고 갖고 다닌다는 그 약봉지는 사실 제가 만든 겁니다."

"니가?"

"네. 쥐약을 아편이라고 형에게 팔았거든요."

"쥐약을 아편이라고……? 동우형이 속던가?"

"돈을 내놓고 긴가민가 하면서 약봉지를 쳐다보고 있더군요. 그래서 에라 모르겠다 하고 동우형 안면에 헤딩을 놓고 돈을 빼앗아 튀어 버렸죠. 형님 죄송합니다."

"……?"

남표는 어이가 없었다. 동우가 쥐약 봉지를 들고 먹이겠다고 작심하고 있던 것이 어느 정도 이해가 갈 것 같았다.

"형님, 저기……."

민철이 다방안으로 들어 서는 동우를 보고 고개를 숙이며 말했다. 동우가 회심의 미소를 지으며 민철이 앞자리에 앉았다. 심장이 벌컥 거리는 모양이었다.

"민철이 너 뭐하나? 형님에게 사과하지 않고."

"형님 죄송합니다. 죽을 죄를 지었습니다."

"죽을 죄를 졌다고. 워메 갈아 먹어도 시원찮을 이 종내기 새끼야. 흐이그!"

"동우형?"

남표가 끓어 오르려는 동우에게 큰 소리로 자극을 주었다.

"남표, 아무리 그렇다 하더라도 나 이새끼 한 대만 딱 죽턱을 날리게 해줘. 그게 내 소원이다. 나 저 가게 남표 너에게 명의이전 시켜 줄께. 응 한대만……?"

동우가 주먹을 쥐었다 놨다 하며 남표에게 사정을 했다. 그간 쌓인 감정이 심했던 모양이었다.

"형? 그 주먹으로 한 대 제대로 걸리면 형 이번엔 넥타이 공장인거 모르쇼. 오죽하면 민철이가 그랬겠소? 저도 춥고 배고프니까 그랬겠죠. 더구나 그 돈으로 한 방 잘 튀겨서 두배로 갚으려고도 했다지 뭐요. 그런것도 감안해서 용서합시다."

"한방 튀겨서? 아이그 내가 앓느니 죽지. 그리고 너 이새끼 남표때문에 지난번 건 봐주지만 앞으로 나 아는 척도 마. 그리고 형이라고도 하지마? 알지? 그랬다가는 아주 죽여 버릴테니까. 세놈씩 챙기는 일이 없기를 빈다, 알았지?"

"네 형님!"

"형님이라고 하지 마라고 했잖아, 새끼야?"

"네, 동우씨."

"……?"

"그럼 앞으로 그럼 계속 동우씨라고 해야겠네요? 동우씨?"

"이런……! 아이그 그냥 형이라고 해 개새끼야?"

동우가 복장이 터진다는 듯 자신의 가슴을 쳤다. 그들의 모습을 지켜보며 빙그레 웃던 남표가 자리에서 일어서려 했다. 그러자 동우가 제지 하며 나섰다.

"남표, 시내까지 가서 비싼 술 먹을 필요 없이 여기서 하자고. 여기 이래봐도 양주, 맥주 다 있어."

"여기서요?"

"그래. 꼭 근사한데 가야 맛인가? 여기서 해. 그리고 남표 자네가 하고 싶은 얘기가 있는 모양인데 그 얘기도 해봐. 우리 사이에 무슨 격식 따질 것 있나?"

동우가 실내가 더운 듯 팔 소매를 걷고 말했다. 그의 거대한 팔뚝 위에 어지럽게 새긴 문신이 주변 손님들의 시선을 다른 곳으로 돌리게 했다.

"그래요 형님, 자꾸 돈쓸일 있나요? 아낄 때 아껴야죠."

민철이 두 사람의 대화에 끼어 들었다.

"웃기는 놈 아니야 이거? 아낄 때 아껴? 그런놈이 생때같은 남의 돈을 사기 강도하여 노름판에서 날리냐?"

동우가 민철에게 잠자코 있으라는 뜻으로 말했다. 가소롭다는 표정이었다.

"그거야 저는 투자의 차원이지 기생집에서 때려 마시고 낭비한 것은 아니지 않습니까. 형님?"

"잘났다 이 새끼야. 기생방에서 술을 마셨다면 기생년들 살냄새라도 나지, 니놈에게는 쾨쾨한 홀아비 냄새밖에 더 나나 앙?"

"이제 그 얘기는 그만하고, 형 폐일언 하고 나좀 도와 주어야겠어"

남표가 두 사람을 주목시키고 동우에게 말했다.

"뭘 도와 줘야 되는데? 남표 니가 하는 일이라면 나는 다 한다."

"저도요 형님!"

"동우와 민철이 남표를 바라 보며 말했다. 그들의 모습이 긴장되어 있었다.

"고마워요 형, 그리고 민철이 너도 고맙다. 그런데 왜 술은 안 나오는 거야?"

남표가 두 사람의 손을 한번씩 잡고 주방을 바라 보았다. 그 안에서 양주 한 병과 안주를 든 마담과 여종업원이 테이블로 다가 오는 것이 보였다.

3

만리동 뚜껑의 식당에서 뜻하지 않은 사건에 연루된 오일도는 어이가 없다 못해 화가 치밀어 올랐다.

"염천교 더듬이가 누구야? 한때는 둘째가라면 서럽다던 왕초가 아니냐 그말이야. 그런데 나를 이용해 홈안패를 다시 작살내……?"

"형님, 지금 홈안패들이 연장을 챙겨들고 더듬이와 형님을 죽이겠다고 서울안을 뒤지고 다니는 모양입니다. 대책을 세워야 할 것 같습니다."

"대책……?"

"네 형님, 홈안패가 지난번 천안 애들에게 당한 후 이번 일까지 겹쳐 조직이 해산될 지경에 이르렀습니다. 깜박이에 대한 복수 차원 보다도 조직이 살기위해 복수에 나설 것입니다. 우리가 큰 조직이 아니라는 것이 놈들의 타켓이 된겁니다."

한때 서울역과 경부선 열차 안을 장악하고 악랄한 횡포를 자행하던 대성이파는 왕초 대성이의 린치 사건과 천안 지역에서 세력을 키운 천안곰 조일환에 의해 타격을 받고 수원까지 구역을 내준 후로 급격히 세력을 잃고 있었다. 이러한 시기에 그들은 또 한번 2인자가 칼을 맞고 중상을 입어 조직이 치명타를 당한 것이었다.

"이런 일에 끼어들어 낭패를 당하는군. 그렇다고 드러내 놓고 변명을 하고 다닐 수도 없고……."

"일단 더듬이형을 찾아야 합니다. 그리고 홈안패들을 달랠 방법을 찾아야죠. 그렇지 않으면 애매한 우리가 홈안애들과 전쟁을 치뤄야 합니다."

"그런데 더듬이형을 찾을 방법이 있나?"

"잠수를 탓으면 그 형이 제발로 나타나기 전에는 아마 찾기 힘들겁니다."

"방비는 어떻게 해놨냐?"

"모을 수 있는 애들을 모두 모아 사무실 주변에 배치 했습니다. 20여명쯤 됩니다."

"지금 홈안패를 이끄는 자는 누구야? 깔판인가?"

"네 형님, 어떻게 보면 깔판은 깜박이 보다 더 무식한 놈입니다. 마음에 안든다고 인두로 저의 아내를 지진 놈이죠."

"깔판과 일대 일로 만날 수 있는 방법을 찾아봐."

"깔판이를요?"

"그래야 일을 수습할 수 있다. 그리고 깜박이가 입원하고 있는 병원에 치료비를 보내는 것도 잊지 말고."

오일도가 강상수에게 몇가지를 지시하고 자리에서 일어나려

했다. 그러나 문밖을 지키고 있던 동생 하나가 들어 와 말했다.

"형님, 홈안에서 깔판이 와 형님을 뵙기를 청합니다."

"깔판이?"

오일도가 강상수의 얼굴을 바라 보더니 창가로 가 창문 밑을 내려다 보았다. 2층 사무실이었다. 사무실 밑에는 30여명의 홈안패들이 몰려와 오일도의 동생들과 대치하고 있었다.

"깔판 어디 있나?"

"여기 있습니다. 일도 형님, 협객을 자처 하시는 분이 이러실 수 있는 겁니까?"

키가 훌쩍 크고 눈밑에 일자로 굵은 칼자욱이 나 있는 깔판이 실내로 들어 서며 말했다. 단신이었다. 왕초 대성이가 당하고 2인자였던 깜박이까지 중상을 입은 상태에서도 이정도 움직이는 홈안패에 오일도는 고개를 끄덕이지 않을 수 없었다.

"와서 앉지."

오일도는 강상수에게 나가 밖을 대처하라는 눈짓을 주고 깔판을 자리에 앉도록 권했다.

"일도 형님, 어떻게 저희들의 얼굴을 보아서도 이러실 수 있습니까?"

깔판이 일도의 얼굴을 투시하 듯 바라보며 말했다. 서로는 이미 안면이 있는 사이로 깔판이 몇살 아래였다.

"미안하게 됐네. 변명은 하고 싶지 않아. 그렇지만 일이 공교롭게도 이렇게 묘하게 꼬였군."

"그 말씀은 형님이 더듬이와 공조를 한 것이 아니라 그말입니까?"

"나는 동생도 알다시피 대성이형이나 깔판형과 감정이 없는 사이였어. 더듬이형과도 물론 그런 사이였고. 그래서 두 사람이 서로 갈등하는 것을 항상 안타깝게 생각하고 있다가 이번 더듬이형의 부탁으로 화해의 자리를 만들다가 일이 이렇게 된거야. 그것뿐일세."

오일도가 담배를 한 대 피워 물며 설명을 했다. 변명은 하고 싶지 않았으나 굳이 오해를 살 필요는 없다는 생각에서였다.

"더듬이가 형님을 이용했다는 얘기군요? 알겠습니다 형님. 그런데 형님이 오해에서 완전히 벗어 나기 위해서는 저에게 한가지 해주셔야 할게 있습니다."

깔판이 얼굴에 묘한 미소를 지으며 말했다. 그의 표정에 많은 생각이 스쳐 지나가는 것이 느껴졌다.

"그게 뭔가?"

"더듬이의 소재를 알려 주십시오. 그렇게만 해주시면 형님에 대한 모든 오해와 감정을 접겠습니다."

"뭔 말인지 알겠네. 그러나 지금 나도 더듬이형의 소재를 모르고 있어."

"형님? 형님이 더듬이의 소재를 모르면 누가 압니까? 오늘 중으로 소재를 알아내 주십시오?"

"뭐라고?"

깔판이 오일도의 얼굴을 정면으로 응시하고 나왔다. 그 표정은 오일도를 완전히 믿지 못하겠다는 표정이었다.

"그렇지 않습니까 형님? 형님이 이번 일에서 벗어 나기 위해서는 더듬이 그 새끼를 찾는데 협조를 하셔야죠. 그것이 당연한 일 아닙니까?"

"이봐? 지금 너 이 새끼 뭐하는 거야?"

깔판의 말을 밖에서 듣고 있던 강상수가 들어오며 말했다. 보스에 대한 예의가 아니라는 뜻이었다.

"상수? 년배한테 새끼라니…… 너 주둥이를 그 따위로 밖에 못 놀리나?"

깔판이 위험을 느끼고 자리에서 일어나 강상수를 바라보며 대꾸했다. 두 사람 사이에 순간적으로 전의가 감돌았다.

"더듬이형을 찾기 전에 먼저 니놈이 뱃대기에 칼을 맞고 싶은가? 어찌 거지 새끼가 찾아와 우리 형님 앞에서 재롱인가 재롱이?"

"뭐야 이 새끼!"

"그만 두지들 못하겠나? 상수, 깔판을 조용히 보내줘라. 그리고 더듬이형을 찾아봐."

오일도가 얼굴에 곤혹스러움을 지으며 물을 한컵 따라 마셨다. 자신의 사무실에 거지패가 몰려 와 잠시라도 진을 쳤다는 것은 주먹 세계에서는 이미 한풀 꺾이는 일이었다. 그렇다고 지금은 맞서 싸울 수도 없는 형편 아닌가.

"동생!"

그때 사무실 문을 열고 오일도를 부르며 들어오는 사람이 있었다. 그는 놀랍게도 더듬이었다.

"형님?"

"미안하네. 나를 용서 하시게. 오 깔판 아닌가?"

더듬이가 너무도 태연한 모습으로 오일도와 깔판 앞으로 다가오며 말했다. 그 모습에 오일도와 강상수는 물론 깔판까지도 기가 막히다는 표정을 지었다.

"역시 이곳에 오기를 잘했군. 철천지 원수를 만났으니…… 각오는 되어 있겠지?"

깔판이 등에 꽂고 있던 쇠갈고리를 꺼내 들고 말했다. 금방이라도 깔판의 얼굴을 향해 그 흉기를 휘두를 판이었다.

"깔판? 그렇게 급할 것 없잖나. 여기는 나의 사무실도 아니고 그리고 오사장에게 이런 일로 폐를 끼치고 싶지도 않다. 그리고 오사장은 이번 일과 아무 연관이 없으니 오해하지 말기를 바란다. 그래 이제 내가 어떻게 하면 좋겠나?"

더듬이가 깔판을 바라보며 말했다. 원하는 것이 목숨이라면 그것까지 내어 주겠다는 자세였다. 거지집단의 왕초였지만 역시 그는 당차고 강했다.

"염천교패는 이름뿐이고 당신도 은퇴를 했다고 믿었는데 깜박이형을 그 지경으로 만들다니…… 도저히 용서할 수 없소이다. 양손목을 내놓으시오. 백주에 살인을 할 수는 없으니."

"내 손목이면 우리가 쌓아 온 원한을 다 풀겠나?"

"그렇소. 손목이 없는 몸으로 또 칼을 쓰지는 못하겠지."

"좋다. 자 가져 가라!"

더듬이가 한쪽 손을 탁자 위에 내려놓고 눈을 감았다. 실내가 잠시 소란스런 순간 출입구 앞에 오일도 식구들과 홈안패가 서로 뒤섞여 안을 주시하고 있었다.

"야 찔통 도끼를 가져 와."

"네 형님, 여기 있습니다요."

찔통이라고 불리는 머리에 원형 탈모가 보이는 거칠고 지저분해 보이는 자가 손도끼를 가져 와 깔판의 손에 들려 주었다.

"더듬이형, 이것으로 우리 서로 모든 원한을 떨쳐 버립시다. 자!"

깔판이 손도끼를 치켜들며 탁자 위에 미동도 않고 놓여 있는 더듬이의 손목을 노렸다.

"잠깐!"

"……?"

장내의 긴장을 깨트린 자는 오일도였다. 그의 손이 어느새 깔판이 치켜들고 있는 도끼 자루를 잡고 있었다.

"미안하지만 깔판, 여기서 더듬이형의 손목을 가져갈 수는 없다. 여기는 나의 방이고 더듬이형은 미우나 고우나 나의 선배이자 친구다. 두 사람의 원한을 나가서 풀도록 해라."

오일도가 깔판에게 말하자 그도 일리가 있다는 듯 고개를 끄덕였다.

"듣고보니 제가 좀 경망을 떨었군요. 죄송합니다. 자 나갑시다. 손목 자를 곳이야 어디 없겠습니까."

깔판이 더듬이의 한쪽 어깨깃을 잡으며 밖으로 나오라는 시늉을 했다. 그러나 그것마저도 여의치 않았다.

"함께 가는 것도 안되지. 깔판은 밖에 기다리고 있다 이 형님이 자기 발로 나의 사무실을 나가면 그때 일을 봐라. 내 앞에서 선배가 당하는 것을 볼 수는 없지."

"형님? 이제야 본색이 나오는군요?"

"아가리 닥치지 못하나? 본색이라니 이 거지 새끼가 어디서……."

깔판과 강상수가 뱉어낸 말이 신호가 되어 좁은 공간안을 빼곡히 채우고 있던 양 조직의 사내들이 온갖 무기를 빼들었다. 갈고리·대검·손도끼 등 하나같이 흉칙한 무기들이었다.

"일도형, 지금부터 우리는 적이올시다. 그리고 더듬이 당신 배를 갈라 그 속에 아야구찌(칼)를 내가 꼭 넣어 주고 말겠다. 자 다들 나가자!"

깔판이 홈안패들을 모조리 이끌고 사무실을 빠져 나갔다. 갑자기 긴장되었던 사무실 안이 텅빈 듯 했다.

"형님?"

"미안하네. 자네가 나를 또 한 번 살려주는군."

더듬이가 오일도에게 미안하다는 말을 하며 체면 불구하고 누군가 마시다만 물잔을 들어 마셨다.

"천하의 형님도 식은땀이 나는가 봅니다?"

오일도가 손수건을 꺼내 더듬이에게 주며 말했다. 일을 당했을 때는 죽이고 싶도록 울화통이 치밀던 사람을 막상 눈앞에서 보니 미움이 봄눈 녹듯 하는 이유를 그 자신도 모를 일이었다.

"손목이 다 나가면 당장 밥먹는 것도 그렇고…… 생각만 해도 아찔하지. 그러니 식은땀이 나지 않을 수 있겠나?"

"그건 그렇고 이제부터 어떡할 겁니까?"

"어떡하긴 이제 자네가 책임져야지. 당장 저 새끼들이 이 앞에 진을 치고 있을 텐데……."

"하 이거 참…… 그건 그렇고 형님, 깜박이는 왜 지저(테러) 버린 겁니까?"

"깜박이만 지저 놓으면 그 나머지는 지리멸렬할 줄 알았지. 그런데 그게 아니야."

"형님, 지렁이도 밟으면 꿈틀 한다는 말 모르십니까. 홈안애들이 어떤 애들인지 누구보다 형님이 잘 아시지 않습니까? 지금 걔들이 조직 붕괴의 위협을 느끼고 저렇게 드세게 나오는 겁니다. 얼마전 천안곰에게 당한 후 또 이런 일이 생겼으니 야마(머리)가 안돈다면 그것도 비정상이죠."

"그래서 내가 하나 생각한 게 있는데……."

"생각한 게 있다고요?"

"귀 좀 이리."

더듬이는 오일도의 귀에 대고 무엇인가를 소근거렸다. 옆에 있던 강상수가 기분 나쁜 표정을 지었다. 조직 전체를 골치 아픈 처지로 빠트려 놓은 더듬이와 오일도가 친한 모습이 배가 아픈 모양이었다.

"형님, 정말 왜 그러십니까? 그렇게까지 집요하게 굴어서 도대체 얻는 게 뭡니까?"

"한번 시작한 거니까 끝장을 봐야하지 않겠나. 그래야 보복 위협도 없어지고."

"끄응!"

오일도는 더듬이의 얼굴을 바라보며 애정이 식는 감정을 느꼈다.

더듬이는 깔판을 제거할 계획을 내놓았던 것이다. 그러고 보면 방금 전 깔판 앞에 손목을 내놓았던 것도 어떻게 보면 쇼였다는 생각이 들었다. 그러나 쇼라기엔 너무도 무섭고 아슬아슬했지 않은가.

제4부

출 사

위험하면 발끝을 세워라

헨리 포드

1

10월 유신은 70년대를 암울과 분노의 시대로 만들고 있었다. 박정희 정권의 집권 연장책이 10월 유신임을 눈치 챈 학생들의 데모와 재야 세력의 등장은 시국이 난국으로 흐르는 예고편이었다.

정치권은 무기력하기 그지 없었다. 글자 그대로 허수아비식 거수기에 불과한 집권당인 공화당과 그에 맞서는 야당은 당권 다툼과 분열 양상으로 지리멸렬 국민들에게 민폐만 끼치고 있었다.

정치는 이미 정치권의 손을 떠나 중앙정보부의 조종에 놀아나는 꼭두각시에 불과했다. 특히 이 시대 야당인 신민당은 주류와 비주류로 나뉘어 첨예하게 대립했다.

"이철승이가 계속 나를 압박한다, 그말이지?"

신민당 중앙당사 총재실에 앉아 있는 40대 총재 김영삼은 자신의 측근이자 참모인 김동영에게 말했다. 그의 귀공자 타입의 붉그레한 얼굴이 굵은 목과 조화를 이뤄 여성적이면서도 강해 보였다.

그 모습이 40대 기수론을 내세운 그의 정책 깃발과 함께 국민들에게 어필하고 있는 것이 당시 현상이었다.

"압박하는 게 아니라 아예 당권을 무너뜨리기 위해 발악을 하고 있습니더."

"동영이 거 말좀 가려서 하거래이. 발악이 뭐꼬? 이철승이 비록 반대파이기는 하지만 정치 선배고 당의 원로 아니가."

"원로는 무슨놈의 원로입니꺼? 형님보다 몇살이나 더 먹었다고……."

김동영이 무엇인가 심사가 뒤틀린 듯 언성을 높였다.

"그래도 원로는 원로지? 그런데 니 뭐땜시 벨이 꼴렸노?"

김영삼이 찻잔을 들며 말했다. 창문 밖으로 한가롭게 서울시내가 보였다.

"신도환이 양일동 등이 중심이 되어 주도한 비주류가 사사건건 딴죽을 걸고 있지 않습니꺼. 거기다 양일동이 중정과 연결이 되어 자금을 받아 갖고 호남쪽의 주먹들을 긁어 모으고 있다고 합니더."

"양의원이 중정과……? 거기다 주먹이라면 깡패들 말이가?"

"네 형님, 한마디로 중정과 손이 맞아 깡패들까지 동원해서 야당을 풍지박산 내겠다는 거 아니고 뭐겠습니까?"

"니 지금 그말 근거 있는 말이가?"

"양일동이 집을 주먹들이 무상으로 출입한다는 소문이 있습니더. 거기다 양일동은 신도환과 한 통속이고 그리고 신도환이 누굽니꺼. 화신백화점 앞에서 있었던 고대생 피습 사건의 배후 아닙니꺼?"

"그거야 과거지사고 지금은 정치에 전념하고 있지 않은가 그 말이다. 정적이라고 해서 그런 과거를 문제삼아 매도를 해서는 안되지. 그렇지 않나?"

"형님?"

"치워라마. 그딴 소리엔 귀기울이지 말고 다음 전당대회 대책이나 세워라마. 특히 전국 대의원들을 잘 챙겨야 되는기야. 니 그거 알지?"

김영삼이 찻잔을 입에 대고 말했다. 화제를 다른 곳으로 돌리려는 심산이었다.

YS 김영삼, 적어도 젊은 시절의 김영삼은 정적이라도 그를 뒤에서 매도하고 비평하는 것을 싫어 하는 타입이었다.

"형님? 지금 전당대회가 문제가 아니라니까요. 우리도 무슨 대책을 세워야 됩니더. 잘못하면 깡패들이 당사로 쳐들어 올지도 모릅니더."

김동영이 애가 탄다는 표정으로 김영삼을 바라 보았다.

"그렇게 심각한 일이가?"

김동영의 표정이 심각한 것을 깨닫고 김영삼이 되물었다.

"심각하고 말고요. 형님, 무슨 대책을 세워야 됩니더."

"무슨 대책을 세운단 말이고? 깡패 난입저지위원회라도 설치하자는 것이가?"

"형님, 중정·경찰 그리고 여당의 요구에 강력한 경고를 하고 저희도 대비 차원에서 청년조직을 동원, 당사와 형님의 경호를 서야 안되겠습니꺼."

"아직 일어나지도 않은 일을 가지고 중정·경찰 등에 경고를 하란 말이가? 에잉 나는 그런 추접한 짓 못한다. 청년조직이나 단단하게 단조리 잘 하거라. 지금이 어느 때인데 깡패 타령이고? 박정희 지가 제일 싫어 하는 것이 언론과 깡패라고 하지 않던가."

"총재님 집에서 약을 가져 왔습니다."

총재실로 한 청년이 약봉지를 들고 들어 왔다. 그는 당시 김영삼의 집에 함께 기거하며 살림을 돕고 있는 비서 이성춘이었다.

훗날 신민당 중앙당 국장 등을 거쳐 신한국당 서울지부 사무처장을 거치는 행정통이었다.

"약을 뭐하러 예까지 가져오노? 한쪽에 놓거라. 그리고 성춘이?"

김영삼이 약봉지를 한쪽에 놓고 있는 이성춘을 불렀다.

"네 총재님!"

"니 고향이 공주 아니가?"

"네 맞습니다."

"김달수 동지와 박찬 동지가 있는 충청도 공주만 같으면 야당생활도 할만 한데 말이야."

김영삼은 공화당의 기반과도 같던 충청도에서 연거푸 자당 의원을 당선시켰던 공주를 거론하며 기분좋아 했다.

"형님, 지금 한가하게 촌구석 얘기나 하실 때입니꺼?"

김동영이 이성춘에게 빨리 돌아 가라는 눈짓을 하며 말했다.

"아따 끈질기구만. 어쩌면 좋겠노?"

"하다못해 관할 서에 신변보호 요청이라도 해야 됩니더. 이렇게 태평하게 있다가 무슨 봉변을 당할지 모릅니더."

"봉변이라면 깡패들이 나를 테러라도 한다는 기야? 그래?"

"지금 저쪽의 움직임이 그렇다니까 그럽니꺼 형님?"

김영삼은 김동영의 주장을 초연하게 듣고 있다가 그때서야 사태가 심상치 않다는 것을 느꼈다. 김동영의 평소 인품이나 성격으로 보아 한가지 일을 가지고 이렇게까지 집착하는 데는 이유가 있을 거라는 판단이었다.

"정 그렇다면 관할서에 요청을 하거라. 이거야 원 야당생활 하면서 깡패들 위협에서 겨우 벗어나나 했더니 군부정권에서도 신경을 써야 한다니 쯔쯔!"

김영삼이 혀끝을 차며 자리에서 일어나려 했다. 그때 사무실 바깥이 소란스러웠다.

"뭐꼬? 동영이 이 뭔 소리고?"

"형님, 잠깐만요."

김동영이 자리를 박차고 밖으로 나갔다. 총재실로 통하는 1층 계단이 사람들이 싸우는 소리로 난리가 나 있었다.

"죽여!"

"김영삼이 물러나라!"

"마빡에 피도 안마른 애송이가 무슨 야당의 총재냐?"

김동영이 비서실의 문을 닫아 걸게 하고 김영삼에게 다가오며 말했다.

"형님 늦었습니다. 벌써 놈들이 행동을 개시 했습니더."

"뭐라카노? 정말 깡패들이 당사로 처들어 왔다는 말이가?"

"그렇습니더. 하 이거…… 형님 일단 피하고 봅시더."

김영삼을 스스럼없이 형님이라 부르는 김동영이 대책이 안선다는 듯 피하고 보자는 말을 했다. 비서실에서 수행 비서가 여기 저기 전화를 해 구원을 요청하는 소리가 밖에서 나는 소란음에 묻혀 잘 들리지도 않았다.

"피하라꼬? 내가 총재실 내 방을 버리고 어디로 피하란 말이고? 내는 그리 못한다. 차라리 깡패 새끼들한테 맞아 죽어뻴게다."

김영삼이 소파 위에 앉으며 어금니를 깨물었다. 고집 하나는 정평이 나 있는 정치인답게 그런 상황에서도 냉정을 잃지 않고 있었다.

"일단 불똥은 피하고 봐야 합니다. 물 불 안가리는 불한당 놈들이 무슨 짓 할지 못른다끼니…… 이보거라 책상, 의자로 출입구를 막으라마."

김동영이 설득을 하다 비서설에 소리를 쳤다. 비서실 직원들과 청년당원 몇이 이미 집기 등으로 출입구를 봉쇄하고 있었다. 김영삼이 있는 총재실은 2층이었다.

쿵쿵쿵!

"문 열어라. 애송이 총재 물러나라!"

"물러나라!"

"물러나라!"

어느새 출입문 앞까지 괴청년들이 몰려왔는지 문짝이 부서지는 소리와 함성이 들려 왔다.

"총재님, 아니 형님…… 빨리 피하셔야 한다니까요?"

김동영이 소파 위에 앉아 꿈쩍도 하지 않는 김영삼에게 하소연을 했다. 김영삼이 입을 씰룩거리며 중얼거렸다.

'못된놈들 아니가?"

김동영이 김영삼의 한 손을 잡고 자리에서 일으켰다. 그가 못 이기는 척 김동영의 뒤를 따랐다.

일단의 청년들은 머리와 어깨 위에 구호가 적힌 띠를 두르고 있었다.

〈신민당 구당청년회〉

〈어용총재 물러나라〉

그들은 머리띠와 어깨띠를 두르고 손에는 각목을 들고 신민당사를 조직적으로 장악하고 있었다.

"다 몰아내고 책상과 집기를 이용해 바리케트를 쳐라."

"빨리 빨리 움직이지 않고 뭐들 하나?"

당사를 장악한 괴청년들이 한 사내의 지시를 받고 일사분란하게 움직였다. 총재실은 그들의 지휘본부가 되어 있었다.

"형님, 전화지라."

"전화?"

"네 형님 , 영장이 형님입니다요."

"이리내라."

전화를 받아 든 리더는 김태촌이었다. 김태촌, 광주에서 올라온 지 불과 몇년만에 그가 주먹으로 역사의 현장에 섰던 71년 신민당 당사 점거 사건의 서막이 이렇게 막을 올리고 있었다.

"형님…… 네, 아 그래요."

김태촌이 전화를 받다가 얼굴색이 노란해졌다. 무엇인가 심각한 일이 발생한 듯 했다.

"형님, 무슨 일입니까?"

그는 현동이었다. 김태촌의 고향 후배로 측근이라 할 수 있었다.

"YS가 도망을 치다 다리를 다쳤다는 거야. 총재실에서 옆집 지붕위로 피하다 그랬다는데……."

김태촌이 창문을 열어 보며 말했다. 과연 옆집 지붕이 당사 총재실에서 내려다 보였다.

"골치 아파지겠는데요?"

현동이 사태의 심각성을 느끼고 말했다. 명색이 한 나라의 대야당의 당사를 점거한 것만도 사건인데 거기다 당의 총재가 그런 사고까지 당했다는 것은 보통 심각한 일이 아닐 수 없었다.

"모두 당원들로 등록을 했으니 밖엔 당내 싸움으로 비춰질꺼야. 우린 우리 일만 한다. 신경쓸 거 없어."

김태촌이 소파에 앉아 어깨 위에 걸치고 있던 어깨띠를 풀어 탁자 위에 올려놓았다.

"형님 밖에 기자들이 몰려 와 난리를 치고 있습니다. 어떡할까요?"

1층에서 상황보고가 올라 왔다. 어느새 기자들이 취재에 나선 모양이었다.

"문열어 주지 말고 준비한 성명서나 전달해 줘라."

김태촌이 팔짱을 끼고 천장을 바라보았다. 현동이 담배를 건네자 김태촌은 손을 저어 사양했다. 담배를 피우면 왠지 가슴이 아픈 듯한 느낌이 있었다. 김태촌은 그때부터 이미 폐에 심각한 병증을 갖고 있었다.

김태촌의 지시를 받은 청년이 1층으로 내려갔다. 그들은 이미 성명서까지 준비했을 정도로 치밀하게 움직이고 있었다. 당사에 난입한 김태촌 이하 20여명의 청년들은 모두가 신민당 청년당원으로 등록된 상태였다. 물론 신도환, 양일동 등 비주류측의 협조아래서였다.

"형님, 짭새들이 쫙 깔렸는데요."

김태촌은 부하의 말을 듣고 창문가로 가 1층을 내려다 보았다. 아랫층에 관할서에서 경찰들이 출동해 있었다. 그러나 그들을 겁낼 필요는 없었다. 지금 신민당 사태는 어디까지나 당내 싸움일 뿐이었다.

"짭새들은 신경 쓸 것 없어. 만일의 사태을 대비해 출동했을테니까 그리고 TV좀 틀어 봐."

김태촌은 신민당 청년부장으로 등록된 자신의 신분을 믿고 있었다. 어차피 당내 싸움이라면 큰 인명사고만 없는 이상 겁먹을 필요가 없다고 생각하는 것이 그였다.

"형님, YS가 나오는군요."

TV 화면에는 신민당사와 김영삼의 얼굴이 나오고 있었다. 그러나 뉴스의 논조는 김영삼의 테러가 아닌 신민당 내의 당권 다툼으로 인한 사소한 폭력으로 다뤄지고 있었다.

"앙앙불락하는 YS의 모습은 나오지 않는군요. 큰일은 아닌 것 같습니다."

현동의 옆에 있던 사내가 큰 걱정을 하지 않아도 된다는 듯 말했다. 적어도 사건을 대하는 뉴스의 시각이 그랬다.

"집기들을 원래의 자리에 정리정돈하고 우리들은 실내에 앉아 주장을 관철 시키기로 한다. 그렇게 해놓고 기자들에게도 우리의 정당성을 보여 주는 거야."

"네 형님!"

김태촌의 지시에 청년들이 점거 과정에서 심각하게 어지럽혀져 있던 실내를 정돈하기 시작했다. 그때 또 박영장에게서 전화가 왔다.

"형님, 저 태촌입니다."

"저쪽에서 테러라고 여기 저기 나팔을 불고 난리야. 당사를 부수거나 필요이상의 난동을 부려서는 안돼."

"알고 있습니다 형님. 그래서 지금 사무실을 깨끗하게 정리하고 있습니다. 그리고 저희들은 침묵 시위로 들어갈 겁니다."

"침묵 시위?"

"그러지라 형님, 전횡을 일삼는 당권파 각성하고 물러나라!

하고 말이지라."

김태촌이 표준말 속에 간간히 고향말투를 섞어 쓰며 말했다. 원래 영리하고 두뇌 회전이 빠른만큼 서울 말씨를 금방 익힌 그였다.

"그게 정답이야. 주류에 꼬투리 잡힐 일을 만들어서는 안돼. YS가 지금 백주테러 운운하며 기자회견이다 뭐다 지금 난리니까 말이야."

"알았습니다 형님!"

김태촌은 박영장과의 전화를 끊고 총재실 바닥에 책상 다리를 하고 앉았다.

그의 가슴에는 풀어 놓았던 어깨띠가 다시 매어졌다. 그 어깨띠 위에는 야당 주류를 성토하는 문구가 너무도 선명하게 쓰여 있었다.

2

칠흙같은 어둠이었다. 방금 전까지 서울의 하늘 한쪽 끝에 떠 있던 초생달이 도심의 빌딩 속에 묻히고 도심은 통행금지의 시간 속에서 깊은 잠이 들어 있었다.

도곡동의 한 한적한 주택가였다. 개발되기 훨씬 이전의 도곡동은 말이 서울이고 도심이지 한적한 농촌이나 마찬가지였다. 그곳에 최억기의 저택이 있었다.

"통행금지고 뭐고 이곳은 필요 없겠는데요?"

민철이 어둠속에서 몸을 조심스럽게 움직여 최억기의 집으로 접근하는 다른 두 그림자에게 말했다. 남표와 동우였다.

"시끄럿 새끼야! 산통깨려고 그러나?"

동우가 조심성이 없는 민철에게 소리를 쳤다. 동네에서 개짓는 소리가 요란했다.

"형 목소리가 더 큽니다. 별로 신경쓸 게 없어요. 밤마실 다니는 사람들인줄 알테니까. 그리고 여기는 야경꾼들도 새벽에 한번 정도 지나가니까."

남표가 담배를 꺼내 물고 여유를 부렸다. 그가 호흡을 한 번 할 때마다 파란 담배불이 반딧불처럼 반짝거렸다.

"저기 차가 있네요."

민철이 최억기 집앞에 있는 승용차를 가르키며 말했다. 멀리서 봐도 외제 승용차임을 느낄 수 있을 정도로 중량감이 있는 차였다.

"차에 바람을 빼고 따라 들어와라."

남표는 민철에게 그렇게 말한 후 한쪽 담에 두손을 대고 훌쩍 넘어 들어가 대문을 열었다. 민첩하기 그지 없는 동작이었다.

"워메, 형님 주특기가 도둑질도 아닌데 대단하네요."

승용차 앞바퀴 두 개를 송곳으로 찔러 바람을 빼던 민철이 대문을 통해 안으로 들어오며 말했다. 집안은 대궐처럼 넓고 컸다.

마당 한가운데 연못이 파져 있고 그 위에 기와를 얹은 정자가 있을 정도였다.

"쉬익!"

남표가 한 손으로 정숙을 요할 것을 지시한 후 정원을 가로질러 한쪽방 앞으로 가 벽쪽에 기대고 섰다. 민철과 동우도 남표를 흉내내며 옆에 와 바짝 붙어 섰다.

"음……."

남표가 미닫이 유리창을 유심히 살펴 보다 준비해 온 작은 철사토막을 이용해 잠긴 유리문을 땄다. 그 안에 바로 여닫이 방문이 있었다.

유리덮개 문이 열리자 방문을 따기는 일도 아니었다. 어느새 세 사람은 방안으로 신발을 신은채 들어와 있었다. 방금전 하고 변한 것이 있다면 얼굴에 모두 양말을 이용해 만든 두건을 쓰고 있다는 것이었다.

"누…… 누고……?"

방안에는 잠옷 바람으로 최억기와 그의 아내가 자고 있었다. 괴한들이 흔들어 깨우자 기절할 정도로 놀라고 있었다.

"쉬익! 그리 시끌면 우리가 섭하지?"

동우가 먼저 최억기의 양손과 발목을 준비해 온 밧줄로 동여매며 말했다. 최억기는 순간적인 상황에 당황하면서도 침착을 되찾고 있었다.

"달라는 것 다 주겠다. 물론 신고도 하지 않겠다. 그러니까 인명은 상하게 하지 마라. 부탁이다."

"여보!"

최억기의 아내가 얼굴을 최억기의 무릎 위에 묻으며 부들부들 떨었다. 최억기가 그런 아내의 등을 다독 거리며 진정을 시켰다.

"최사장, 당신 배포가 보통이 아니군. 그 정도 되니까 그 숱한 개같은 짓들을 서슴치 않지?"

동우가 침대 한쪽에 앉아 최억기와 그 아내를 보며 말했다.

"개같은 짓이라니? 나는 사업가로 정상적인 사업을 했을 뿐이지, 결코 남에게 피해를 준적이 없소."

최억기가 동우를 보며 말했다. 얼굴에 두건을 쓰고 있어 얼굴을 알아 보기는 애초에 여의치 않은 일이었다.

"남들에게 피해를 준 적이 없다고……? 하하 개가 웃을 일이군. 그런 인간이 오일도 같은 주먹들을 끌어들이고 사나?"

"나에 대해 잘 아는군. 그렇다면 오일도와 나와의 관계도 어느 정도는 안다는 얘기인데……."

최억기가 그곳까지 말하다 뒷말을 잇지 않았다. 자신의 집안으로 침입한 괴한들이 단순한 도둑들이 아니라는 판단이 서는 모양이었다.

"최억기, 우리 더 이상 긴말은 필요 없고 돈 어딨나? 오 여기 좋은 말 있군. 국가와 사회를 위해 봉사함으로 이 상장을 수여한다. 웃기네."

동우가 방 한쪽에 남보라는 듯이 걸려 있는 감사장을 띄어 방바닥에 내동댕이 쳤다. 상장 밑에는 서울시장의 직인이 선명하게 찍혀 있었다.

"돈 어딨어? 당신이나 우리들이나 다 국가와 사회를 위해 봉사하는 처지니까 돈좀 나눠 쓰자고. 응?"

동우가 최억기의 턱 밑에 칼끝을 대며 말했다. 그쯤 되자 담대하게 나오던 최억기도 침을 꿀꺽 삼켰다.

"저기 있소? 미닫이 서랍안에……."

최억기가 출입구 옆에 있는 작은 책장을 가리켰다. 그의 말이 끝나기가 무섭게 민철이 다가가 서랍을 열고 그 속에서 돈 뭉치를 두어개 꺼내 침대 위에 올려 놓았다. 그 속에는 여자의 패물 몇점과 로렉스 시계 하나가 더 나왔다.

"호, 역시 돈많은 놈이라 책상속에서 돈과 금은 보화가 튀어 나오는군."

"빨리 가지고 가시오. 절대로 신고하거나 당신들을 찾아 나서지 않겠소."

최억기가 책장 속에서 나온 것들을 어서 갖고 떠나라며 재촉했다. 신고하지 않겠다는 말도 진심으로 들렸다.

"고양이 쥐 생각해주는구료. 그런데 우리가 이딴 것 먹겠다고 여기온 줄 아나? 열쇠 어딨나?"

동우가 최억기의 턱밑에 칼끝을 대며 말했다. 그와 함께 최억기의 왼손이 돈과 폐물들을 침대 위에서 방바닥으로 쓸어 비렸다.

"열쇠라니 그거 뭔 말이요?"

"이 새끼!"

"으윽!"

동우가 최억기의 턱에 일격을 날렸다. 그 바람에 최억기와 그의 아내가 방바닥 위에 함께 쓰러졌다.

"이곳에 있는 금고 열쇠말야? 이게 누구를 호구로 아나?"

동우가 최억기의 상체에 발길질을 한 번 하고 두손으로 침대를 들어 벽쪽에 세웠다. 침대밑에 커다란 금고가 방바닥과 같은 높이로 놓여 있었다.

"열쇠 어딨나? 두말 하지 않겠다."

동우가 최억기의 묶인 손 등에 칼끝을 대고 힘을 주었다. 손등위에 핏방울이 배어 나왔다.

"당신들 뭔가를 오해 하고 있는데 저 금고속엔 돈이 없소. 자잘한 나의 회사 장부와 서류 그런 것 뿐이요. 저 돈이 부족하면 내 돈은 얼마든지 더 주겠소.?"

최억기가 동우에게 사정을 했다. 그런데도 남표는 방 한쪽에 목석같이 서서 그들을 지켜만 보고 있었다.

"속은 내가 확인한다. 열어?"

동우가 두건 속에서 두눈을 번쩍이며 최억기를 다그쳤다. 여자가 어서 열쇠를 내주라는 듯 최억기의 옆구리를 찔렀다.

"좋소이다. 이 속에 돈 될만한 것은 없소이다. 그것은 맹세코 사실이요."

최억기가 중얼거리며 방바닥 장판을 들더니 그곳에서 작은 열쇠를 꺼내 금고에 꽂고는 다섯 개의 다이얼로 만들어진 장치를 풀더니 금고의 문을 열었다.

금고문이 스르르 옆으로 열리자 그 안에는 많은 서류가 차곡차곡 쌓여 있었다.

"보시오. 돈이나 패물같은 것은 없지 않소?"

최억기가 손발이 묶인 불편한 자세로 금고안의 내용을 설명(?) 했다.

"비켜!"

이제껏 방 한쪽에 그림자 처럼 서 있던 남표가 최억기를 떠밀어 자빠뜨려 놓고 금고 안을 뒤지기 시작했다. 수없이 많은 각종 장부와 서류 중 남표는 두툼한 봉투 하나와 서류철 하나를 정확히 끄집어 내어 방 밖으로 나왔다.

"안돼, 그건!"

최억기는 남표가 꺼내 가는 봉투를 보고 제지 하려다 동우가 내려친 주먹에 기절을 했는지 더 이상 소리가 없었다. 그의 아내는 남편의 졸도하는 모습에 함께 기절해 버렸다.

"끝났나? 쉽네."

동우가 남표의 뒤를 민첩하게 따라 오며 말했다. 그들 뒤를 따라 오는 민철이 무엇이 그리 좋은지 싱글벙글 뒤를 좇아 오며 웃었다.

남표와 동우는 민철의 판자집 방에 앉아 라디오의 다이얼을 여기 저기 맞추며 뉴스를 듣고 있었다. 그러나 사건 뉴스는 별다른 내용이 없었다. 신민당 안에서 당권싸움으로 사소한 폭력 사건이 발생했다는 것과 경기 북부 어느 군부대에서 탈영 사고가 발생하여 검문 검색이 강화 되었다는 보도가 하나 있을 뿐이었다.

"남표, 그 새끼 신고하지 않은 모양이지?"

"글쎄요. 아직 확실한 건 모르겠군요. 일단 민철이가 오면 얘기를 들어봅시다."

"그런데 가지고 나온 그거 뭐야?"

"하나는 최억기 선대부터 보유해 오던 채권뭉치고 하나는 몇 개 건물, 집 등에 대한 등기권리증 문서, 사채 계약서 그런 것들입니다."

"채권이야 이해가 가는데 등기권리증이라면 집문서 아니간?"

"왜 아닙니까? 우리에겐 딱히 필요한 구석이 없어도 최억기는 타격이 많을 겁니다. 한동안 재산권 행사는 엄두도 못낼테니까요."

"그런데 그런걸 갖고 어떡할려고? 뭔 협상이라도 할 일이 있나?"

"형님 배 안고프십니까?"

"배? 고프지. 우리 점심때 빵 한조각씩 먹은 게 전부 아냐."

동우가 화제를 바꾸는 남표를 바라보다 배가 고프다는 듯 자신의 아랫배를 만졌다. 그때 미닫이 문을 두드리는 사람이 있었다.

"계시지라?"

"……?"

남표와 동우는 순간적으로 긴장하며 문쪽을 바라 보았다. 방문객은 안에서 대답이 없자 계속 문을 두드리며 소리를 쳤다.

"안에 거시기 없소? 거시기?"

방문객은 하나가 아닌 모양이었다. 그 목소리와 행동이 정상적인 사람들이 아니라는 판단이 섰다.

"형, 열어줘 봐요."

"그래, 어떤 개새끼들이!"

동우가 방안이라 간단하게 입고 있던 티셔츠를 벗고 문앞으로 가 방문을 열었다. 햇살이 문안으로 들어와 방안을 환하게 비췄다.

"거시기는 없고 개좆은 있소만."

"엉?"

언성을 높이고 건들 거리며 민철을 찾와 왔던 사내들이 동우를 보자 주춤했다.

"왜? 민철이는 내 동생인데 그 아이에게 뭔 볼일이라도 있는 모양이지?"

"아, 네…… 저 채권 관계가 조금 있는데 어디 간 모양이죠?"

"뭔 채권관계? 꽁지값 수금 하러 온거겠지. 그 새끼 저녁때 올테니까 그때 와 목아지 따 가슈, 나 조깨 졸리거든."

동우는 더 이상 얘기하기 싫다는 듯 방문을 닫고 남표 옆에 와 벌렁 누웠다. 기세좋게 찾아 왔던 사내들이 돌아 갔는지 밖이 조용했다.

"꽁지들 돈까지 쓰고 시보리들 당하고 이름을 개새끼라고 지어도 충분한 놈이라니까."

동우가 천장을 바라보며 중얼거렸다. 그의 손에 담배가 한 개비 들려 있었다.

"계십니까?"

닫혔던 문짝이 다시 덜렁거리며 소리가 났다. 동우가 정신이 번쩍 난듯 자리에서 일어나 앉으며 문쪽을 노려 보았다. 화가 머리끝까지 치밀어 오르는 모양이었다.

"아가야 들어 와라이 까까 줄께, 쌀랑쌀랑 들어오라니께 근다."

동우가 전라도 말투를 쓰며 문밖의 방문객에게 말했다.

"저 안녕 하십니까? 사장님들 집에 계셨네요?"

"……?"

방문을 열고 불쑥 들어오는 사람은 방금전의 방문객이 아닌 말쑥한 신사였다.

"아 반갑습니다. 저는 요밑 청량리 시내에 새로 개업을 한 사람인데 인사를 좀 드리러 왔습니다. 우선 약속합니다만 선물을 하나 받으시고."

신사는 번들거리는 얼굴만큼이나 청산유수같은 말솜씨로 남표와 동우의 혼을 빼 놓았다. 미처 제지할 틈도 없이 자신의 말을 쏟아냈다.

"저는 이 동리 중앙일보 보급소장올시다. 문화선도의 차원에서 삼성 그룹이 창간한 초일류 문화지 중앙일보를 하나 넣어 드리려고 찾아 왔다 이거올시다. 이거 선물로 받으시고 신문은 오늘부터 받으시되 돈은 한겨울 눈으로 비바람 몰아치는 그때 주시라 그말입니다."

"……?"

남표와 동우는 서로 얼굴을 바라보며 피곤한 표정을 지었다. 신문을 보라고 당시로는 귀하다 할 수 있는 백설탕을 한 봉지씩 준다는 것이 특이했다. 설탕봉지는 족히 몇킬로는 될듯 했다.

"자 이런 기회 놓치지 마시고…… 성함이 어떻게 되시죠?"

사내가 구독카드라고 써있는 작은 종이철을 내놓고 이름을 물었다. 계약을 하자는 뜻인 모양이었다.

"그런데 당신 이거 설탕 맞아?"

동우가 윗통을 벗고 앉아 설탕 봉지를 뜯어 손으로 한웅큼 쥐어 입에다 털어 넣으며 말했다.

"그럼요, 사장님. 이것이 설탕이 아니고 뭡니까? 요즘 최고로 히트치고 있는 백설표 아닙니까 이게."

"설탕 맞네. 그런데 우리들은 이 집에 안 사는데."

"네에?"

"나나 이 동생 둘과 이 집에 놀러왔거든, 고스톱이라도 한판 때리려고 왔는데 주인이 없네."

"그러면서 이 봉지를 뜯었단 말입니까?"

신사가 동우를 밥맛 없는 표정으로 바라보았다.

"그런데 설탕맛이 조금 그렇다. 어디……."

동우는 다시 한 번 주먹을 설탕 봉지속에 집어 넣었다. 신사가 그때서야 설탕 봉지를 빼앗고 동우의 아래 위를 훑어 보았다. 그의 눈에 동우의 몸에 난 문신이나 흉터는 들어오지도 않는 모양이었다.

"에이 김새 버리는군."

사내가 설탕봉지를 들고 휭하니 밖으로 나갔다. 동우는 입주변에 묻은 설탕가루를 혀로 핥으며 남표를 바라보았다. 절로 웃음이 나왔다.

"형, 설탕봉지를 뭐하러 뜯어 저 사람 화나게 만드는 거요? 형도 참……."

"그냥 재미 있잖아. 그런데 재들 돈이 그렇게 많은가? 신문 하나 보라고 설탕봉지를 돌리고 다니게."

동우가 입맛을 쩝쩝 다시며 말했다. 그때 민철이 돌아왔다.

손에 커다란 봉투를 하나 들고 있었다.

"왜 이렇게 늦는 거냐?"

"죄송합니다. 이거 요기꺼리로 사 왔습니다."

민철이 방바닥 위에 봉지를 내려놓고 그 속에서 여러 가지 먹을 것을 꺼내 놓았다. 통닭, 족발 등과 동치미, 김치 등의 반찬거리였다.

"밖의 소식은 어때?"

남표가 민철에게 물었다. 배고픔보다 그것이 더 궁금했다.

"최사장이 경찰에는 신고를 하지 않은 모양입니다. 대신 일도형이 불려가 무엇인가를 상의하고 있는 모양입니다."

"신고하지 않은 것 같다고……?"

"관할 경찰서에도 제가 두 시간 이상 어슬렁 거렸는데 최억기 건은 얘기도 나오지 않더군요. 최사장집 관할 파출소에 미친척 전화를 해봤는 데도 아무 낌새가 없었습니다."

민철이 통닭 다리를 하나 뜯어 남표에게 주고 자신도 다리 하나를 들었다.

"……?"

"아 형님은 등치가 크니까 이걸 드십시오."

민철은 자신과 남표의 손에 들린 닭다리를 번갈아 바라 보는 동우에게 닭의 몸뚱이를 집어 주었다.

"너 몇 킬로야?"

동우가 몸뚱이를 받아 들며 물었다.

"95킬로입니다."

"나는 90킬로야 새끼야. 내 놔!"

동우가 민철의 손에 든 닭다리를 빼앗으며 말했다.

"참 애들같이, 그리고 다른 일은 없던가?"

남표가 정보를 얻으러 나갔던 터라 민철에게 이것 저것 물었다.

"그런데 형님, 일도형이 홈안애들과 원수를 져 코너에 몰려 있답니다."

"대성이파와?"

"네 깔판이 일도형과 더듬이를 죽이겠다고 난리인 모양입니다. 그리고 신민당사건은 아시죠?"

"그 사건은 라디오에서 들었어. 그런데 깔판이 왜 일도형을 죽인다는 거야?"

남표가 닭다리를 한입 베어 물며 말했다.

"일도형이 더듬이와 함께 깜박이를 조진 모양입니다. 그것을 복수하겠다는 거죠."

"그런 일이 있었나? 일도형이 그런 일에 끼어들 사람이 아닌데……?"

남표는 고개를 갸웃거리며 사태 파악을 위해 머리를 굴렸다. 어쨌든 1단계는 계획대로 멋있게 진행된 셈이었다.

3

"어떡하겠다는 거요?"

"확실한 겁니까?"

"확실하지 않으면 내가 지금 명확하지 않은 일을 가지고 오형을 면박한다는 말이오?"

"아닙니다, 하도 뜻밖인 사건이라. 정말 지난 밤에 사장님 댁에 들어왔던 놈들이 남표라는 말입니까?"

오일도는 최억기의 사무실에 불려 와 그의 말을 들으면서도 반신반의 했다.

"그렇다니까 자꾸 그러시오. 그놈 아니면 그렇게 정확하게 금고 위치를 알 수도 없고, 그 많은 서류 중에서 그것들만을 찍어 갖고 갈 수가 없다니까 그러네……."

최억기가 자꾸 목이 탄다는 듯 물을 마시며 오일도에게 언성을 높였다.

"가져 간게 도대체 뭡니까?"

"채권뭉치인데 값으로 따지면 엄청난 양이오. 거기다 여러 건의 건물·주택 등의 등기권리증까지 갖고 갔어. 그중의 하나가 그넌 있잖소?"

"그넌이라뇨?"

"오미령 말이오. 나의 선친 앞으로 되어 있는 집에 그넌 앞으로 상당액의 저당이 되어 있는 그 집의 등기가 없어졌다 그 말이오."

"……?"

오일도는 사태가 심상치 않음을 느꼈다. 이것은 장난이 아니었다. 몇일전 자신이 남표에게 분명히 해둔 말이 있었다. 다시 한 번 최억기 주변에서 보는 일이 없도록 해달라고. 그것이 한때는 아끼고 사랑했던 후배에 대한 충고이자 경고였었다.

"시끄럽지 않게 하기 위해 경찰에 신고 하지는 않았소. 빨리 그 새끼를 잡아 물건들을 회수하고 다시는 이 따위짓 못하도록 하시오. 이번 일이 오형과 나와 관계를 끝장 내는 일이기를 빕니다."

최억기가 자리에서 일어나 자신의 방을 나가 버렸다. 오일도는 최억기의 그런 모습에 모멸감을 느꼈으나 참지 않고는 배겨낼 재주가 없었다. 그는 자신의 조직 자금줄이기 때문이었다.

"남표 니놈이 기어이……."

오일도는 최억기가 전용으로 쓰는 전화기로 사무실의 강상수를 불렀다.

"형님……?"

"남표를 빨리 찾아라. 다른 일 만사 재쳐놓고 놈을 잡아. 그넌도 잡아."

"그년이라뇨?"

"오미령인가 뭔가 하는 그년말야. 남표가 사고를 쳤다. 빨리 잡아. 애들을 다 풀어."

"형님, 홈안애들은 어떡하고요?"

"무시해 버려. 뒤는 내가 처리할 테니 남표를 빨리 찾아내 빨리!"

"네, 형님!"

오일도는 최억기의 사무실을 나와 차를 동대문으로 몰았다. 시장안의 협신빌딩에 있는 이동산의 사무실이었다.

이동산.

레슬링 선수 출신으로 이정재 밑에서 주먹으로 활동하다 당시 프로레슬링 협회를 만들어 그 회장을 하며 정·재계에 발이 넓은 사람이었다. 그는 특히 대성이·더듬이·김춘삼 등 부랑자들의 보스들과도 막역하게 지낼 정도로 적이 없는 처신을 잘 하는 주먹으로 원로 대접을 받고 있었다.

"회장님!"

"응, 일도 아닌가? 어서오게. 어쩐 일이야. 이리 들어오지."

이동산이 오일도를 보자 반갑게 자신의 방으로 안내하며 말했다. 그의 옆에는 그리 크지 않은 키에 몸집이 단단한 사내 하나가 서 있었다. 그가 바로 당시 국내파 인기 레슬러였던 장영철이었다.

"회장님, 사무실이 바빠 보이십니다."

"바빠야 먹고 살지. 그리고 영철이 인사나 하고 지내. 이쪽이 일도, 마산 식칼형 밑에서 칼을 배워 서울에서 굴러 먹는 친구지."

"일도올시다."

"장영철입니다."

오일도는 장영철의 얼굴이 워낙 낯이 익어 금방 친숙해질 것 같았다. 김일이 일본에서 들어와 최고의 스타가 되기 전에는 장영철이 그 자리를 차지 하고 있었기 때문이다.

"그런데 그 말이 뭔 말인가?"

이동산이 오일도에게 궁금한 것이 하나 있었다는 듯 질문을 던졌다.

"홈안패와 문제 말입니까?"

"그래, 자네가 대성이 동생들과 감정이 안좋은 이유가 없잖아?"

"죄송합니다. 어떡하다 보니 일이 공교롭게 되었습니다. 더듬이 형을 조금 돕는다는 것이 그만……."

"사소한 오해가 있었던 모양인데 신경 쓸거 뭐 있나? 걔들 지금 복수할 정신 없을 거야. 지난번 천안 조직과 다툼이 한 번 있고 난 뒤로 천안곰 조직이 아예 밟아 버리겠다고 다시 나선 모양이야."

"그래요? 그거 뜻밖이군요."

"천안 조직이 지금 거의 서울에 올라 온 모양이야. 한 번 인사나 하고 지내라고."

"……."

오일도는 일이 뜻밖에 쉽게 풀리는 것을 느꼈다. 천안에서 올라 온 조일환이 대성이파를 괴몰 시키기로 작정을 한 모양이었다. 그렇다면 홈안애들이 자신에게 복수하겠다는 것도 끝장 난 것이나 마찬가지였다.

"그리고 영철이, 김일과 좀 사이좋게 지낼 수 없나?"

이동산이 장영철에게 말했다.

"저야 그렇게 지내고 싶죠. 그러나 어디 저쪽에서 그렇게 나옵니까? 레슬링을 완전히 쇼판으로 만들고 있지 않습니까? 심지어 얼마전 만든 박치기왕이라는 영화좀 보십시오. 한말로 그게 뭡니까?"

장영철은 순수 국내파 레슬러였다. 그런만큼 운동에 대한 순수한 스포츠맨 쉽이 있었다. 그러나 일본 레슬링판에서 쇼적 감각과 비즈니스를 익히고 돌아온 김일 등은 레슬링을 하나의 사업과 흥행으로 보고 그렇게 움직이고 있었다. 그곳에 그들이 화합하지 못하는 이유가 있었다.

"영화야 원래 거짓말 아닌가? 그래도 전국민이 열광하지 않나? 그거면 되지 뭘그래?"

"아무리 영화가 거짓이라 하더라도 그네를 타고 암벽에 박치기 연습을 하는 김일이 나오고, 그 모습을 보고 전 국민이 그 친구를 신격화 하고 있는데 레슬링의 발전을 위해 결코 좋은 점이 아닙니다."

장영철이 소신을 굽히지 않고 이동산에게 자기 주장을 말했다. 그는 쇼적 요소로 지나치게 빠지고 있는 레슬링계를 우려하고 있는 것 같았다. 좀더 훗날 장영철이 레슬링계의 쇼적 승부와 트릭을 까발리는 기자회견을 갖고 당대 최고의 흥행 스포츠를 쓰러뜨리고 말았던 사건의 단초가 이렇게 시작되고 있었다.

"나도 김일에게 자네와의 화합을 얘기할테니 서로 조금씩 양보를 해. 그리고 이번 이벤트 차질 없도록 하고, 잘되고 있겠지?"

이동산은 인천 문학동 경기장에 특설 링을 만들어 놓고 장영철·천규덕 등을 내세운 한국팀과 일본·미국 레슬러들과의 타이틀매치를 계획하고 있었다.

"김일과 그 추종 세력은 빠지고 국내 선수들 모두가 참여 하기로 했습니다. 규덕이와 제가 한조가 된다니까 인천이 온통 난리가 난 모양입니다."

당시 박치기왕 김일 다음으로 인기를 끌던 레슬러가 천규덕과 장영철이었다. 당수라는 일본 가라데를 익힌 천규덕의 가라데와 장영철의 두발을 모아 차는 드롭킥은 레슬링펜들이 열광하는 같은 것이었다.

"그래, 성공해야지. 그만 가서 준비하라고."

"네 회장님! 그럼……"

장영철이 이동산에게 인사를 하고 오일도에 목례를 한 후 사무실을 나갔다.

"골치 아파, 주먹이나 스포츠나 갈등과 알력이 없는 곳이 없다니까. 그리고 참 자네말야 대륙건설에 사람 하나만 취직좀 시켜

줘."

이동산이 무엇인가 생각난 것이 있다는 듯 자신의 책상 속에서 서류 한 장을 꺼냈다. 이력서였다.

"이건……."

"이력서야. 한양대에서 토목을 전공한 친구인데 김의원의 부탁이야."

"김길영 의원을 말씀하시는 겁니까?"

"왜 아닌가? 이것좀 신경 써줄 수 있겠지?"

김길영은 국회부의장을 지낸 전남 출신의 원로 정치인으로 광주 서중 출신들을 특히 잘 챙겨주는 것으로 유명한 사람이었다.

"알겠습니다. 기회를 봐서 손을 써보겠습니다."

오일도는 이력서를 품속에 넣으며 최억기를 떠올렸다. 최억기는 확실히 효용가치가 많았다. 천하의 이동산의 부탁을 들어 주기 위해서도 최억기와는 좋은 관계를 계속 유지해야 했다.

"회장님, 손님 오셨습니다."

사무실 밖에 있던 여직원이 물을 두잔 들고 와 탁자 위에 놓으며 말했다. 그와 동시에 사무실 안으로 들어서는 건장한 두 사내가 있었다.

"형님."

"오 이게 누구야. 낙화유수 아닌가? 하하하 오랜간만이군."

이동산이 벌떡 일어나 사내를 덥썩 끌어 안았다. 사내는 낙화유수라는 별명으로 불리는 감태련이었다.

김태련.

그는 이정재 밑에서 유지광과 더불어 행동대장으로 군림하던 주먹이었다. 당시 주먹으로는 특이하게 서울상대 출신으로 같은 대학 미대 출신인 가네자와 김진영과 함께 유명했던 사람이었다.

"형님, 저도 왔습니다."

김태련 옆에 서 있던 얼굴이 곱상한 청년이 인사를 하며 말했다.

"그래 상준이 잘 있었나?"

"네, 형님 덕분에 잘 있었습니다."

그는 김태련의 충직한 동생으로 4.19가 촉발하는 계기가 되었던 고대생 피습 사건에 김태련 부대에 편입되어 출동했다 문장주 등과 함께 구속되었다 풀려난 지 얼마 안된 사람이었다.

"형님, 안녕하십니까?"

"오, 일도 여기서 보는군."

오일도가 김태련에게 인사를 하자 김태련이 손을 내밀며 악수를 청했다. 주먹계라는 것이 이랬다. 넓은 것 같으면서 좁디 좁은 세계, 그 좁은 세계 속에 풍운의 주먹들은 너무도 많았다.

"형님, 이번에 지광이 형님이 무엇인가를 하나 하시려는 모양인데 도와 주셔야죠?"

김태련은 유지광을 깍뜻하게 대하는 입장이었다. 같은 이정재의 행동대 출신이라는 뿌리 보다도 그는 유지광과 인간적인 정리를 나누고 있었다. 훗날 유지광이 죽고 그 추모사업회를 만들고자 70노구를 이끌고 동분서주 하던 사람이 그였다.

"하하, 천하의 유지광을 내가 어떻게 도와 주나? 오히려 내가 도움을 받아야지."

"이번에 결성한 화랑회가 전국적으로 펼치려 하는 청소년 선도사업에 형님의 도움이 필요합니다. 레슬링 선수들이 얼굴이 많이 알려져 있으니 그들의 도움도 필요하고요."

김태련이 화랑동지회가 펼치려는 사업 내용을 자랑스럽게 늘어 놓았다. 유지광의 화랑동지회는 그 무렵 전국적으로 동조자들을 모집하고 세력을 확정하고 있었다.

"그런 일이야 내가 도울 수 있다면 도와야지. 자 우리 오랜간만에 만났으니 저녁이라도 함께 하지."

이동산이 자리를 털고 일어나며 말했다. 그 뒤를 김태련·오일도·신상준 등이 따라 일어났다.

"참, 그 친구들 요즘 어떻게 지내나?"

"누구말입니까?"

김태련이 이동산의 질문을 받고 반문했다.

"아 있잖은가 전주 친구들……."

"아, 승완이·무박이·홍관이 말입니까?"

"그래, 그 친구들 왜 한 번도 안놀러 오는지 몰라."

"하하, 다 각자 바쁘니까요. 승완이는 사업이 잘되고 무박이도 빠찡코에 손을 대 기반을 닦고 있는 중입니다."

이승완·임무박·홍관 그들 3인은 전북 출신으로 서울에 올라와 터를 잡을 때 김태련이나 오따 정종훈의 집에서 기거 하는 등 동대문 계보와 인연이 있었다. 호남 주먹이 전남과 전북으로 명징하게 구별이 되는 것도 어쩌면 이전 배경이 작용했다고도 할 수 있었다.

제5부

변방의 주먹

우회하는척 정면을 가라!

- 모택동 -

1

광주에서 7,8명의 동생들을 데리고 서울에 올라온 조양은은 무교동의 한 여관에 숙소를 정하고 여기 저기 분주하게 움직이고 있었다.

우선 동생들의 일자리가 급했던 조양은은 오종철의 나빌라와 인근 작은 업소에 몇명을 심어 놓고 두명의 동생들과 행동하며 일거리를 찾고 있었다. 그렇다고 주먹계에 처음 명함을 내민 처지에 그에게 무엇인가 제대로 된 일거리가 들어올리 만무했다.

"미안하네. 우리도 힘들기는 마찬가지야."

찾아가는 선배들마다 마지못해 상대해 준다는 식이었고 그중 좀더 의리가 있는 선배들은 용돈을 조금 보태주는 식이었다.

"형님, 서울 주먹들도 의리가 별로인데요?"

조양은의 보디가드겸 수행원격인 박기창이 말했다. 그들은 무교동의 주먹 선배들을 찾아 다니다 명동으로 향하는 길이었다.

"그만큼 다 살기가 힘든 거야."

"아무리 그래도 이런 식으로는 자립하기가 쉽지 않겠어요."

비교적 검소한 성격이면서 사교적인 박기창이 앞날이 걱정된다는 듯 말했다. 사실 그들은 그날 그날의 여관비가 걱정될 정도의 살림을 살고 있었다.

"첫술에 배부른 것 보았냐? 한발 한발 내딛어야지. 그리고 영신인가 뭔가 그 아이 어떻게 됐어?"

"오후에 만나기로 했습니다."

강영신은 순천 출신으로 어려서 부산으로 이사가 뒷골목에서 주먹을 쓰다가 서울로 상경해 족보없이 떠도는 주먹이었다. 그가 박기창의 친구였다.

"너는 지금 영신이를 만나서 순영이 당구장으로 데려와."

"네, 형님!"

박기창은 조양은의 말이 떨어지기가 무섭게 인사를 하고 오던 길을 뒤돌아 갔다. 조양은이 명동에서 들어간 곳은 요즘 새로 개업한 호텔 커피숍이었다. 그곳은 삼화호텔로 사보이호텔 뒷편에 자리잡고 있었다.

삼화호텔엔 조창조가 진을 치고 있었다. 사보이호텔에서 신상사와 몇번 마주친 후 새로 개업한 그곳을 근거지로 삼은 것이었다. 어떻게 보면 터줏대감 신상사에 그가 한 수 접고 들어간 것이었다.

"형님?"

"오, 양은이 아냐? 그래 요즈음 어떻게 지내나? 광주에서 완전히 올라왔다면서 인사도 안오고 말야."

조창조가 사람 좋은 얼굴로 조양은을 맞았다. 주먹계에서 서로 지기가 통하는 선후배로써 또한 같은 종씨로도 무엇인가가 통하는 사이였다.

"죄송합니다. 형님을 찾는 게 폐 끼치는 일이라서."

조양은이 조창조의 앞자리에 앉으며 말했다. 새로 개업한 호텔인지라 실내가 말할 수 없이 깨끗했다.

"폐라니……? 선배 좋다는 게 뭐겠나? 그런데 요즘 태촌이 소식 알고 있나?"

"태촌이라면 동아식구인……."

조양은이 조창조의 질문을 받고 말끝을 흐렸다. 그들은 한 두 번 이름과 얼굴을 듣고 본적이 있는 사이였다.

"맞아. 이번에 그 친구가 주먹계에 성가를 드러내고 있어. 신민당 각목 사건으로 전국 주먹들의 이목을 집중시키고 있다는 그말이야. 하하하 물건이야, 태촌이와 자네 양은이 두 사람 큰 물건이 될거야."

"……?"

조양은은 풍문으로 김태촌의 소문을 듣고 있었다. 자신보다 몇년 빨리 상경한 그가 생각보다 빨리 이름을 날리고 있었다.

"참, 오사장은 잘있나? 요즘 한동안 못본 것 같은데."

"종철이 형님은 잘 계십니다. 워낙 나다니기를 좋아하지 않으시는 분이라 말이죠."

"몇일전 경마장에서 본 친구가 있다는 말만 들었어."

"업소와 시간 나시면 경마장에 바람이나 쐬러 가는 정도입니다. 저희들 때문에 보통 신경을 쓰시는 게 아닙니다."

"……!"

조창조는 조양은의 말을 들으며 고개를 끄덕였다. 용사(勇士)의 덕목을 갖고 있으면서도 화합에 조금 문제가 있는 것으로 알려진 오종철을 끝까지 믿고 따르는 조양은의 모습이 보기 좋았다.

"그래 동생들과 생활은 어떻게 꾸려 나가나?"

"잘 지내고 있습니다. 여러 선배들이 도움을 주시기도 하고."

"힘들겠지. 요즘 주먹들 용돈 만들어 쓰기가 보통 만만 해야지. 거기다 계보다 뭐다 그런 것에 자꾸 엮이다 보니 삭막하기만 하고."

"그러니까 형님, 저도 마땅한 일자리를 찾아야 할텐데 큰일입니다."

"나빌라만으로 안되지?"

"거기는 종철이 형님 사시기도 빠듯한 곳이고 근거를 만들어야지 큰일입니다. 그렇다고 아무 곳이나 들쑤셔 슈킹을 할 수도 없고 말입니다."

"바닥은 좁은데 주먹은 많은 탓이야. 거기다 어디 노장들이 자리를 내줘야 말이지."

조창조가 찻잔을 들며 말했다. 그가 노장 운운한 말은 당시 주먹계의 현실을 말하는 것이었다. 원로급 주먹들이 장기집권을 획책, 신진 주먹들의 성장을 막고 있다고 보는 것이 조창조였다.

"한번 뒤집어 질때가 있을 겁니다."

"뒤집어 질때……?"

"형님 말씀대로 원로원같은 현재의 주먹판도가 한 번 뒤집어 지지 않고는 저희들 같은 촌놈들은 애초에 부가 없는 것이죠. 언제부터 주먹들이 성골, 진골 따졌습니까?"

당시 주먹계는 소위 족보타령으로 명분을 삼던 시기였다. 김두한·이정재·이화룡으로 대변되는 종로· 동대문· 명동의 주먹 계보들이 아직도 활개를 치고 있는 곳이 주먹계였다.

아오마쯔 심종현·유지광·신상사 등이 김두한·이정재·이화룡의 계보를 고스란히 이어 받아 전국 주먹계 위에 군림하고 있는 것이 당시 실정이기도 했다.

그런 판세 위에서 호남세나 조창조 등이 아무리 스스로의 존재를 드러낸다 해도 파도 위에 거품처럼 표시가 나지 않는 것이었다.

3강이 인정하지 않는 이상 호남세나 조창조 등은 언제나 변방주먹일 수 밖에 없는 것이었다. 그것이 그들의 한계였다.

"오사장이 입만 열면 명동을 부수겠다고 하던데 자네의 지금 그 말도 그렇게 들리는군."

조창조가 조양은에게 차를 마시라는 시늉을 하면서 말했다.

"힘이 있으면 해야 된다고 봅니다. 인정해 주기를 기다리는 것보다 인정을 받아 내는 것이 더 빠른 것 아닙니까. 다른 형님들은 종철 형님 계획이 무모하다고 보는 모양인데 저는 그렇지 않습니다. 싸움이라는 것이 원래 선방 한방이라는 말, 누구보다 선배들이 하는 말 아닙니까. 길고 짧은 것은 대봐야 하는 거죠.

명동이 뭐 별거 있겠습니까?"

조양은이 찻잔을 들며 힘주어 말했다. 곱상한 얼굴에 천진한 눈을 가진 청년의 입에서 나오는 언어는 강하고 단호했다.

"하하하, 역시 조양은일세. 우리 여기서 이러지 말고 자리를 옮길까. 호남 선배들과 저녁을 함께 하기로 했는데……."

"아닙니다, 형님. 저는 금방 무교동으로 가봐야 됩니다. 그리고 형님……."

"아, 그 친구들 내일부터 나한테 보내, 자리를 만들어 놨으니까."

"형님, 고맙습니다."

조양은은 조창조를 커피숍 밖까지 배웅하고 박기창과 약속한 당구장으로 갔다. 며칠전 조창조에게 부탁해 놓았던 동생들 취직건이 잘 해결되어 기분이 좋은 상태였다.

"형님 이 친구가 영신이입니다."

박기창이 강영신을 당구장에 먼저 데려와 기다리고 있다가 말했다. 키가 크고 날렵하게 생긴 강영신이 조양은의 눈을 뚫어져라 쏘아 보았다.

"니가 강영신인가?"

"네, 제가 강영신입니다."

강영신이 눈빛을 거두지 않고 조양은을 이리 저리 살피며 대꾸를 했다. 결코 고분 고분한 모습이 아니었다.

"그래, 너 당구좀 칠줄 아나?"

조양은이 건방(?)을 떠는 강영신을 대수롭지 않게 보아 넘기며 당구대 위에 적구와 백구를 늘어 놓고 큐대를 잡으며 말했다. 당구 한게임 하러 만난 후배를 대하는 것 같았다.

"네 조금……."

"조금이 얼만가? 그 조금이 때로는 사람을 죽이고 살리기도 한다. 영신이 너는 건달이 뭐라고 생각하나?"

조양은이 큐 끝으로 백구를 가격해 적구를 한쪽 코너로 몰아넣고 말했다.

"건달이 건달이지 뭐겠습니까?"

"정답이다. 건달은 그저 건달일 뿐이다. 의미가 있을 턱이 없지. 주먹쟁이가 무슨 의미가 있나? 그러나 영신이, 나는 의미없고 희망없는 주먹들에게 어떤 의미가 되고 싶다. 그것이 나의 주먹관이다."

"형님……!"

강영신이 조양은의 그 말에 바닥에 무릎을 꿇었다. 그들은 불과 몇살 차이의 나이였다. 그러나 이날의 만남 이후 그들은 만 20년이 넘는 긴 세월을 사회와 감옥속에서 다시 없는 건달의 의리를 증명하는 사이가 된다.

"일어나라. 이거 왜 이러나? 다음 영신이 니 차례 아닌가?"

조양은이 강영신에게 큐대 하나를 건네 주며 어깨를 두드려 주었다. 강영신이 큐대를 넘겨 잡으며 가슴 벅찬 표정을 지었다.

강영신.

순천에서 중소기업을 운영하던 부모밑에서 태어나 부산으로 이사, 고교시절 부산 뒷골목의 주먹으로 성장, 몇개의 전과를 달고 서울로 상경해 자신을 알아주는 주군을 찾겠다고 돌아다니던 강영신이 마치 낭이검객이 평생 섬길 주군을 만났다는 표정이었다.

"형님?"

"니 차례야? 이거 그냥 치는 거 아니다. 게임비 아까우면 신경써서 쳐야지."

조양은이 다시 강영신의 등짝을 쳐주며 말했다. 김태촌이 광주에서 상경한 주먹들 중 단연 두각을 나타내고 있는 싯점에 조양은은 한명의 동지를 얻고 있었다. 그들 주먹들이 말하는 의리의 화신(火神)을.

"형님, 배고픈데요?"

곁에서 지켜 보던 박기창이 끼어들며 말했다. 그러고 보니 그들은 점심도 굶고 있었다.

"그래 우리 요 근처에 가서 밥을 먹고 술한잔 하자."

조양은이 벗어 놓았던 상의를 들고 당구장을 나섰다. 그들이 간 곳은 나빌라 근처에 있는 낙지골목의 한 식당이었다.

"자, 한잔씩 하고!"

조양은이 강영신·박기창 등에게 술을 한잔씩 권하며 미소를 지었다. 그들 모두가 말이 없었다. 보스를 모시기도 동생들을 다루기도 힘든 것이 주먹세계였다. 지나친 친근과 지나친 홀대는 주먹세계에서 항상 경계 1호였다.

"형님, 영신이가 한가지만 묻겠습니다."

"그래 뭐냐? 묻고 싶은게?"

"형님, 지금 서울은 누가 잡고 있습니까?"

"무슨 소리야? 서울을 잡다니?"

"제가 듣기로 신상사가 서울을 잡고 있다면서요? 신상사가 그렇게 잘 나갑니까?"

"하하 나는 무슨 말인가 했다. 그렇지, 지금 주먹세계에서 그 이름만으로 전국에 통하는 사람이 몇 명 있다. 신상사도 그중의 한명이다."

"그럼 신상사만 꺾으면 전국 제일이겠네요?"

강영신이 두손으로 조양은의 잔에 술을 따르며 말했다. 지극히 공손한 자세였다.

"주먹 한 명을 꺾어서 전국 제일이 되던 시대는 이미 지나갔다. 그때는 김두한 시대의 얘기겠지. 지금은 누구를 꺾고 꺾이는 시대가 아니라 얼마나 강하게 살아 남느냐 하는 시대라고 본다. 보스 한 사람의 명운이 전체 조직의 운명을 좌우하던 그런 시대가 아니라는 말이지. 영신아, 니 말대로 언젠가 우리는 상대가 누구던지 싸워야 할 때가 온다. 신상사도 그중의 한명일 뿐이다. 그를 꺾는다고 모든 것이 해결되는 것이 아니다. 우리는 우리들의 힘을 키워야 한다. 좋은 애들을 많이 모아라. 뒤는 내가 책임진다."

"네, 형님!"

조양은은 나이에 비해 지나칠 정도로 정연한 논리를 전개했다. 그는 이미 주먹의 생리를 너무 잘 알고 있었고, 그 속에서 자신이 갈 길을 선명하게 그려놓고 있었다.

"그런데 형님?"

박기창이 조양은을 바라보며 질문을 했다.

"너는 또 뭐야?"

"우리 조직 이름을 뭐라고 해야 할까요?"

"조직 이름?"

"네, 벌써 기준이형, 태촌이형 등이 뭉친 조직이 서방파라고 이름을 지은 모양이던데요."

"서방파?"

"네. 기준이형이나 태촌이형 고향이 서방동 아닙니까요."

"서방동, 그렇지. 그래서 서방파라 그 말인가?"

조양은은 혼자말로 중얼거렸다. 김태촌이 한 발 앞서가고 있는 것이 그곳에서도 증명되고 있었다. 주먹세계에서 조직과 구역을 만든다는 것이 얼마나 지난한 것인가를 잘 아는 조양은이었다.

조직을 만들기만 한다고 다 되는 것이 아니었다. 조직은 인정을 받아야만 조직이 되는 것이었다. 그러나 인정을 받는다는 것이 얼마나 힘든 일던가. 그 인정의 토양엔 피와 눈물과 징역의 세월로 쌓아 놓은 제단이 필요한 것이었다. 조양은은 이미 깃발을 내건 서방파의 출범을 얘기 들으면서 머지 않아 자신이 띄울 조직을 생각했다. 사람들은 그 조직을 '양은이 식구'라 부를 것이다 라며…….

2

"야,이 새끼야. 여기 왜 이렇게 덥냐?"

동우가 웟통을 벗은채 방 한구석에서 화투패를 만지고 있는 민철에게 말했다. 말투마다 감정이 섞여 있었다. 아직도 민철이는 마음속으로 용서가 되지 않는 모양이었다.

"형, 그쯤 해두시죠. 남표 형님에게 제 빚도 다 받으셨다면서요."

"너 이 새끼 나한테는 형이라고 하고 남표에게는 형님이라 지금 부른 거냐?"

"두분다 형님이죠. 어떻게 제가 두분 형님들을 차별할 수 있습니까? 형님 우리 섯다 한판 할까요?"

민철이 조금 전의 말 실수를 희석시키며 동우 앞에 모포를 펼쳐 놓았다.

"일 없어 새끼야. 그리고 니놈 방구석에 앉아 화투장에다 온갖 후진 짓 다 해놓은 것 내가 모를줄 알아."

"후진 짓요?"

"그래 자식아, 화투패 뒷장에 온갖 지저분한 짓 다 해놓았을 거 아냐?"

"그러니까 이단목은 치워놓고 생목으로 하면 될꺼 아닙니까?"

"생목? 생목이 있다는 말이냐?"

이단목이란 화투 기술자들이 화투패에 기술적으로 표시를 해 놓은 화투를 말하는 것으로 화투 기술자들의 가장 초보적인 기술이랄 수 있다. 좀더 차원이 높은 사기 도박단들은 공장에서 수백목의 화투를 직접 인쇄까지 불사하는 공장목을 만들어 활용하기도 한다.

"이 화투는 아무런 장난이 안걸린 깨끗한 겁니다."

민철이 화투 한목을 더 꺼내 놓으며 말했다. 생목이란 글자 그대로 공장에서 갓 나온 화투목을 말하는 것이다.

"좋아, 사기만 안친다면 내가 니놈에게 돈을 보태줄 일이 없지. 그런데 너 이거 하나 명심할 게 있다."

"화투판에서 명심할 것이 뭐가 있습니까?"

"니놈이 돈을 잃는다면 사기 화투가 아니지만 내가 잃는다면 그것이 바로 사기라 그말이지. 자 패 돌려라."

동우가 만약 화투판에서 사기 사건이 발생하면 곧바로 살인사건이 날것이란 자세로 판을 응시했다.

"형님, 저 안칠래요. 그러니까 결국 저보고 손해를 보라는 말씀 아닙니까?"

"무슨 소리야 새끼…… 그러니까 사기만 치지 말라 그말이야. 너 새끼는 사기꾼이잖아?"

"형님?"

"시끌지 말고 빨리 패돌려 어……?"

동우는 민철을 재촉하다 방문쪽을 바라 보았다. 방문이 열리더니 그 앞에 서 있는 그림자가 보였다.

"아니 상수 형님……?"

민철도 뒤를 돌아보고 소스라치게 놀랐다. 문앞에 강상수와 그 동생들이 몰려 와 있었다.

"하, 신수좋군. 형님은 불맞은 개처럼 헤매고 다니는데 개털은 화투패나 돌리고 앉아 있고."

"신수가 좋아서 하는 것이 아니라 신세가 따분해서 하는 짓입니다. 상수 형님 동우 형님이라고 제가 모시는 형님이십니다."

민철이 상수에게 동우를 소개했다. 그들은 서로 이름은 들어 알고 있었으나 초면이었다.

"안녕하쇼. 그건 그렇고 민철이, 남표 어딨나?"

"남표 형님은 며칠 전에 보고는 못보았는데요."

"어제 같이 있었잖아? 민철, 똑바로 대답 못하나?"

"형님, 정말 모른다니까요. 어제 함께 있기는 누구하고 함께 있습니까요?"

"이 새끼! 맛을 봐야 알겠나? 이 새끼야 내가 지금 청평사까지 남표를 찾으러 갔다 오는 중이야. 그 곳에도 없었어. 너희들 도대체 무슨 짓을 꾸미고 다니는 거야?"

강상수가 구둣발로 방안에 들어와 민철의 멱살을 틀어 쥐었다. 동우는 안중에도 없다는 식이었다.

"어어, 민철이 애가 아무리 흑사리 껍데기라고 하더라도 이러면 안되지?"

동우가 민철과 강상수 사이를 끼어 들며 말했다.

"당신은 빠지는 게 좋을 거요. 우리 형님이 훈계를 쪼개 하는데 끼어들면 곤란하지."

문밖에 서있던 강상수의 동생들이 방안으로 들어오며 말했다. 순식간에 2대 7의 대치 전선이 작은 방안에 형성되었다. 어느새 동우의 손에 미군용 재크 나이프가 들려 있었다. 항상 그가 허리춤에 차고 다니던 칼이었다.

"피바다를 만들어야 속이 시원하겠나? 남의 집에 이런 식으로 밀고 들어와 행패를 부리는 것은 주법이 아니지."

동우가 칼을 세워들자 민철이 동우 옆으로 와 가세를 했다.

"호, 이 새끼들, 간댕이가 부었구만."

강상수 옆에 있던 두 사내가 칼과 손도끼를 꺼내들었다. 삽시간에 좁은 방안에 살기가 감돌았다. 그 숨막히는 순간을 먼저 푼 것은 상수였다.

"치워라. 깽판을 놀려고 온게 아니잖아. 형씨 미안하게 됐소이다. 하도 열통 터지는 일이 있다보니 그렇게 됐소이다. 그리고 민철?"

강상수가 동우를 달래면서 민철을 쏘아 보았다. 그 눈초리가 매섭기 그지 없었다.

"……."

"남표가 오면 즉각 나에게 연락해라. 그리고 남표에게도 전해.

일도 형님이 엄청나게 보고싶어 한다고, 알았나?"

"네 형님!"

강상수가 무슨 생각이 들었던지 민철에게 고분고분 다짐을 받고 동생들을 데리고 민철의 방을 떠났다. 순식간에 좁은 방안이 난장판이 되어 있었다.

"저 새끼들 남표를 왜 찾는 거야? 조직을 탈퇴했다고 그러는 거야?"

"그렇지요. 그리고 어젯밤 우리가 들어갔던 그 집 하고도 무슨 연관이 있는 것도 같고?"

민철은 빗자루와 걸레를 들고 방안을 청소하며 말했다. 건달 치고는 마음이 여린 편이지만 눈치 하나는 누구못지 않게 빠른 민철이었다.

"……."

동우는 민철의 말이 무슨 뜻인지 이해가 안되는 듯 방바닥에 대자로 누워 천장을 바라보고 한 손을 자신의 바지 속으로 가져갔다. 하룻밤이라도 여자가 없이는 못자던 그가 벌써 3일째 홀아비들 틈에서 잠을 자고 있었다.

강상수가 남표를 찾아 동분서주하고 있는 시각에 남표는 오일도가 숙소로 쓰고 있는 신당동 예당여관의 한 방문을 두드리고 있었다. 오일도는 3년 전 아내가 집을 나간 후 아에 여관으로 나와 살고 있었다.

"누꼬?"

"형님, 접니다."
"상수인가? 들어와라. 그래 남표는 찾아나?"
"형님, 저를 찾으셨습니까?"
남표가 여관문을 열고 들어서자, 오일도가 방안의 보료 위에 앉아 있다가 깜짝 놀라며 말했다.
"니가 스스로 걸어와 야?"
"형님, 제가 못올 걸음을 했습니까?"
"너 지난번 나의 경고를 잊지 않았겠지?"
"최억기 곁에 얼쩡거리지 말라는 말씀 말입니까?"
"그런데 어제 최사장한테 뭔짓을 한거야?"
오일도가 남표에게 자리에 앉으라는 표시를 하면서 쏘아 보았다. 그때 그의 경호원겸 기사가 방안으로 들어왔다.
"너 나가서 차좀 내오라고 해. 남표 어제 최사장 집에 갔었나?"
여관 숙식을 함께 하는 1급 여관인지라 차와 술까지 다 갖춰져 있는 곳이었다. 오일도가 사용하고 있는 방은 예당여관 안에서도 특실이었다. 예당의 주인은 영화배우로 이름을 날리고 있던 백일하였다. 그는 허장강·박노식과 더불어 액션스타였다.
"네, 형님 갔었습니다. 그러나 형님의 경고를 무시한 것은 아니었습니다. 형님, 그만 최억기와 인연을 끊으십시오. 이것이면 그와 인연을 끊을만 하지 않습니까?"
"뭐냐 이게?"
남표는 커다란 봉투를 오일도 앞에 내놓았다.
"어제 최억기 집에서 가져 온 각종 채권입니다. 형님이 최억기를 필요로 하는 것이 꼭 돈때문이라면 이것을 활용해서 쓰시고 아우 남표 편에 서 주십시오. 저는 형님과 이렇게 갈라서고 싶지 않습니다."

남표는 봉투를 오일도 앞에 밀어 놓고 두 무릎을 꿇었다. 미우나 고우나 한 식구라는 이름 아래 사선을 넘어 온 사내들이었다. 그들의 눈빛에 어찌 감회가 없으랴.

"그러니까 나 보고 이것을 먹고 최억기와 손을 끊으라 그 말이냐?"

"형님. 저는 최억기같은 인간때문에 형님과의 우정을 끊고 싶지 않습니다. 저를 도와 주실 수 없습니까?"

"일단 돌아가라. 이것은 주인에게 돌려주겠다. 그리고 남표 네가 최사장에게 원하는 것이 뭐냐?"

"최만동 사장이 오미령에게 남겨준 유산입니다. 오미령이 살던 서울집과 동대문에 있는 작은 상가 한채 그것만 그녀에게 돌려 준다면 저 또한 모든 원한을 잊겠습니다."

"남표? 너는 뭔가 착각하고 있는 것이 있다. 최억기가 오히려 남표 너를 용서 해야지 어떻게 네가 최억기를 용서할 수 있나?"

"형님, 상황을 모르시고 하시는 말씀입니까?"

"됐다. 어서 돌아가라. 상수애들 하고 부딪치기 전에. 그리고 이것말고 또 다른 서류가 있다던데……."

"형님, 그것은 오미령의 생명에 대한 담보로 제가 갖고 있겠습니다. 방금전의 조건을 들어 준다면 곧바로 돌려드리겠습니다. 그럼……."

남표는 오일도에게 인사를 하고 여관을 빠져 나와 그곳에서 그리 멀지 않은 곳에 있는 또 다른 여관으로 들어갔다.

"남표……."

"춥지는 않습니까? 방에 불좀 따뜻하게 넣어 달라고 했는데."

남표는 오미령이 누워 있는 이불 밑에 손을 넣어 보며 말했다. 옆방에 있던 오미령을 간병하는 여자가 들어왔다. 스물을 갓넘긴 여자였다.

원래 오미령의 집에서 식모를 살다가 병원으로, 청평사로 따라 다니는 중이었다.

"오셨어요?"

"식사는 좀 하셨나……."

"조금, 물좀 떠올께요."

식모가 방 한쪽에 놓여 있는 쟁반을 들고 밖으로 나갔다. 그녀의 표정에 왠지 불안이 감돌았다.

"남표, 또 그 작자들이 난리를 치는 거야?"

"걱정하지 마시고 이곳에 묶고 계시면 됩니다. 금방 사모님의 재산을 찾아 드릴테니."

"나 그런 것 필요 없다고 했잖아. 그냥 청평사 같은 곳에서 마음편히 살았으면 좋겠어."

"그렇게 하려면 돈 없이 안되지 않습니까? 최만동 사장님한테 받은 돈도 이제 거의 다 쓰지 않았습니까? 숙식비·병원비…… 그리고……."

"남표, 그렇기는 해도 그 사람이 어떤 사람인지 알잖아. 무슨 짓이든 할 수 있는 사람이라는 것도."

오미령이 겁에 질린 표정으로 남표의 손을 잡았다. 방안에 언제 켜 놓았는지 소형 녹음기에서 〈열반경〉의 한 구절이 흘러 나오고 있었다.

독실한 불자인 오미령이 〈열반경〉 설법 녹음을 듣고 있었던 모양이었다.

일체 중에서 아프니
나도 아프다.

"걱정하지 마십시오. 조금만 참으면 모든게 해결날 겁니다. 그때 저와 함께 저 남쪽 지방 어느 한적한 바닷가에라도 가서 죽을 때까지 함께 사는 겁니다. 그럼……."

"왜, 어딜 갈려고……?"

"일을 봐야죠. 후배 방에서 함께 있으니 걱정 마십시오. 내일 다시 올께요."

남표는 오미령의 손에 입맞춤을 해주고 여관을 나왔다. 발걸음이 한결 가벼웠다.

보름달이 반쯤 줄어 반달이 되어 있었다. 저녁 날씨가 제법 쌀쌀했다. 가을이 깊어가고 있었다.

남표는 모처럼 기분이 좋아 동대문에서 청량리까지 밤길을 혼자 걸었다. 통행금지 시간도 얼마남지 않았지만 민철의 방까지는 충분한 시간이었다.

"이 자식 방부터 옮겨줘야지 원…… 엉?"

남표는 민철이 세들어 사는 판자촌 골목을 들어서다 한집의 담장 밑에 몸을 숨겼다.

민철의 집 주변에 괴청년들이 서성거리는 것이 보였다.

"저놈들은……."

남표는 그들의 정체를 금방 알 수 있었다. 강상수패들이었던 것이다.

"남표? 쥐새끼처럼 숨어 있을 이유라도 있나?"

"……!"

어느새 강상수가 남표의 뒤에 와 서 있었다. 소름이 끼쳤다. 동우와 민철이 어떻게 되었는지 남표는 그것이 더 걱정되었다.

3

남쪽 먼 바다에서 발생한 늦 태풍의 영향으로 전남 해안과 내륙지방에 제법 거센 바람이 불고 있었다. 그러나 거친 비바람이 몰아 치는 것은 아니었다.

덜컹덜컹!

창문이 바람에 흔들리는 소리가 들렸다. 금방 거친 비가 뿌릴 것 같았다.

"쪼일맛 나네이."

"아따 노름판 기분이야 이런 비바람 몰아치는 날이 최고제."

광주 계림동에 있는 한 하우스에 10여명의 노름꾼들이 서너패로 나뉘어 노름에 열중하고 있었다. 안남현이 창고장으로 있는 하우스였다.

"술 한잔씩 하고 하소?"

창고 안에서 심부름을 하는 사람이 맥주와 소주 등을 한쪽에 갖다 놓으며 말했다. 오징어, 땅콩, 과일과 얼큰한 장국 등 술안주가 푸짐했다. 판돈의 10퍼센트를 공식적으로 자릿세로 떼게 되어 있는 곳이니 만큼 꾼들에게 서비스가 확실했다.

"맥주 한잔 할까?"

"아니지. 날 구적거리는데 무슨 맥주인가베. 이런 날은 소주에 얼큰한 장국이 최고지……."

"그래. 그런 소주 한잔 따라 봐."

"어째 오늘은 날 샌나보다. 끗발이 안올라야."

꾼들이 왁자지껄 간식을 먹고 있는 것을 옆방에서 바라보는 안남현은 입맛을 쩝쩝 다셨다.

"오늘은 공치는 날인가보다."

"글쎄요 형님. 요즘 왜 계속 이런지 모르겠어라."

안남현의 창고에서 병정(경비)을 보고 있는 임영식이 말했다. 그는 안남현의 보디가드이기도 했다.

"이 근방에 창고가 또 생긴 것은 아니겠지?"

"없어라. 대인동에 동아식구들이 하는 곳 한곳 외엔 그런 얘기 못들었지라."

"그런데 요즘 왜 이렇게 손님이 없는 거야?"

"그걸 제가 아요? 형님이 아요?'

안남현과 영식의 대화 사이를 끼어드는 자는 창고에서 꽁지(전주)일을 보고 있는 조현수였다. 그는 계림동에서 금은방을 하면서 사채업을 하고 있었다.

"이런 식으로 가다 우리 모두 순대로 풍선이나 불게 생겼다. 무슨 대책을 세워봐."

안남현이 방바닥에 아무렇게나 흩어져 있는 전남일보를 주워

들며 말했다.

“꾼들이 안 오는데 무슨 대책이 있어라. 그냥 손이나 빨고 기다리고 있을 수 밖에.”

“그러니까 기다리고만 있지 말고 어떻게 하면 꾼들이 이 창고를 찾지 않고는 못배기게 해보란 말야. 연구를 해야지, 연구를……”

“형님, 동재형 전화인데요.”

안남현이 꽁지에게 한마디 하는 순간 또 다른 병장이 전화가 왔다는 말을 했다.

“동재? 동재가 왜……?”

안남현은 얼굴이 일그러지며 자리에서 일어나려다 도로 앉으며 말했다.

“형님에게 드릴 말씀이 있답니다.”

“할말이 있으면 와서 하라고 해. 건방진놈…….”

안남현은 화가 난다는 듯 들고 있던 신문을 바닥에 던졌다. 이동재는 그의 직계 동생이었다. 광주 출신으로 강기와 주먹이 매서워 안남현이 대권을 이어받고 있는 OB파의 후계자로 급격히 커가고 있는 중이었다. 그러나 안남편은 그를 견제하고 있었다. 그것은 이동재의 야망이 너무 크다는 것이었다.

“형님, 다시 전화입니다.”

“누고? 동재……?”

“네, 형님!”

전화 온 것을 전하는 병장이 사색이 되어 있었다. 양쪽을 다

눈치를 보고 있다는 증거였다.

"이새끼, 안받는다고 했잖아?"

"으윽!"

안남현은 병장의 얼굴에 주먹을 날리고 윗도리를 집어 들고 밖으로 나갔다. 무엇인가 대책을 세워야 할 필요가 있었다. 이동재의 행동이 도를 넘고 있었다. 그것은 일종의 자신에 대한 도전이었다.

"형님, 동재애들 손을 봐야 하지 않겠어라."

커다란 우산을 들고 안남현의 뒤를 따라 온 임영식이 말했다.

"동재 밑으로 몇 명이나 모여 있나?"

"교순이, 담진이 등 20여명쯤 됩니다. 개들은 이미 신OB라고 공공연하게 말하고 다닐 정도입니다. 형님 밑에서 독립을 선언한거라. 겁대가리 상실한 거지. 광주에서 어쩌코롬 형님이나 큰형님 그늘을 벗어나 살겠다고 그러는지 모르겠어라."

"대항을 해줘보았자 개들 키워 주는 꼴 밖에 안돼. 믿을 만한 애들로 몇명 추려서 항상 대기 시켜 놔."

안남현이 차에 오르며 임영식에게 말했다.

"형님 저는……?"

"창고를 지키고, 동재쪽 애들 움직임도 파악을 해놔. 나 큰 형님들 좀 보고 올테니까."

안남현은 임영식을 남겨 놓고 자신의 찝차를 몰고 무등산의 증심사(證心寺) 쪽으로 차를 몰았다. 심백학이 증심사 입구에 있는 초당을 방문하고 있었다. 초당은 의제 허백련의 개인 화실이었다.

허백련은 무등산 초입에 일본식으로 작은 집 한채를 지어 놓고 그림 작업에 열중하고 있었다. 심백학은 허백련과 막연한 사이었다. 광주나 서울 등에서 열리는 허백련의 개인전에 언제나 스폰서가 되어 준 탓이었다.

"이 비오는데 예까지 어쩐 일이야?"

심백학이 허백련의 옆에 앉아 그림을 그리는 모습을 지켜 보다 안남현을 보고 놀랐다. 전화도 없이 불쑥 찾아온 후배의 방문 목적이 궁금했던 것이다.

"아닙니다, 형님. 그냥 지나가는 길에 형님이 보고 싶어서. 그리고 선생님 안녕 하십니까?"

안남현은 허백련에게 허리를 굽혀 인사를 했다. 몇번 인사를 한 사이라 허백련도 그의 얼굴을 기억하고 있었다.

"어서 오시오. 오셨으니 강진 작설차라도 한잔 해야지."

허백련이 예의 그 사람 좋은 얼굴로 안남현을 반겼다. 그의 앞에는 커다란 화선지가 반쪽으로 잘려져 있고 그 위에 시꺼먼 먹물이 춤을 추듯 이리 저리 흩어져 있었다. 허백련이 그 시절 시험하고 있던 필법으로 그린 가을 국화가 쓸쓸하고도 격조 높게 실내안에 있는 세 사람을 바라보고 있는 듯 했다.

"지난번 말이오. 심사장과 서울 박사장 덕에 전시회를 잘 끝냈는데 내 변변하게 인사도 못드려 편치 않았는데 오늘 잘 오셨소. 하하 원수를 갚게 되었소."

"원수를 갚으시려면 무산양대의 넓고 큰 기방이 필요할 텐데요?"

"무산양대라, 역시 심백학이 왜 풍류남아인지 알 것 같소. 그러나 술이 있고 이 허백련의 손끝에서 금방 피어난 이 가을 국화가 어찌 무산(巫山)의 기녀들만 못하겠소이까? 오늘은 비도 오는데 무등의 구름을 벗삼아 한잔 합시다."

허백련이 화구를 옆으로 치워 놓고 술자리를 마련했다.

"형님 저는……."

"아 이 사람, 이거 왜 이래? 술을 보고 자리를 뜬다면 그건 사내랄 수 없지."

허백련이 자리에서 일어나려는 안남현을 잡아 앉혔다. 심백학도 눈짓으로 동조를 했다. 안남현으로서는 뜻하지 않은 술자리였다.

"나는 예술이나 주먹이나 말이요, 어떻게 보면 하나로 통하는 것이 있다고 보오. 스승과 제자 그리고 후계자를 통해 그 유파를 보존하는 예술계나 보스와 추종자들, 그리고 후계자를 세워 계보를 이어가는 주먹들이 다른게 뭐냐 말이요? 세상에서 인정받지 못하는 예술가나 인정받지 못하는 주먹, 그리고 스승을 넘어 뜨리려는 제자, 보스를 딛고 일어서려는 후배들…… 하하하 그래서 극과 극은 서로 통하는 법인가 보오."

허백련이 두어잔 술잔이 돌아가자 심백학에게 넋두리같은 소회를 늘어 놓았다. 물론 훗날 동양 화단의 대거목이 된 그였지만 당시의 시대는 그런 거목을 잘 알아보지 못하던 때였다.

“무슨 말씀을 그렇게 하십니까? 선생님. 선생님은 우리 광주가 낳은 위대한 예술가 아닙니까? 저희 주먹들이야 선생님이 그려주는 이런 국화 밑에서 숨죽이고 있는 어린 아이들이죠. 자 한잔 더 하십시오. 그리고 동생도 한잔 하세.”

심백학이 안남현의 잔에도 가득 술을 따라 주었다. 왠지 안남현의 안색이 안좋아 보였다. 불안한 주먹 생활, 그것도 한 지역의 보스를 꿈꾸는 후배의 노심초사를 이해 하기에 심백학의 말투가 따뜻하고 살뜰했다.

“고맙습니다. 형님!”

“너무 신경쓰지마. 선생님 말씀 못들었나? 그냥 흘러 가는대로 선후배들이 함께 모여 앞서거니 뒤서거니 걷는 길이라 생각하면 돼.”

심백학도 자신의 잔을 비우며 말했다. 그러나 그 비오던 날 저녁 주거니 받거니 술잔을 나눴던 안남현이나 심백학도 전혀 예상하지 못했던 일이 계림동의 한 골목에서 일어나고 있었다.

안교순.

이동재의 충성스런 동생으로 서울OB파의 창단 맴버가 되는 안교순이 이동재의 지시를 받고 돌아오는 안남현을 기다리고 있었다.

제6부

폭풍전야

지붕위로 유인하고 사다리를 치워라

- 손자 -

1

서울역을 무대로 수십년 주먹을 휘둘러 오던 대성이파가 천안에서 올라 온 조일환 부대에 괴멸된 후 힘 안들이고 신고에서 벗어난 사람이 더듬이였다. 더듬이와 오일도를 한꺼번에 잡겠다고 나섰던 홈안패가 해산이 될 정도로 심각한 타격을 받았던 까닭이다.

조일환.

한국 주먹사에 특이하고 유별난 존재인 조일환은 30대 초반에 천안 지역의 주먹 세계를 완전 통일하고 서울·대전권까지 그 세력을 확장하고 있었다. 속리산 카지노와 워커힐 카지노 사건으로 성가를 높인 후 서산에서 활동하다 수원에 자리잡은 최창식과 더불어 그 즈음에는 무상으로 서울을 들락거렸다.

천안 대흥동 조일환의 집엔 80여 명의 어깨들이 숙식을 하며 전국으로 원정을 다닐 정도로 어떻게 보면 당대 최강의 조직의 하나라 할 수 있었다. 그런 조일환에게 홈안패 정도는 애초에 상대가 아니었다.

평소 눈의 가시같던 홈안패를 제거한 조일환이 서울에 올라올 때마다 빼놓지 않고 찾아보는 사람이 김두한이었다. 당시 김두한은 54세의 나이로 정릉의 한 무허가 가옥에서 쓸쓸이 주먹의 말년을 보내고 있었다.

"의원님?"

"오 조동지 왔어. 어서 와."

김두한은 개똥어멈이라 부르던 아내의 눈치를 살피며 방안으로 들어오는 조일환을 반겼다. 54세의 한참 나이인 데도 김두한의 모습은 믿을 수 없을 정도로 늙어 있었다. 특히 송곳니 두 개만 남아 있을 정도로 망가진 치아는 한국 최고의 주먹과는 너무나도 동떨어진 것이었다.

"몸은 좀 어떠십니까?"

"괜찮아. 나가야지?"

김두한은 밖에 나가고 싶어 몸살이 난 어린아이 같이 조일환을 보자마자 보챘다. 한동안 하지 못했던 외출을 하게 된 것이 기뻤던 것이다.

"의원님 나가야죠. 맛있는 것도 드시고 좋은 보약도 사야죠."

"이것도 있지."

김두한은 새끼 손가락을 세우더니 머리맡에 놓여 있던 겉옷을 집어 상체에 걸치며 말했다. 1년전 그러니까 73년도에 중앙정보부에 끌려가 15일간에 걸친 온갖 고문에 이빨이 다 부러지고 심신이 파괴된 김두한은 이때 최악의 순간을 맞고 있었다.

두말이 필요 없는 풍운아 김두한, 한국 최고의 주먹으로 협객의 대명사로 종로와 수원에서 두 번이나 국민의 심판으로 국회의원에 당선되기도 했던 그였지만 비참한 그의 말년에 주위에 남아 있는 자는 오로지 조일환 한 사람뿐이었다.

"의원님, 나가시죠."

조일환이 김두한의 상체를 부축이며 밖으로 나갔다. 김두한의 부인이던 개똥이 엄마가 밖으로 나가는 두사람에게 눈을 흘겼다.

"의원님 어디 나가시려고요? 오늘이 약속날인 것 아시죠?"

두 사람이 집밖으로 나오자 대문 앞에 기다리고 있던 여자가 김두한에게 너 잘 만났다는 듯 말했다.

"응? 아 오여사 그게……."

"그게 오늘 또 여의치 않다는 그말입니까? 오늘은 안됩니다. 이것도 집이라고 몇곳에 잡혀 돈을 빌려쓰고…… 그만큼 기회를 줬으면 갚을 줄도 알아야죠."

"오여사?"

"오여사는 무슨 오여사, 빨리 내돈 내놔요."

사채업자인 듯한 여자가 곧바로 김두한의 멱살이라도 잡을 듯이 악을 썼다.

"어허! 이 아줌씨가 지금 이분이 누군데 앞에서 악을 쓰는 거야. 악을?"

조일환이 여자의 앞을 가로 막으며 말했다. 김두한이 빚쟁이들에게 당하는 모습을 본 것이 한두 번이 아닌지라 당황스럽지도 않았다.

"이분이라니 무슨 놈의 말라 비틀어진 분, 사기꾼이지."

"이런 무식한 여편네. 모동지, 이 아줌씨 좀 어떻게 해봐."

조일환은 주변에 있던 모경호에게 말했다. 털보로 불리던 모경호는 조일환의 친구이자 행동대장으로 조금 더 훗날 조직의 내분으로 칼을 맞고 비명에 간 사람이기도 했다.

"야 아줌마야! 저리 비키지 못하간?"

"돈받기 전에는 한 발짝도 여기서 못비킨다. 이놈들아!"

여자는 사태가 심상치 않게 돌아가는지 필사적으로 나왔다. 그러나 완력의 모경호가 여자의 행패를 방관할 리 없었다.

"아, 말이야. 조동지 당최 여자들 돈은 쓸것이 못된다니까."

"그러니까요. 의원님 먼저 이발부터 하시죠."

조일환이 자신의 승용차에 김두한을 태우고 가며 말했다. 김두한은 방금전 당했던 망신은 이미 잊었다는 듯 마냥 기분이 좋은 모양이었다.

"조동지, 요즘도 잘 나가지?"

"그럼요, 의원님. 잘 나가고 말고요."

"그럼, 조동지가 누군데. 조동지야 말로 나의 유일한 후계자 아닌가?"

김두한은 이미 몇년전 김두한의 여러 동생들 앞에서 조일환을 자신의 후계자로 공인한 바가 있었다. 김두한의 종로파에는 아오마쯔 심종현과 광화문 아라이 임형빈 등이 종로의 식구들을 관리하며 일정한 세력을 유지하고 있었으나 말년의 김두한은 그들과 거리를 유지하고 있었다. 그것은 김두한의 영향력과 밀접한 관계를 갖고 있었다. 현역 주먹시절의 김두한이나 의원 시절의 김두한의 영향력은 대단한 것이었다. 주먹계 뿐만 아니라 의원들 사이에서도 그의 영향력은 정평이 나 모든 로비와 청탁이 밀릴 정도였다. 그 당시 김두한의 밑에는 몰려드는 사람들로 인산인해를 이루었다. 그러나 국회 인분사건 이후 박정희・정일권의 견제로 급격히 몰락한 후 김두한의 대문 앞은 글자그대로 적막강산이었다.

"여기 다 왔습니다."

조일환은 김두한을 시내의 한 이발소에 데려가 머리를 깎도록 했다. 간혹 와본 곳이라 김두한은 낯설어 하지 않았다.

"요즘 동희는 뭐하나?"

김두한이 이발소 의자 위에 앉아 이발사에게 머리를 맡긴 후 말했다. 갑자기 김동희가 생각난 모양이었다. 김동희는 충북 제천 출신으로 경성 혼마찌 하야시패에서 주먹 생활을 하다 김두한 밑으로 와 친구이자 동지로 활동하던 주먹이었다.

"이것 저것 바쁘신 모양입니다. 얼마전 국일관에서 한 번 보았는데 신수가 괜찮아 보였습니다."

"음, 잘 살고 있다니 다행이야. 내가 잘 챙겨 줬어야 되는데…… 다들 힘들게 사는 것을 보면 그것이 안타까워."

김두한은 이발사의 손에 든 가위 끝에서 떨어지는 머리카락을 보며 상념에 젖었다. 한때 지폐 다발이 바리바리 들어오던 때를 생각하는 모양이었다. 김두한에게도 분명 그런 시절이 있었다.

"의원님, 그런 호시절에 아우들 못챙겨 준게 후회가 됩니까?"

조일환이 이발소 한쪽에 길게 놓여져 있는 나무의자에 앉아 물었다.

"드르릉!"

"허참, 벌써 잠드셨나……."

조일환의 질문에 대한 대답대신 김두한은 의자에 앉은 채 잠이 들어버렸다. 이발사가 당황스러운 듯 의자를 뒤로 눕히고 조심스럽게 머리를 다듬고 여면도사가 면도를 시작했다.

"엉……?"

여면도사의 손길을 느낀 때문인지 김두한이 잠에서 깨어 면도사를 흘금흘금 쳐다 보았다. 눈두덩이에 살이 쪄 웃음을 지면 눈이 보이지 않는 그가 특유의 미소를 지었다. 여자 면도사가 마음에 드는 모양이었다.

"자, 다 되었습니다. 의원님 시원하시죠?"

여면도사가 김두한의 넓은 등짝을 두 주먹으로 두드려 주며 말했다. 목소리가 밝고 고운 여자였다.

"수고하셨소. 의원님 이제 목간하러 가시죠?"

"어디?"

"목간을 다녀온 후 식사하러 가셔야죠."

"식사는 나 싫다. 조동지, 얘 실어."

김두한이 여면도사를 가리키며 차에다 태우라는 시늉을 했다. 여면도사와 자야 되겠다는 뜻이었다.

"의원님, 잠자리는 제가 따로 조치할테니 일단 나가시죠."

"싫다, 나 안간다. 니 마음대로 해라!"

김두한은 여면도사를 대동하지 않으면 한 발자국도 움직이지 않겠다는 듯 의자 위에 벌렁 누웠다. 그 바람에 당황한 것은 조일환 보다도 여면도사였다.

한국 주먹사에 넘버 1번으로 기록된 김두한은 빚쟁이와 고문 휴우증에 시달리면서도 어린아이 같이 떼를 쓰기도 하는 등 숱한 일화를 남겨놓고 이발소 사건이 있은 그 다음 해에 54년의 길지 않은 명을 접는다.

슬하에 1남 1녀의 이복 남매를 남겨 놓고 훌쩍 세상을 떠난 풍운아 김두한의 장례식은 생각보다 초라했다. 몰락한 주먹의 장례식장까지 찾아줄 세상 인심이 아니었던 것이다. 어쨌든 서울에 올라와 김두한을 보고 난 조일환은 조계사 근처에서 한 승려를 만나고 있었다. 해법이었다.

해법.

조계종 종무원의 행정 책임자로 있던 해법은 당시 종권파인 황진경 원장의 대리인 격이었다.

"고명하신 스님께서 어떻게 저같은 사람을……?"

훗날 기독교에 귀의해 집사로써 교도소 재소자 선교와 청소년 선도 등에 남다른 열정을 보인 조일환이었지만 당시에는 불교에 어느 정도 관심이 높았다.

"조거사, 폐일언하고 소승을 좀 도와주셔야 하겠습니다."

해법이 조일환을 만나자 마자 본론으로 나왔다. 긴 말이 필요

없는 성격이었다.

"하하, 스님 다짜고짜 무엇을 도와달라는 말씀입니까?"

"조거사, 지금 우리 조계종은 잃었던 옛날 종단의 사찰을 회복하고 한편으로는 반대파와 맞서 싸워야 하는 이중고를 겪고 있소이다. 이 일에 조거사의 도움이 절실하게 필요하외다."

당시 조계종은 이승만 정권 당시 전국 경내에 들어와 사찰을 무단 점거하고 아직도 나가지 않는 군소 암자들의 정리와 황진경파와 맞서 첨예하게 대립하고 있는 서의현파가 치열하게 맞서 싸우고 있는 중이었다. 싸움의 이유는 물론 종권 다툼이었다.

조계종단은 말할 것도 없이 한국의 정통 불교를 대표하는 최고 최대의 종파로 3천여개의 대소 사찰과 암자를 거느린 거대 종단이었다. 일제시대 초토화 되다시피한 종단을 만공·만해·한암 등의 대승들과 그를 따르는 제자, 불자들의 노력으로 어느 정도 불력을 회복하면서 야기되기 시작한 것이 종단의 종권 다툼이었다.

거대 사찰과 거대 재물을 관리하기 위한 종단 정치와 행정의 수장을 놓고 정치적인 승려들이 정파를 나눠 치열하게 대립하기 시작한 것이다.

70년대 불과 2천여명의 승려로 전국의 대소 사찰의 주지 자리에도 인원이 부족한 시절 일부 자리 좋은 유명사찰의 주지 자리를 노린 세력 다툼에 세속의 주먹들이 동원되기 시작한 것이다.

"스님, 그런 일이라면 수원의 창식이와 상의할 걸 그랬나 봅니다."

최창식은 얼마전 서울 관악산 삼막사에서 해법을 도와 눌러앉아 자리를 비켜 주지 않는 대처승들을 밀어내고 사찰을 접수한 바 있었다.

80여 명의 주먹들이 쇠파이프와 각목 등으로 무장하고 나름대로의 신도들을 동원해 저항하던 대처승 수십명이 다치는 사고가 났었다.

"최사장에게 얘기를 했더니 조거사가 나서줘야 된다고."

해법이 이미 알아 볼 곳은 다 알아보았다는 듯 말했다.

"그래요? 그럼 스님 접수할 사찰이 어딘데요?"

조일환은 구미가 당긴다는 듯 해법을 바라보았다. 날로 수효가 늘어나는 조직원들을 관리하기 위해서도 언제나 자금의 애로를 겪고 있는 그로서는 사실 이런 사업은 놓치기 싫은 것이었다.

"공주 마곡사, 갑사, 송광사, 신흥사 등 10여곳과 어쩌면 조계사 본사를 사수하는 것까지 신경을 써주셔야 할 것입니다. 필요 경비는 얼마든지 대겠습니다."

해법이 내놓는 작업건은 한마디로 엄청난 것이었다. 그가 얘기한 접수 사찰은 하나같이 전국적인 유명 사찰들이었다.

조계종단사에 제2 법난으로 기록되는 일련의 사건들이 이렇게 시작되고 있었다. 정치 승려와 한 시대 최고의 주먹은 이렇게 만나게 된다.

2

청량리 민철의 판자집으로 돌아오던 남표는 민철의 방이 바라다 보이는 골목에 서서 잠시 멈칫거렸다. 정면으로 들어가야 할지 잠시 피해야 할지 망서렸다.

"동우형과 민철이 자칫 화를 입지는 않았을까……?"

남표는 우선 방에서 자신을 기다리고 있을 두 사람이 걱정이 되었다. 벌써 강상수패에게 화라도 당하지 않았는지 그것이 먼저 걱정되었다. 그러나 민철의 방에 불이 켜져 있는 것으로 보아 아직 사고는 일어나지 않은 모양이었다.

남표는 쉽게 판단이 서지 않았다. 그러나 이 자리를 피해서는 안된다는 생각이 들었다. 동우와 민철이 정말로 위험해질 가능성이 있었기 때문이다.

"어 이거 누구야?"

그때 남표의 등뒤에서 반갑다는 듯 소릴 지르는 소리가 들렸다. 강상수였다.

"상수형……?"

“그래, 너를 기다리고 있었지.”

“저를요? 뭐 기다릴만한 이유라도 있습니까?”

남표가 더 이상 망서릴 이유가 없다는 듯 민철의 방쪽으로 다가가며 말했다.

“형님이 너를 찾으신다. 응하지 않으면 강제로라도 데려오라 하셨다.”

강상수가 음흉한 미소를 지었다. 잘 걸렸다는 표정이었다. 그들의 말소리에 민철의 집 주변에 있던 강상수의 동생들이 몰려왔다. 7명 정도는 족히 되는 듯 했다.

“상수형, 뭔가 착오가 있는 모양인데 나 지금 일도 형님 만나고 오는 길입니다.”

남표가 침착하게 강상수에게 말했다. 앞 뒤 안가리는 강상수의 성격으로 보아 어떻게 나올지 예측하기 힘든 상황이었다.

“뭐야? 형님을 만나고 오는 길이라고?”

“네, 형님에게 어젯밤 우연히 주운 물건을 다 갖다가 주고 오는 길입니다.”

“……그래? 야 멀건이, 너 요밑 어디 전화 있는 곳에 가서 형님에게 전화 좀 하고 와.”

강상수가 고개를 갸웃하며 부하중 한명에게 말했다. 그의 판단은 남표가 궁지를 벗어나기 위해서 말을 꾸며낼 성격이 아니라고 보았기 때문이었다. 부하가 자리를 뜨자 강상수가 남표에게 다시 말했다.

“형님, 뭐라시던가?”

"뭐 별다른 말씀은 없으십니다. 잠시 당황해 하시는 것 같았습니다."

"당황…… 그래 그러셨을 게야. 그건 그렇고, 나는 남표 니놈이 왜 그런지 영 못마땅해. 오늘이 외나무 다리라는 생각은 들지 않나?"

강상수가 피워 물었던 담배를 땅바닥에 비벼 끄며 말했다. 잠시전 부하를 오일도에게 연락을 취하라고 보낸 것이 후회되는 모양이었다.

"글쎄요. 나는 상수형과 뭐 딱히 원수진 사이는 아니라고 생각하는데요."

"원수는 아니지. 그러나 너는 나를 영 아니게 보는 것이 탈이야."

"형, 안이고 바깥이고 나는 형이 항상 형의 일에서 만족을 못하는 것이 탈이라고 봅니다."

"지금 비꼬는 건가?"

"비꼬는 것이 아니라 충고하는 겁니다."

"아냐. 비꼬는 거야. 그렇지? 응?"

강상수가 허리춤에서 어느새 손도끼를 꺼내 남표의 머리위로 날렸다. 처음 공격은 엄포용이었다.

"형? 정말 이러실 겁니까?"

남표가 벽쪽에 등을 대고 허리춤에서 칼을 뽑아 들었다. 요즘 한참 호남계 주먹들이 사용한다는 회칼이었다.

"호 맞서 보겠다는 건가?"

강상수가 손도끼를 앞으로 내밀며 몸의 자세를 낮췄다. 순간적으로 남표와 강상수 사이에 긴장감이 감돌았다. 어느새 강상수의 동생들이 몰려와 에워 쌓다.

"남표? 아니, 이 새끼들 지금 뭐하고 있다냐?"

바깥이 소란하자 이상하게 생각한 동우와 민철이 손에 무기를 들고 뛰어나오며 소리를 쳤다. 전선이 확장되었다. 대형사고 한 건 나는 것은 쉬운 일이었다.

"호, 이 새끼들 한 번 붙어보자 이거지?"

강상수가 남표에게서 시선을 돌려 동우와 민철을 바라보며 말했다 그의 동생들이 강상수의 옆으로 늘어섰다.

"상수형, 여기서 서로 칼질을 해봐야 서로에게 득될게 뭐가 있겠습니까? 더구나 나는 일도 형님에게도 다녀오는 길이라고 하지 않았습니까?"

남표가 상황을 진정시키고자 강상수를 달랬다. 서로 충돌해서 좋을 것이 없었던 것이다. 이미 판자집 여기 저기에서 싸움을 눈치 채고 불을 끄는 곳이 보였다. 그중에서 누가 경찰에 신고를 할지도 모르는 판이었다.

"좋다. 그런데 그년은 어따 감춰 놓았냐?"

강상수가 청평사까지 다녀왔는지 오미령의 행방을 물었다.

"형이 그 여자의 거처를 알 필요는 없는 거고. 어쨌든 나는 일도 형님이나 상수형에게 진 빚이 없으니 그만 돌아가시죠."

"그래, 오늘은 일단 돌아가지. 니가 형님과 만나 본 뒤라니 그 말을 믿고 간다. 그리고 너……?"

강상수가 갑자기 동우를 손가락으로 가리키며 말했다.

"나?"

동우가 뜻밖이라는 듯 손바닥을 자신의 가슴에 대고 반문했다.

"그래, 생긴 것이 꼭 이순신 같이 생긴 너, 이 새끼 조심해?"

"조심……?"

"그래 자식아, 그것이 숨쉬기 운동하는데 도움이 될거야. 애들아 가자!"

강상수가 동우의 어깨를 툭치고 동생들을 데리고 떠났다. 그렇게 쉽게 떠날 사람이 아니었으나 보스의 지침이 궁금했던 모양이었다.

"야, 그런데 재가 아까 나에게 말한 그말 칭찬이냐 욕이냐?"

동우가 방으로 돌아오며 민철에게 말했다.

"욕이죠? 그걸 말이라고 하는 거예요, 지금?"

"욕? 이순신 장군같이 생겼다고 하던데 나 보고……."

"새끼라고 하잖아요. 조심하라고 하면서 더구나 상수형은 형보다 나이도 어리고."

"뭐야? 아까 그 새끼가 나보다 어리다고. 저런 상놈으 호로새끼 내가 콱!"

동우가 자리를 털고 일어나려 했다.

"형, 됐어요. 앉아요, 앉아."

남표가 동우를 끌어 앉히고 무슨 말을 하려다 창문을 보고 기겁을 했다.

"어 저것이 뭐야? 불이다 불!"

"뭐 불?"

창밖에 불길이 빨갛게 치솟고 있었다. 남표와 그들은 옷가지만 들고 방을 뛰쳐 나왔다. 불은 민철의 판자집 지붕을 태우고 있었다. 마침 바람이 알맞게 불어 불길이 옆 판자집으로 옮겨 붙고 있었다. 엉뚱한 대형 사고가 발생하고 있었다.

"불이다 불!"

동우와 민철이 급한대로 물 한동이씩을 지붕위에 뿌리고 소리를 쳤다. 삽시간에 판자촌 사람들이 뛰어나와 아수라장이 되고 있었다.

"아이고 큰일이다. 이제 우리는 꼼짝없이 거지가 되었다야!"

"아까 그 깡패 새끼들이 불을 지른 모양이야. 이 일을 어쩐다냐?"

"……?"

남표는 주민들이 수근거리는 소리에 무엇인가 집히는 구석이 있어 동우와 민철을 데리고 그곳을 빠져 나왔다. 불길이 판자촌 전체로 옮겨 붙고 있었다.

"형, 아까 그 새끼들이 불을 지른 것 같아요."

남표가 동우 앞에서 시내 쪽으로 걸으며 말했다.

"뭐라고? 그 새끼들이 설마……."

"아니예요. 처음 불길이 민철이가 살고 있는 집에서부터 시작되었잖아요."

"그래…… 살벌하구만. 그 인간 정말 사람도 아니다."

동우가 강상수를 떠올리며 소름이 돋는다는 표정을 지었다.

"형님, 주민들이나 경찰이 가만 있지 않을텐데요. 더구나 근처에서 이미 소란을 떤적도 있었고."

민철이 사태의 변화가 걱정된다는 듯 말했다.

"민철이 너 주민들과 알고 지내는 사람들 있었나?"

남표가 민철에게 물었다. 화재 현장에서 사망, 사고라도 발생한다면 그 휴우증이 결코 작지 않을 것 같았다. 대비가 필요한 것이었다.

"네 형님. 주변 사람들에게 일도패라고 썰도 풀어 놓았는데요."

민철도 뒤가 구린 구석이 있다는 듯 숨기는 것 없이 털어 놓았다. 그것은 빵잽이(징역쟁이)로써의 본능적인 느낌이었다.

"자칫하면 골치 아픈 일에 말려들게 생겼다. 큰 사고가 안나기를 바래야 하겠는데."

"남표 뭔 소리야? 불을 강상수인가 말 뼉다귀가 질렀다면 그 새끼가 책임을 져야지. 왜 우리가 걱정을 해야 되는데?"

"강상수 지가 그랬다고 하겠습니까, 경찰이 수사에 나서면 제일 먼저 용의자로 민철이와 형 그리고 나를 주목할겁니다. 더구나 우리는 저지른 일도 있고."

남표가 위험천만이라는 듯 손에 들고 있던 빈 담배갑을 바닥에 내동댕이 쳤다. 일이 묘하게 꼬이고 있었다.

"어디까지 갈꺼야?"

동우가 제기동을 거쳐 동대문쪽으로 빠지려는 남표에게 말했다.

“우선 저곳에라도 들어가서 사태를 지켜 봅시다.”

남표는 동우의 말에 한참 한약상가로 조성되고 있는 수산물시장 끝쯤에 있는 식당으로 들어갔다.

“술하고 안주좀 주세요.”

식당안에 들어가자 마자 민철이 술과 안주를 시켰다.

“ 그 자식이 그렇게 무모한 놈인가?”

동우가 아직도 손에 땀이 나는지 손바닥을 문지르며 말했다.

“무모하면서도 순간적인 두뇌 회전이 보통 빠른 자가 아니에요. 거기다 악랄하고 교활하기까지 하죠.”

“한마디로 치사한 놈이군. 그런 놈은 가까이 할 필요가 없는 놈이지. 그나저나 어떻게 되었는지 모르겠네. 큰 사고가 아니었으면 좋겠는데.”

청계천 복개공사가 거의 끝나기는 했으나 한쪽으로 모아놓은 철거민들이 집단으로 모여 판자집 가구수가 수백호는 족히 되고 있었다. 그곳에 불이 났다면 그것은 큰 사고가 아닐 수 없었다. 더구나 실화가 아닌 누군가의 방화라면 그 사고가 몰고 올 여파는 불을 보듯 뻔한 것이었다.

“형님, 너무 걱정 하지 마십시오. 불이 난 싯점이 오후 9시 정도니까 큰 사고야 나겠습니까? 아직 잠들 시간도 아니고.”

민철이 두 사람의 앞에 놓여 있는 잔에 소주를 가득 따르며 말했다. 그러나 사태는 그들의 의도와는 전혀 다른 방향으로 흐르고 있었다. 식당안에 있는 라디오에서 뉴스 속보가 나오고 있었다.

(방금 청계천 판자촌 지역에 방화로 보이는 화재가 발생 어린 아이 한 명이 사망하고 주민 수명이 중경상을 입는 사고가 발생했습니다. 경찰은 인근 우범자들의 사소한 다툼 끝에 발생한 사고로 보고 용의자들을 쫓고 있습니다.)

"……?"

남표·동우·민철은 뉴스를 듣고 서로 얼굴만 바라보고 있었다. 사태가 최악으로 전개되고 있었다.

"형님, 경찰에 상수패들의 소행임을 먼저 불어야 하지 않을까요?"

먼저 침묵을 깬 사람은 민철이었다.

"분다고 그들이 믿어 주겠나? 서로 싸우다 난 사고로 처리될 가능성이 높아. 여론을 의식하다 보면 자칫 우리 모두가 달려가는 수도 있겠어."

"달려 가다니, 그게 뭔 소리야? 그런 경우가 어디 있어?"

동우가 남표의 말을 제지하며 언성을 높였다. 아무 잘못도 없이 징역을 간다는 것은 너무나 억울하지 않느냐는 뜻이었다.

"그렇지요 형님? 저도 그것은 얘기가 안된다고 봅니다요."

민철이 동우의 말에 장단을 맞추고 나왔다. 통금이 조금 있으면 걸릴 시간인데도 식당 안으로 술을 먹겠다고 들어오는 손님들이 있었다.

3

아침이 되고 있었다. 멀리 무등산 자락에 구름이 내려 와 산봉우리가 보이지 않았다. 동쪽의 증심사와 서쪽의 원효사를 사이에 두고 넓고 크게 광주 외곽을 부등껴 안는 무등산 자락에 안남현의 집이 있었다.

"오늘 따라 구름이 멋있네. 거기다 산비둘기가 집안까지 날아들고……"

안남현은 집의 텃밭에 날아와 모이를 쪼고 있는 산비둘기를 바라보며 중학교 2학년 딸이 갖다 주는 면도기를 받아 깨진 거울을 보며 면도를 시작했다.

"아빠?"

"응 왜? 아빠에게 할말 있니?"

안남현이 딸의 말을 듣고 계속 면도를 하며 말했다.

"아빠 인생이 뭐야?"

"뭐 인생?"

"응, 국어 선생님이 어제 숙제로 내주셨어. 인생이 뭐라 생각하냐고 생각해 오라고?"

"글쎄…… 그 선생님 너무 어려운 숙제를 내셨는데 인생…… 글쎄 그것이 뭘까?"

안남현은 면도기를 내려 놓고 비누거품을 물로 씻어낸 후 딸에게서 수건을 받아 들었다.

"아빠는 알것 아냐? 인생을 많이, 그리고 험하게 살았으니까."

"……?"

안남현은 딸의 말을 들으며 정신이 번쩍 드는 것을 느꼈다. 험하게 삶을 살았으니 인생을 알 것 아니냐는 딸의 말이 마치 비수같이 가슴을 찔렀다.

"애야, 아빠가…… 그래 아빠는 인생을 험하게 살았다고 할 수 있단다. 그래서 무엇인가 삶에 대해 조금은 알지도 모르지. 그래 아빠가 느끼는 것도 너의 선생님이 주신 숙제에 대한 답이 될 수 있다면 얘기해 주지. 인생은 말이다."

"뭔데 아빠?"

"인생은 무엇인가 슬픔을 주는 것이다 라고 아빠는 생각한다. 아빠의 지금까지의 인생은 기쁨보다 언제나 슬픔이 많았단다. 그러나 후회는 없단다. 기쁨도 슬픔도 결국은 아빠의 책임이고 몫일테니까."

"그런데 아빠는 왜 사는 거야?"

"기쁨보다 슬픔과 고통이 많은 데도 왜 사느냐고 묻는 거니?"

"응 아빠."

당돌한 질문이었다. 안남현은 주먹으로 세상을 살아왔던 자신의 삶을 가까이에서 지켜 보던 또 다른 눈이 있었다는 것을 알고 가슴 한쪽이 서늘해지는 것을 느꼈다.

"그것은 오늘 보다는 나을지도 모른다는 내일에 대한 희망이 아니겠니?"

"희망?"

"그래 가능성이라는 것 말이다. 힘들고 고통스런 오늘을 좌절하거나 힘들어 하기 보다는 이 어려움 속에 내재된 어떤 가능성 말이다."

"아, 그렇구나 알았어 아빠. 나 학교 갔다 올께."

안남현은 수건을 거실에 갖다 놓고 책가방을 들고 대문을 나서는 딸을 보며 대견함을 느꼈다. 어느새 철부지 같기만 하던 딸이 훌쩍 자랐음을 느낀 것이다.

"참, 세월이 유수같이 빠르다더니……."

안남현은 외출복을 챙겨입고 밖으로 나갈 준비를 했다. 오늘은 한건의 선배들과의 모임이 있고, 개업집을 두곳이나 들려야 하는 일정이 있었다.

"문단속을 좀 하고……."

안남현은 딸과 둘이 살고 있는 터라 문단속을 철저히 하는 편이었다. 살림은 10시쯤 파출부가 와 두시간 정도 청소와 반찬을 해 주고 있었다.

그가 문을 잠그고 열쇠를 딸과 파출부와 약속된 장소에 놓자 안에서 전화벨이 울렸다.

"……?"

안남현은 그 시간에 집으로 걸려 올 전화가 없는지라 받지 않으려다 문을 다시 열고 들어가 수화기를 들었다.

"엉? 너 누구야? 종수 아냐?"

"네 형님, 저 종수입니다요."

전화를 걸어 온 자는 자신의 조직에 있는 새카만 후배였다.

"그런데 니가 어떻게 전화를 다 하나?"

안남현은 어이없는 표정으로 전화를 받았다. 조직의 기강이 말이 아니었다.

"죄송합니다 형님, 그런데 워낙 시급한 일이라서."

"시급한 일? 집어 치워라 자식아. 그리고 니 위에 있는 상일이 이따 사무실로 오라고 해!"

안남현은 불쾌하다는 듯 수화기에 대고 호통을 쳤다. 조직이 이동재와의 분란으로 엉망이 되고 있음이 여실히 증명되는 순간이었다.

"형님……!"

"이 자식, 다시 전화를 걸다니 너 겁대가리 상실했구나?"

안남현은 곧바로 전화를 다시 걸어 온 후배에게 소리를 질렀다.

"형님 위험합니다."

"시끄럿 새끼야 에잉!"

안남현은 수화기를 전화통이 깨지도록 내려놓고 밖으로 나갔다.

"안되겠어. 동재 이놈아 손좀 봐야지……."

안남현은 자신의 차 운전대에 앉으며 독백을 내뱉었다. 그가 말한 자는 바로 광주 OB파 내에서 떠오르는 샛별같은 존재 이동재였다.

이동재, 소위 3대 패밀리의 하나인 OB파의 보스 이동재는 광주에서 이미 이름있는 선배 주먹들의 관리나 영역이 좁다고 울근불근 하는 중이었다.

바다에서 살아야 할 고기가 어떻게 보면 민물에서 살고 있었으니 이동재가 광주의 지방 주먹계를 답답해 하고 있는 것은 당연한지도 몰랐다.

"지놈을 누가 키워줬는데 자꾸 말썽을 일으키는 거야."

안남현은 담배 한 대를 피워 물고 차창을 응시하며 무등산 자락을 비켜 광주 시내로 차를 몰았다. 차창으로 어느새 가을이 가고 다가 온 초겨울의 풍경이 쓸쓸하기 그지 없었다.

"엉?"

안남현은 백미러로 한 대의 찝차가 쫓아오고 있음을 보고 긴장했다. 단순히 미행하는 수준이 아닌듯 했다.

"곰들도 아닌 것 같고, 그렇다면……."

안남현은 처음 경찰을 떠올렸다가 이내 고개를 저으며 차의 속력을 높였다. 뒷차도 똑같이 속력을 내며 다가왔다. 순식간에 시내로 내려가는 산길 위에서 두 대의 차가 경주라도 하듯 앞서거니 뒷서거니 소동을 일으켰다.

"음……!"

안남현은 조금 전 자신에게 전화를 했던 후배를 그때서야 이해를 했다. 무엇인가 위험을 알려 주려고 했던 모양이었다. 위기였다.

도둑을 맞으려면 집 지키는 개도 짖지 않는다는 말이 실감났다. 항상 자신의 곁에 붙어 다니던 운전기사도 어젯밤이 선친의 기일이라고 집에 가고 없었다.

"세워!"

옆을 바짝 쫓아온 찝차에서 한놈이 소리를 쳤다. 모두 세명이었다.

"세워 새끼야!"

끼이익.

두 대의 차가 서로 옆구리를 부딪히며 차체가 찢어지는 소리가 났다. 자칫 두 대의 차가 전복되거나 충돌사고가 날듯 했다.

끼익.

안남현은 더 이상 안되겠다는 듯 달리던 차를 세우고 차에서 내렸다. 찝차에서도 곧바로 세명의 사내가 내렸다.

"너는 교순이 아니냐?"

"형님, 뭐 그렇게 급하게 차를 모십니까? 그러다 형님 가시는 건 별거 아닌데 한참 뻗어 나갈 후배들까지 함께 데려갈 일 있습니까?"

안교순이 청카바 깃을 세우고 건들거리며 안남현을 바라보며 비꼬는 투로 말했다. 그는 이동재의 행동대장격인 주먹으로 안남현의 계보요 후배였다.

"이 자식, 버릇이 어떻게 그 따윈가?"

안남현이 부아가 치민다는 듯 나무랬다. 있을 수 없는 후배의 버릇없는 행동이었다.

"남현이 형님?"

"뭐야? 남현이 형……?"

"아따, 거 성질 한번 더럽소 잉, 형을 형이라 부르는데 그렇게 쌍판까지 구길 이유가 뭐 있소?"

"이 자식 죽고 싶어 환장했구먼."

"그래 죽고 싶다. 니가 어쩔건데……?"

안교순이 가슴을 밀며 안남현에게 달려 들었다. 이쯤되면 노골적으로 시비를 걸기 위해 쫓아 왔음이 분명했다.

"이 자식!"

"악!"

안남현이 안교순의 안면을 가격했다. 그러나 그 일타는 안교순과 추적자들이 이제까지의 정리를 생각해서 양보한 것이었다.

쉬익!

"억?"

고개를 숙인 안교순의 뒤쪽에 서 있던 사내가 사시미칼을 빼어 안남현의 얼굴을 향해 찔러 왔다.

"이 자식들 어디다 칼질이냐? 칼질이……?"

안남현이 가까스로 칼을 피해 소리를 쳤다. 그러나 소리를 친다고 모면될 자리가 아니었다.

"억!"

"형님, 너무 섭하게 생각마소. 원래 주먹쟁이 인생이라는 것이 이런 것 아니겄소."

"푸우!"

안남현은 어느새 몸뒤로 돌아 들어와 칼을 등에 꽂는 안교순을 느끼고 큰 숨을 내 쉬었다. 끝장이었다.

"잘 가시오, 형."

연거푸 칼이 온몸에 와 박히는지 안남현은 자신의 살덩이가 마치 썩은 호박같은 느낌이 들었다.

"음……."

안남현의 눈앞에 거센 현기증과 어떤 신기루가 보였다. 그리고 언젠가 들었던 듯한 어떤 말이 떠올랐다.

'인생은 무엇인가 필사적일 때 기적이 일어난다. 그러나 그 기적은 일어나는 순간 너무도 멀리 달아나지. 인생은 그렇단다. 그래서 인생은 신기루를 쫓는 나그네인 것이지'

이날 광주의 한 변두리에서 있었던 이동재의 부하들에 의한 잔인한 공격은 이제까지의 정통 주먹계의 본류와는 그 유형을 달리하는 증거로써 충분한 것이었다.

잔인성과 호전성, 거기에다 자신들이 모시고 있었던 직계 보스에 대한 반란과 테러는 주먹계를 일대 소용돌이 속으로 몰아 넣었다.

제7부

어떤 밤

숲을 흔들고 다시 그 자리에 숨는다.

<오자서>

1

신민당 당사 습격 사건으로 기소가 떨어진 김태촌은 일단 수면하에서 움직일 수 밖에 없었다. 오기준·번개·박영장 등 호남계 주먹들의 맹장들이 뒤를 돌봐주기는 했으나 그 도움은 일회성 단발성이고 지속적이지 못한 데서 김태촌은 한계를 느끼고 있었다.

이미 그를 따르는 동생들이 수십명에 이르고 있었고, 그들을 관리하기 위해서는 자금이 필요했다.

"형님?"

"그래 들어 와라."

그때 김태촌은 한남동의 한 개인 주택에 동생들의 호위를 받으며 도피해 있었다. 찾아온 사람은 현동이었다.

"형님, 일났어라."

"일이라니 뭔일?"

김태촌이 현동을 방안에서 맞으며 반문했다. 바깥에서 동생들이 또 사고를 친 모양이었다.

"창고가 습격을 당했습니다."

"뭐야? 창고가 습격을 당하다니? 그게 뭔 소리야?"

김태촌이 의외라는 듯 현동의 얼굴을 바라보며 말했다. 김태촌은 용산의 한 창고에 병장(경비)으로 동생들을 박아놓고 있었다. 그곳에서 사고가 터진 모양이었다.

"어제 저녁 애들 둘이 들어와 싸움이 일어난 모양입니다."

"두놈이, 그래서……?"

"택상이 하고 종오가 그놈들에게 칼을 맞고 지금 병원에 있답니다."

"뭐야? 두놈한테 당했다는 건가? 그놈들은 어떻게 됐고?"

"튄 모양입니다. 그리고 사건 현장이 육군본부 안에서 일어나 용산서와 헌병들이 난리를 치고 다니는 모양입니다. 일이 보통 크게 난 것이 아니지라."

"육군본부라니 그건 또 뭔 소리야?"

김태촌은 점점 이해할 수 없다는 표정을 지었다. 답답했다.

"놈들이 창고에 들어와 슈킹을 하겠다고 설치자 택상이와 종오가 막고 싸우다 칼부림이 난 모양이지라. 창고가 삼각지 근방에 있지 않습니까. 육군본부 턱밑에 말이지라. 쫓고 쫓기다 육본 정문 안에까지 들어가 사고가 난 모양입니다."

"그 놈들은 누구야? 도대체 어떤 겁대가리 없는 놈들이 우리 창고를 슈킹하고 칼침까지 놓은 거야."

"길종훈이라는 놈하고 상근이라는 놈입니다."

"개들 어디 식구들이야?"

"명동애들인 모양입니다. 용팔이 동생들이라고 하던데요?"

"용팔이라면 풍전나이트 김부장 말야?"

"네, 김용남 동생들인 모양입니다. 전주 애들이죠."

"이런!"

김태촌은 방 한쪽에 놓여 있던 탁자을 내리쳤다. 탁자 위에 있던 물컵이 방바닥 위로 굴러 떨어졌다.

"김용남이가 왜 나에게 시비를 거나? 나와 원수진게 없을텐데?"

김태촌이 현동에게 물었다. 자신이 생각해도 이번 사건은 이해가 안가는 것이었다. 사실 그때까지 김태촌과 김용남은 서로 얼굴도 모르는 사이였다.

다만 그 시절 명동파의 후원을 받으며 서울 최고의 대형업소의 다찌와 신민당 사건으로 이름을 알린 신진 주먹으로써 서로 이름을 알고 있을 정도였다.

"김용남을 믿고 그 밑 애들이 우발적으로 한 일 같습니다. 작정하고 일을 벌인 것 같지는 않고……."

현동이 나름대로 자신의 판단을 말했다. 조직간의 전쟁으로는 생각하지 않는 모양이었다.

"너 나가서 조금 더 자세하게 알아보고 와서 보고해. 지금이 타조직과 전쟁을 할 때는 아니지만 당하고 살수는 없잖아. 댓가를 받아 내든지 사과를 받든지 둘 중 하나다. 빨리 가 봐. 그리고 남호?"

"네 형님!"

김태촌은 현동에게 지시를 하고 경호원격인 남호를 불렀다.

"나갈 준비해. 나하고 갈 곳이 있다."

김태촌은 자리에서 일어나 양복 상의를 찾아 입었다. 남호와 몇명의 동생들이 그를 앞뒤로 호위하며 따랐다.

"택시를 잡아."

"어디로 갑니까?"

"명동으로 간다."

"명동입니까 형님?"

"그래."

"알겠습니다. 형님!"

남호와 동생들이 순간적으로 결연한 표정을 지었다. 그들은 어젯밤 당했다는 조직원들의 복수를 나선 것으로 판단한 모양이었다.

두말없이 따르는 동생들을 보며 내심 김태촌은 기분이 좋았다. 불과 4명의 인원으로 복수에 나선다는 데도 따라 나서는 동생들이 어떻게 미덥지 않을 수 있을까.

"명동 어디에 설까요?"

운전기사가 행선지를 물었다.

"상업은행 앞에 내립시다."

김태촌이 차창에 시선을 고정시키고 말했다. 길가 가로수의 낙엽이 다 떨어져 앙상한 나무가지가 을씨년스러웠다.

"형님, 풍전나이트로 가는 것이 아닙니까?"

남호가 의외라는 듯 말했다.

"아냐, 너희들은 나를 따라 와 보면 알아."

김태촌은 택시가 멎자 내려 명동으로 걸어 들어갔다. 그가 찾은 곳은 놀랍게도 정덕진의 사무실이었다.

정덕진.

달리 설명이 필요없는 거물중의 거물이 그였다. 그는 임무박과 더불어 국내 빠찡꼬 시장의 70퍼센트를 장악하고 모든 주먹들이 가깝게 지내고 싶어하는 동경(?)의 대상이었다. 바꾸어 말하면 그의 주변엔 한국 최고의 주먹들이 늘상 함께 하고 있다는 얘기다.

"누구시라고?"

1층의 빠징꼬장 위에 자리잡고 있는 정덕진의 2층 사무실은 생각보다 검소했다. 그러나 마호가니 목재 위에 가죽을 입혀 놓은 소파에 앉아 있는 정덕진은 여유롭고 넉넉해 보였다.

"김태촌이라고 합니다. 인사가 늦었습니다."

김태촌이 정덕진 앞으로 다가서며 말했다. 허리를 가볍게 굽혀 인사를 대신했다. 정덕진 주변에는 아무도 없었다. 의외였다.

"김태촌……? 아 그래 앉으시오. 나에게 인사를 오셨다고?"

정덕진이 그때서야 누군지 알겠다는 듯 얼굴에 미소를 지으며 말했다.

"고맙습니다. 건강 하시죠?"

"그럼, 건강이야 한 건강하니까. 그래 요즘 강호에 바람을 일으키는 협객이 한 분 계시다더니 이렇게 직접 보게 되어 영광이

외다."

정덕진이 전화로 차를 시키며 김태촌을 바라 보았다. 얼굴에 적당히 살이 찐 모습이 보기 좋았다.

"형님, 그리 봐주시니 고맙습니다. 동생들과 생활을 꾸리다 보니 힘든 일이 한 두가지가 아닙니다."

"그럴테지요. 그게 어디 쉬운 일이겠소. 그런데 나는 많은 후원자들이 있는데……."

정덕진이 김태촌의 방문 목적을 눈치채고 선수를 쳤다. 함부로 내쫓을 상대가 아니라는 것을 그는 이미 느끼고 있었다.

"물론 그러시겠죠. 그러나 저는 후원자가 아니라 형님의 관심을 받고 싶습니다."

"관심?"

"사랑이라고 해두죠. 언젠가 제가 도움이 될 때가 있을 겁니다."

"……!"

정덕진은 김태촌의 뜻밖의 말에 묘한 매력을 느꼈다. 듣던대로 물건이었으나 직접 상대해 보니 소문보다 한 술 더 뜨는 것 같았다.

"하하, 언젠가 도움이 될 때가 있을 것이다. 하하하 좋소. 나는 미래를 얘기하는 사람을 좋아하오. 나는 장사꾼이니까. 가만 있어 보자 자 이거……."

정덕진은 자리에서 일어나 자신의 집무실 책상 밑에 있던 커다란 가방 하나를 꺼내 김태촌 앞으로 밀어 놓으며 말을 계속

했다.

"이거 어제 나의 매상이오. 약소하지만 생활비에 보태 쓰시오. 그리고 언제든 또 만납시다. 그리고 나는 조금 바빠서……."

정덕진은 여직원이 내논 차를 권하며 선약이 있다며 밖으로 나갔다.

"……?"

김태촌은 그런 정덕진의 모습을 보며 어떤 거대한 벽을 보는 듯 했다. 집한채 값은 족히 될 돈가방을 던져 놓고 선약을 이유로 자리를 뜰 수 있는 사내가 있다는 것이 그는 놀라웠다.

"형님……?"

놀란 것은 남호도 마찬가지였다. 눈 앞에서 본 정덕진의 통큰 모습에 벌린 입을 다물지 못하고 있었다.

"남호는 가방을 내 방에 갔다 놓고 나머지는 나와 병원에 가자."

"병원이라면 형님……."

"택상이 · 종호가 입원한 병원말야. 어느 곳에 있는 병원이야 안내해."

김태촌은 자리에서 일어나 거리로 나왔다. 병원은 용산역 근처에 있는 시민병원이었다.

"형님?"

"가만히 누워들 있어. 그리고 너희들은 방문을 지키고."

김태촌은 아랫배와 팔, 등에 붕대를 감고 누워 있던 동생들을 누워있도록 하고 자신을 뒤따라 온 동생들에겐 병실을 지키도록 지시했다.

이미 병실 앞을 지키고 있던 동생들까지 합세해 그 수가 적지 않았다.

"죄송합니다, 형님. 방심하다가 그만……."

택상이 고개를 숙이며 용서를 구했다. 김태촌 밑에 행동대장으로서 구겨진 체면이 못내 마음에 걸리는 모양이었다.

"됐어. 빚이 있으면 갚아준다. 두배 세배로 그렇지 않나?"

김태촌이 작은 의자에 앉으며 택상에게 미소를 지어 보였다.

"그럼요, 형님. 이 새끼들 제가 퇴원하면 그 날로 씹어 버리겠습니다."

"아, 지금은 치료만 생각해라, 치료만. 빚이야 천천히 받아내면 되니까. 그래야 이자도 붙지 않나?"

김태촌이 택상의 붕대 감은 배를 손으로 툭 건들며 웃음을 지었다. 선이 굵고 우직한 성격이면서도 동생들과 곧잘 농담도 잘했다.

그때 밖에서 소란을 피우는 소리가 들려 왔다.

"이 새끼들 여기가 어디라고?"

"또 칼질 하러 왔다냐?"

김태촌은 병실 밖이 소란스럽자 창문앞으로 가 밖을 내다 보았다. 두 사내가 손에 꽃다발을 들고 와 병실을 지키는 자신의 동생들에게 당하고 있었다.

"들여보내라."

"형님?"

"들여 보내라니까."

김태촌이 소리를 버럭 지르자 동생들이 벽쪽으로 도열하며 침묵을 했다.

"뭐요?"

"이태문이라고 용팔이 친구입니다. 어제 삼각지에서 있었던 사건에 대해서 사과를 하러 왔습니다. 본의 아니게 그렇게 되었습니다."

이태문은 역도 선수출신으로 김용남과 둘도 없는 친구이자 명동의 주먹이었다. 그때 김용남은 이태문과 태권도 6단의 서정욱 그리고 이경완 등과 함께 이승완을 충직하게 보필하고 있었다.

"그러니까 조직적으로 서방식구들에게 감정이 있었다는 것은 아니라 그 말이요?"

김태촌이 이태문의 얼굴을 마주보며 말했다. 말하자면 이태문은 김용남이 보낸 진사 사절인 셈이었다.

"서방식구들과 나쁘게 지낼 이유가 없으니까요. 어쨌든 죄송하게 됐습니다. 칼질을 했던 우리 아이들을 데려와 사과를 시키고 치료비를 부담하겠습니다."

"좋소. 나도 그렇게 받아들이고 어제 일은 접겠소. 우리 다음에 술한잔 합시다."

김태촌은 시원스럽게 이태문의 사과를 받아들이고 자리를 떴다. 병실에 오래 앉아 있는 것은 위험 천만한 일이었다. 검찰, 경찰이 신민당 사건으로 인해 눈에 불을 켜고 쫓고 있었기 때문이다.

"형님 그렇게 용서해도 되는 겁니까?"

돌아오는 차안에서 동생 하나가 김태촌에게 질문을 던졌다.

"잘못을 당당하게 사과하는데 다른 어떤 방법이 있나? 때로는 용서하는 것이 더 큰 복수가 되는 수도 있다. 자잘한 사건들까지 사력을 다해 처리하다가 더 큰 것을 잃는 수가 있는 거야. 우리는 작은 조직이 아니다. 대조직이야, 대조직은 대조직다운 곳이 있어야 하는 거야."

오기준과 김태촌이 연합한 조직은 이미 군소 조직의 범위를 벗어나고 있었다. 천하의 정덕진이 김태촌의 이름값만으로 돈가방을 내놓고, 명동의 중심에서 단단한 세력으로 무장한 김용남이 동생들 사건으로 사과를 해올 정도로, 이름하여 서방식구라 이름 지어진 거대한 패밀리가 마침내 서울 한복판에 자리를 잡았다는 증거였다.

2

청계천 판자촌 방화사건은 전혀 엉뚱한 방향으로 불똥이 튀고 있었다. 경찰은 민철을 유력한 용의자로 보고 수배를 내려놓고 검거에 나서고 있었다. 답답하게 된 것이 남표였다.

“형님, 어떡하죠? 그냥 시원하게 경찰에 가 사실대로 말해 버릴까요?”

민철이 안달이 나 남표에게 사정을 했다. 건달치고 마음이 여린 편이라 징역가는 것을 죽기보다 싫어하는 그였다. 물론 징역가는 것을 좋아할 사람은 많지 않겠지만.

“믿어 주질 않으니까 그게 문제지. 니가 자수하면 옳다구나 하는 곰들이 엮어 넣지 너의 말을 귀담아 듣겠니?”

동우가 자꾸 반복하기도 귀찮다는 듯 천장을 보며 말했다. 그들이 피한 곳은 답십리에 있는 동우 친구집이었다.

“그럼 꼼짝없이 저는 수배자 신세가 되란 말이예요?”

“하, 이 새끼 답답하네. 건달이 그깟 수배 한 건 뜨는 것은 다반사지. 뭐가 그렇게 안달복달이냐 응?”

"죄가 없는데 수배가 떴다고 해봐요? 화이바가 안 돌아가나. 아 정말 미치겠네."

민철이 한숨을 방바닥이 꺼져라 내쉬며 장탄식을 했다. 동우는 그 모습을 더 이상 못봐주겠다는 듯 벽쪽을 보고 누워 버렸다.

"형님, 지금 이래도 되는 겁니까? 형님이야 호적 깨끗하다고 이래도 되는 거냐고요?"

"이 미친 새끼가 니가 내 호적이 깨끗한지 빨간 줄이 올라가 있는지 봤냐? 아이고 내가 복장 터져서."

동우는 더 이상 대꾸를 않겠다는 듯 입을 굳게 닫고 눈까지 감아 버렸다. 잠이라도 자고 싶은 표정이었다.

"형님?"

"……."

"형님, 일어나 보세요. 일어나서 이 동생 딱한 사정 좀 들어 보라니까요? 제가 지금 방화범으로 수배를 받고 있다니까요. 형님이 아시다시피 제가 방화나 할 놈 같습니까. 저 이래뵈도요, 전과 관리 하나는 확실히 한 놈이라니까요. 폭력만 제가 3개 아닙니까?"

"그래 너 잘났다. 조금 있으면 남표가 올거야. 남표 얘기를 들어 보자. 자 너도 엎어져서 잠이나 자. 알았지?"

동우는 민철의 상체를 넘어뜨려 재우려는 포즈를 취했다. 그때 방문이 열리는 소리가 들렸다.

"워메! 동우 너 그새…… 워메 남사스런거……."

"뭐? 저 오살한 놈, 지금 뭔 오해를 하고 있다냐 시방? 빨리 들어와 문 닫어, 잡것아."

동우는 집주인이자 친구인 철영에게 핀잔을 주었다. 민철이 방 한쪽으로 비켜 앉으며 자리를 내주었다.

"밥이나 먹고 밤일을 해라. 동우 너 별명 하나 생각났다."

"별명?"

"그래 뒤치기 어때? 만리동 뒤치기."

"그래도 이 새끼가? 밥이나 빨리 줘라. 아침부터 계속 굶고 있다."

"문앞에 있다, 자!"

철영이 방문을 열고 상을 들여 왔다. 된장국에 소주까지 한병 첨부된 상이었다.

"와, 죽이는 냄새다, 민철아 너도 빨리 이리와라."

동우가 수저를 들고 상 앞으로 다가가 앉았다. 밥이 커다란 그릇에 고봉으로 퍼져 있었다. 넉넉한 인심이 있는 집의 밥상이었다.

"저는 생각없으니 형님이나 많이 드세요."

민철이는 생각이 없다는 듯 밥상을 외면했다.

"이봐, 이 친구야. 나중에 산수갑산을 가더라도 먹을 건 먹어야지 뭔 소리야. 그 등치에 아침부터 굶었다면서 빈혈이라도 걸리면 너만 손해야. 그리고 지금 너 밥 안먹으면 동우 재가 다 먹게 되어 있어. 너 얘 밥맛있지? 그러니까 빨리 먹어."

철영이 묘하게 민철을 자극하여 밥상머리로 끌어 냈다. 그 말에 민철이는 못이기는 척 수저를 들고 있었다.

"야, 나 지난번 니가 동우 저 새끼 골탕 먹였다는 소리 듣고 나 3일동안 잠을 못잤다. 야 너 어떻게 그럴 수가 있니?"

"너도 그렇지? 이 새끼가 원래 그렇게 나쁜놈이라니까."

동우가 철영의 말에 동조하며 민철을 한번 쳐다 보았다. 그때 일을 생각하면 당장이라도 한 대 올려 부칠 기세였다.

"아냐. 그래서가 아니고 너무 통쾌해서 말야, 하하하!"

"뭐야? 자식?"

"하하하, 지나간 일이니까 우리 한번 웃어 보자고 얼마나 웃기고 재미있냐?"

"미친놈, 하여튼 도움되는 놈이 하나도 없다니까."

동우가 투덜거리며 계속 밥을 퍼넣었다.

"그건 그렇고, 너희들 정말 아무 짓 안한 거지?"

철영이 갑자기 정색을 하고 나왔다. 바깥에 나갔다가 무슨 소리인가를 듣고 온 모양이었다.

"무슨 짓이라니? 우리 그날 아무 짓도 안했다니까. 왜 뭔 정보라도 들은 게 있나?"

동우가 수저를 내려놓고 말했다. 민철도 귀를 쫑긋거리며 철영의 입을 쳐다 보았다.

"청량리 경찰서 관내에 민철의 인적사항과 몽타즈가 쫙 붙어있고, 민철외 2명이란 정황까지 기재되어 있을 정도야. 사람이 두명이나 죽자 주민들이 생난리를 치는 등 여론이 안좋은 거지. 그러니까 위에서도 잡아내라 닥달을 하는 거고."

"그 정도까지야?"

동우도 사태가 심각한 것을 느끼고 놀란 표정을 지었다. 더구나 민철뿐만 아니라 자신과 남표까지 용의자로 올라 있다는 것은 정신이 번쩍 날 일이었다.

"그러고 형님, 제 몽타즈라뇨?"

"현상수배 전단말야. 미처 니 사진을 구하지 못해 그렇게 한 것 같아. 내가 자세히 보았는데 너 하고 비슷하기는 하더라."

철영이 민철에게 대수롭지 않게 말했다.

"으이고 이게 뭔 일이랴. 내가 그런 파렴치범으로 방까지 붙다니."

민철이 더 낙심된다는 듯 한숨을 내쉬었다.

"방이 아니라 수배라잖아. 방은 무슨 놈의 방? 과거 급제냐 방이 붙게?"

"으이그 씨발, 내가 말을 말아야지."

동우가 빈정거리자 민철이 화가 나 아무렇게나 말을 내뱉었다. 가만히 있을 동우가 아니었다.

"철영이, 너 지금 분명히 들었지? 이 새끼가 씨발이라고 한 그 말 생생하게 들었지?"

동우가 철영에게 다짐이라도 받듯 물었다.

"듣기는 했지."

"그래 그거야. 이따 남표에게도 그 말을 생생하게 증언해 줘. 나 오늘 이 새끼 죽여뻴라니까."

동우가 순식간에 몸을 날려 민철의 허리에 태클을 걸었다.

"어이 형?"

"형은 개새끼야. 나 오늘 너 죽이고 말거야. 옛날부터 너 죽이고 싶었어."

"으윽!"

동우가 민철을 레슬링의 테크아웃 자세로 방바닥에 밀어 부쳤다. 순간 민철이 숨을 못쉬고 캑캑거렸다.

"동우 그만 하지 못하나? 왜 귀엽기만한 애를 못잡아 먹어 안달이냐?"

철영이 동우의 상체를 잡고 민철에게서 떼어 놓으며 말했다. 그 바람에 틈이 조금 생기자 민철이 순간적으로 동우의 몸을 감아 한쪽으로 패대기쳤다.

"아이쿠!"

"응!"

민철의 갑작스런 공격에 당황하던 동우가 화가 머리끝까지 나 반격을 가했다. 사태가 걷잡을 수 없는 지경으로 치닫고 있었다. 철영이 밥상을 들어 싸움을 피해 머리 위로 치켜들며 소리를 쳤다.

"여보? 경찰들이 왔어요."

"응, 경찰?"

철영의 아내가 방문을 열고 말했다. 그 말에 동우와 민철이 서로에게서 떨어져 벽쪽으로 붙었다.

"경찰이라니? 그들이 왜?"

철영이 자신의 아내에게 물었다.

"그걸 내가 어떻게 알아요. 나가보세요. 지금 문밖에 있으니."

"나 잠깐."

철영이 동우와 민철에게 눈짓을 하고 대문으로 가 문을 열어 주었다. 밖에는 철영이 아는 형사와 파출소 순경 한명이 서 있었다.

"형님이 저희 집을 어떻게……?"

"만리동 개좇이라고 알지?"

배가 임신중독 환자마냥 불룩한 형사가 철영을 보자 대뜸 질문을 했다.

"동우 말입니까?"

"그래, 지금 그 친구 어딨나?"

"글쎄요. 본지 한 일주일쯤 됐는데…… 또 사고 쳤습니까?"

"일주일……? 확실하지?"

형사가 철영을 쏘아보며 말했다. 무엇인가를 숨기는 것이 있는가를 엿보는 눈초리였다.

"네. 그 친구 식당에서 한 번 보고 그간 보지 못했습니다."

"좋아. 걔보면 즉각 나에게 연락해? 알고도 묵인 한다든지 숨겨준다든지 하면 범인 은닉죄가 된다는 거 알지?"

"형님, 오래 간만인데 들어오셔서 약주나 한잔 하시죠?"

"됐어. 내가 그렇게 한가한 사람인가. 연락해?"

형사가 철영에게 한 번 더 다짐을 하고 순경을 데리고 돌아갔다. 철영이 대문을 닫아 걸고 방으로 들어오자 방안은 냉기가 감돌았다.

"왜, 좀더 싸우지들 그래? 동우 너를 찾아 왔더라. 신고하지 않으면 나도 범인 은닉죄로 엮겠다는 말 들었지?"

철영이 담배를 꺼내 물며 말했다. 이쯤되자 속이 타는 것은 동우도 마찬가지였다.

"남표형은 왜 안오는 거죠?"

민철이 궁금하다는 듯 말했다. 사정을 알아보겠다고 남표가 나간 지 한나절이 되고 있었다.

"민철이 너 그렇게 살지 마라?"

동우가 벽에 등을 대고 민철을 노려 보며 말했다. 아직도 화가 안풀린 모양이었다.

"제가 잘못 산 것은 또 뭐가 있습니까?"

"니가 나하고 맞짱 뜨자고 덤볐잖아, 자식아?"

"덤비긴요. 제가 어떻게 형과 맞짱을 뜨자고 합니까? 형이 잡아 먹을 듯 하니까 저도 어쩔 수 없이 피한 거죠. 맞죠, 철영이 형님?"

"맞아, 내가 봤잖아. 야 동우야, 애좀 그만 미워하고 이 일을 어떻하면 좋겠냐? 너희들 굴비같이 엮인 것 같은데……?"

철영이 걱정된다는 듯 말하자 동우도 맥이 빠진다는 표정을 지었다. 그때 남표가 돌아왔다.

"밖에 곰들 없던가?"

철영이 먼저 남표에게 질문을 던졌다. 조금 전 다녀 간 형사를 의식한 질문이었다.

"주변을 살피고 그리고 뒷담을 넘어 들어 왔으니 걱정 마십시오. 그리고 일이 묘하게 꼬여 큰 일인데요. 동우형."

"우리 셋이 다 방화범으로 몰려 있다면서?"

"그렇게 되어 있어요. 경찰에 조직적으로 정보를 제공한 자가 있는 것 같아요. 강상수가 장난을 친듯 해요."

"강상수라면 그 기분 나쁜 자식말야?"

"네, 불을 지르고 오히려 우리를 방화범으로 모는 장난을 친거죠. 그라면 충분히 그럴 수 있을 거예요."

"저런 개새끼, 그 새끼를 어떻게 죽이지?"

동우가 당장이라도 쫓아갈 듯한 자세를 취했다. 계속 열받는 일만 생긴다는 표정이었다.

"일이 이렇게까지 된 이상 계속 피해 다닐 수는 없을 것 같아요. 형, 내가 일단 청량리서의 김반장을 만나 좀더 자세한 상황을 얘기해 줘야 할 것 같아요."

"김반장이라면 지난번 사건때 남표 너를 담당했던 그 사람말야."

"네, 종로서에 있다가 이번에 그 쪽으로 간 모양인데 일단 그렇게 하는 것이 좋겠죠?"

남표가 동우의 얼굴을 보며 말했다. 자신의 일에 끌어 들였다가 전혀 엉뚱한 사건에 휘말리게 한 것이 미안하다는 표정으로.

"그래, 어디가서 하소연이라도 해야 될거 아냐. 강상수 그 자식들을 조사해 보라고 해. 사건은 그 자식들이 일으킨 거니까. 김반장은 언제 만날건데?"

"지금 나가서 만나 봐야겠어요. 전화를 걸어 약속 장소를 정해야지요.”

“조심하는게 좋아. 괜히 덜컥 잡히기라도 하면 꼼짝달싹 못하는 수가 있어.”

동우가 걱정스런 표정을 지었다. 산전수전 다 겪은 처지라 경찰과 법의 잣대가 염려가 되는 모양이었다. 그때나 지금이나 경찰은 건달이나 범죄자들에겐 자기들 하고 싶은대로 모든 사건을 처리하는 집단쯤으로 치부되고 있었다.

3

최루탄 가스 냄새가 휘경동 대로변까지 날라 와 길가는 행인들이 코와 입을 틀어 막고 뛰어 다니고 있었다.

"에취!"

"으 죽인다."

번개 박종석과 그의 친구 광희가 경희대에서 있었던 한 행사에 참석하고 나오다 최루탄 가스를 뒤집어 쓰고 이문동 쪽으로 돌아나오고 있었다.

박종석과 광희는 둘다 경희대 체육과 출신으로 동문 모임에 다녀오는 길이었다.

"멀쩡한 차 놔두고 이게 뭔 꼴이냐?"

광희가 데모에 막혀 두고 온 차가 걱정된다는 듯 투덜거렸다.

"학생들 데모때문인데 어떡하겠어. 차는 내일이나 와서 찾아가야지."

번개가 손수건으로 콧물을 닦으며 청량리 초등학교를 지나 이문시장쪽으로 들어 갔다.

"그런데 재들은 왜 맨날 데모를 하고 지랄이냐? 하라는 공부는 하지 않고?"

광희가 계속 투덜거리며 번개의 뒤를 따랐다. 학부 출신이면서도 학생들의 데모에 반감을 갖고 있는 것이 일반적인 주먹들의 특성이었다. 번개나 광희도 그 범주에서 벗어나지 못하고 있었다.

"글쎄 말이다. 데모를 해서 뭐가 되는 것도 없는데 저렇게 난리를 치는지 모르겠다. 그리고 참 광희야?"

"뭔데?"

"어제 종철이 애들하고 명동애들 하고 붙었다는 소리는 무슨 소리야?"

"종철이 애들이 아니고 용팔이 동생들이 서방파가 뒤를 봐주는 창고에서 시비가 붙어 애들 몇이 다친 모양이야."

"용팔이라면 풍전나이트 다찌를 보는……."

"맞아. 허버트강과 맞짱을 떠 깼다는 그 친구말야."

김용남은 당시 최고의 인기복서였던 허버트강과 자신의 업소에서 싸움을 벌여 꺾은 뒤로 일약 장안의 스타로 떠오르는 중이었다.

그는 엄격히 계보를 따지면 전북 주먹의 대부 이승완계이면서 범명동계라 할 수 있었다.

"어떤 애들이 다쳤는데?"

"태촌이 동생들 둘이 다친 모양이야. 태촌이가 보복을 하겠다고 나서자 용팔이 쪽에서 사과를 해오는 바람에 상황이 끝난 모양이야."

"그래? 태촌이가 용서를 했다는 말이지?"

"잠수를 타고 있는 상황이라 어쩔 수 없었겠지. 그리고 상대에서 먼저 사과를 해오는데 뭐 어쩌겠어."

"하하, 생각보다도 빨리 적응하는군!"

"뭐라고?"

"아냐. 그냥 혼자 해본 소리야."

번개는 날이 갈수록 뻗어 나가는 김태촌의 존재를 느끼고 찬탄을 했다. 서울에 올라와 자신에게 인사를 한지 불과 얼마만에 김태촌은 20대 주먹중 가장 잘 나가는 주먹이 되어 있었다.

"참, 오종철이 한 번 보자고 업소로 연락이 오는 모양이던데."

광희가 생각난 것이 있다는 듯 번개에게 말했다. 번개는 신민당 사건이 있고 나서 업소에 나가지 않고 체육관에서 운동에만 열중하고 있었다. 자꾸 형사들이 찾아와 귀찮게 했기 때문이었다.

"명동과 한판 붙자고 자꾸 그러는 걸꺼야."

번개가 대수롭지 않다는 듯 말했다. 그 즈음 호남 주먹들은 명동과 갈등을 느끼며 인내에 한계(?)를 느끼던 때였다.

"오종철이 우리와 손을 잡고 명동파를 치자고 한다는 말이지?"

광희가 두눈을 반짝이며 관심을 표명했다. 그도 평소 명동의 지나친 독주를 좋지 않게 보고 있던 터였다.

"신상사가 진을 치고 있는 사보이호텔을 쳐들어가 작살을 내

자는 거야. 내일은 내일에 맡기고 오늘 쳐 부수고 보자는 거지."

"신상사를 직접 공격하고 뒷감당을 할 수 있을까?"

광희가 금방 맥이 빠진다는 투로 반문을 했다. 신상사는 당시 주먹들에게 넘어설 수 없는 벽이었다. 60년대 무너졌던 서울 주먹 3강을 대신해서 생겼던 미니 3강의 대표적 주먹이 바로 신상사였기 때문이다.

여기서 잠깐 한국의 주먹사를 살펴 보자.

주먹 3강의 출현.

일제시대 중구난방으로 무법천지를 만들며 개인적으로 자생하던 조선 주먹들 중 가장 두각을 나타낸 자가 구마적이란 별명으로 활동하던 종로의 고희경이었다. 그는 종로 씨름판인 난장을 무대로 주먹을 휘두르던 자로 신마적 엄동욱에게 그 자리를 이어 줬고, 종로 야시장에 부벽루란 기생집을 운영하던 쌍칼과 서대문에서 종로 우미관으로 스카웃 되어 왔던 권투선수 출신 김기환이 힘을 모아 이 땅의 본격적 주먹으로 성장시킨 사람이 바로 김두한이다.

〈종로패〉.

김두한, 김경태·영태 형제(훗날 미국으로 이민 그들의 이민으로 김두한 은퇴후 종로패가 급격히 쇠락했다는 증언들이 있음), 이쁜이 장형빈, 광주 무옥, 아오마쯔 심종현, 아라이, 광화문 임형빈, 김관철, 김길영(인철), 김동희(충무로 하야시패에서 종로로 픽업되었던 제천 출신 주먹), 종로꼬마 이승옥, 상하이 박(상하이박이란 별명을 사용했던 주먹들이 여러 명 있으나 카이저 수염과 옷잘 입기로 유명했던 박형섭을 말함), 김진영(김두한의 친구로 행동대장으로 활동하다 공산당에 포섭된 후에 김두한 동생들에 의해 국일관 지하실에서 살해).

김두한의 은퇴로 후계체제가 형성되어 있지 않았던 종로패는 아오마쯔 심종현과 광화문 임형빈 등이 각자의 세를 유지하다 명동과 동대문세에 급격히 위축되다가 그 맥을 천안곰 조일환이 이어 받아 동분서주한다.

〈4가패(동대문)〉.

이정재, 김사범, 김복록, 조열승, 임화수, 이천일, 쐐기 장세기, 도끼 이석재, 유지광, 오따 정종헌, 낙화유수 김태련, 이동산, 가네자와 김영기, 신영식.

휘문고보 출신으로 한때 전국 씨름왕이기도 했던 이정재는 이승만 정권의 충직한 경호주먹으로 당시 갖은 악행을 다한 것으로 묘사되고 있으나 사실은 과장된 면이 많다. 초기 이승만 정권이 상대적으로 건강했을 때 이정재는 정권에 협조를 하다 정권 중기부터 발을 빼기 시작하면서 그는 이승만과 이기붕 등으로부터 배척을 받기 시작했고 그의 조직도 분산되어 힘을 쓰지 못하기 시작한다. 임화수·조열승 등이 탈퇴해 나가 신도환 등과 손을 잡고 정권의 주먹을 조직했다가 터진 사건이 고대생 피습사건으로 사실 이 사건만 해도 논란의 소지가 많다.

어쨌든 이정재는 1960년 임화수와 함께 사형 집행이 되었고, 그 뒤를 유지광, 오따 정종훈 등이 이으면서 70년대까지 그 영향력을 행세했다.

〈명동패〉.

이화룡, 백형순(백단장), 황병관(레슬링 선수), 고이꼬 황욱, 맨발장군 이형순, 정팔(압록강동지회), 신상사, 정걸(충무로패 오야붕), 시라소니 이형순.

이화룡은 북한 출신으로 축구선수였다. 서북출신의 축구 선수 출신들을 모아 북한 사람들이 많이 내려와 사는 명동에 터를 잡은 이화룡은 시공관 관장이던 백형순과 특무대장 김창룡의 배려로 주먹집단을 구성한다. 특히 옥류각·산청각 등을 운영하던 누이들의 지원으로 자금줄을 잡을 수 있었던 그는 정팔·황욱 등을 끌어 들여 종로와 동대문이 합세하여 맞싸워야 할 정도로 막강한 주먹사단을 만든다.

5.16이후 종로와 동대문이 초토화 될 때도 상대적으로 피해를 덜 본 것은 이화룡의 명동패가 드러내 놓고 정치권과 손을 잡지 않았다는 것이었다. 명동은 60년대 신상사의 건재로 서울의 후 3강을 형성하고 있었다. 명동 신상사, 종로 아오마쯔 심종현, 동대문 유지광.

그러나 이후 3강 체제는 곧바로 붕괴되어 명동 신상사, 종로(광화문) 임형빈, 서울역 최창수. 또 다른 모양의 3강의 모습이 생긴 것은 유지광이 키를 잡고 있었다. 그것은 출옥과 동시에 과거의 동대문사단의 재건에 나섰던 유지광의 의도가 제대로 관철되지 않았다는 데 있었다.

동대문사단 중에서 서울을 중심으로 세력을 갖고 있던 오따 정종훈 등이 유지광의 정통성(?)을 문제 삼고 그와 일정 거리를 유지하면서 유지광은 여주·이천으로 칩거, 그 지역 주먹들을 규합해 수원 지역의 최창식 등을 끌어 들이는 정도였다.

특히 오따와의 갈등은 심각한 것이었다. 오따는 이정재의 친위부대 출신으로 이정재라면 자다가도 벌떡 일어나는 충복이었다.

임화수가 지금의 예총회장격인 예술인동맹 회장시절 이정재에게 불손하게 군다는 이유로 그의 머리통을 깼던 일화가 있을 정도로 열혈적이었다.

그가 유지광에게 이정재의 죽음에 대한 규명(?)을 따지고 나선 것이다.

이정재·임화수·신도환·유지광, 5.16후 사회악 일소 대책의 하나로 검거된 전국의 주먹들의 대표적 인물이었다. 이들 4인 중 사형 집행이 된 사람은 이정재와 임화수였고, 1심에서 사형을 선고 받았던 유지광은 5년 6월, 무기를 선고 받았던 신도환은 3년만에 출소한 것에 오따가 유지광에게 끊임없이 이의를 제기하고 나섰던 것이다. 보스를 걸고 넘어져 살아나온 것이 아니냐 하는 의문인 것이다.

"이정재는 비정한 정치의 희생자다. 이정재는 절대 흉악범이 아니다. 내가 청춘을 받쳐 모셨던 이정재는 약자 위에 군림하지 않는 진정한 협객이다."

훗날 90년 후반까지도 하이야트 호텔의 커피숍을 사무실 삼아 왕성한 노익장을 과시하던 오따의 이정재 사랑은 남다른 데가 있었다.

어쨌든 서울 주먹계가 이런 저런 이유로 사분오열 되어 있을 때도 흐트러짐 없이 세력을 유지하고 있던 곳이 명동의 신상사였다. 한때 그의 직계 부대만 해도 1백명이 넘는 대조직이었다.

"종철이가 나와 손잡길 원해."

번개가 외국어대 앞을 지나 길가에 있는 2층 당구장으로 들어가며 말했다.

"어쩔려고, 힘을 합하려고?"

광희가 당구장 안으로 들어오자 마자 큐대를 잡으며 말했다. 그들은 둘다 당구광이었다.

"생각중이야. 기회는 기회인데 질러넣고 난 다음이 문제야. 한 번에 명동의 기세를 꺾는다는 것도 말이 안되는 일이고. 그렇다고 종철이 혼자 일을 벌이는 것을 지켜보기도 그렇고……."

"종철이 애들과 우리 애들을 전부 모으면 60명 정도인데 그 인원으로…… 안돼, 명동이 어떤 조직인데……."

광희가 고개를 흔들며 번개를 말렸다. 광희는 서울에서 나고 자란 탓에 현실 감각이 있는 편이었다.

"그렇다고 종철이 혼자에게 맡기고 뒤에서 구경만 할 수는 없잖아……."

"그렇다고 승산없는 전쟁에 끼어들어 우리가 곤경에 처할 필요는 또 뭐 있어."

광희가 당구대 위에 공을 늘어 놓으며 말했다. 광희는 번개가 한 게임 하러 당구장에 온줄 아는 모양이었다.

"지금 당구 치러 온거 아냐."

"그럼?"

"이 당구장을 새로 개업한 자가 누군지 알아?"

"이 당구장 주인 글쎄……."

번개와 광희가 서로 대화를 주고 받는 사이에 담배 심부름을 갔다 오던 주인이 문을 열고 들어왔다.

"어……?"

광희가 먼저 주인을 알아보고 이름을 기억하려 했지만 금방 떠오르지 않았다.

"아이고 형님들 오셨습니까? 이리 앉으십시오. 형님들!"

"야, 너 이름이…… 동……."

"동철이잖아. 대광고 후배."

번개가 광희의 궁금증을 풀어주고 동철이 안내하는 소파 위에 가서 앉았다.

"형님!"

동철이 감격한 표정으로 번개 옆에 서서 환한 표정을 지었다. 20대 후반의 앳된 모습이었다.

"장사 잘 되나? 제법 넓고 깨끗하구나. 서비스만 잘 하면 장사좀 되겠다. 그리고 이거."

번개는 준비해 온 봉투를 동철에게 주었다.

"형님?"

"개업 축하비다. 주먹에서 손을 씻고 이렇게 새 삶을 살겠다고 나선 것을 보니 내가 너무 기쁘다. 잘해!"

번개는 동철의 등을 한 번 두드려 주고 더 이상 지체할 필요가 없다는 듯 당구장을 빠져 나왔다. 그때나 지금이나 주먹들에게는 비전이 있을 수 없었다. 그것은 보스나 꼬붕이나 예외없이 적용되는 것이었다.

보스는 보스대로 꼬붕은 꼬붕대로 애환과 슬픔이 있는 곳이 주먹 세계였다. 그것을 익히 알고 있는 번개는 자기 밑의 동생들 중 새 삶을 살아 보겠다고 나서는 자가 있으면 두말 없이 보내주고 성의껏 뒤를 돌봐 주었다.

무교동의 번개란 이름은 아무렇게나 얻은 것이 아니었다.

제8부

밤의 노래

小山蔽大山(소산폐대산)

작은 산이 큰 산을 가리다.

1

밤이 깊어 가고 있었다. 자정이 거의 다가오는 시간, 업소 나빌라는 술취한 손님들을 하나 둘 밖으로 내보내기 시작했고, 술이 취해 2차 3차로 업소를 늦게 찾아온 손님들을 돌려 보내느라 정신이 없었다.

"저게 다 돈인데 그놈의 통금때문에 돌려 보내야 하다니 정말 짜증나는군."

오종철이 업소 마감을 하기 위해 나빌라 자신의 사무실로 들어오며 말했다.

문을 열자마자 문닫을 시간이 되는 통금은 술장사들에겐 심각한 타격이었다.

"글쎄 말입니다, 형님. 통금만 없어도 제대로 노가 나겠는데요."

철희가 오종철을 따라 들어오며 말했다.

"정부가 하는 일인데 어쩌겠어. 그리고 참 번개는 연락 없나?"

"요즘 업소에도 몇일째 나오지 않는 모양인데 도대체 연락이 안됩니다. 형님, 혹시 번개형이 이번 일에 빠질려고 그러는 것 아닐까요?"

철희가 오종철에게 담배를 권하며 말했다.

"번개는 그럴 사람이 아냐. 나한테 한 애기도 있고 지난번 서방파 애들이 일으킨 사건때문에 잠시 잠수를 탄 모양이지. 다시 한번 찾아 봐. 그리고 정한이 일 때문에 명동이 사과를 해 왔다면서?"

"네, 미안하게 되었다고 오해 하지 말라는 전화가 왔습니다. 치료비와 보상비도 보내 주겠다고."

정한이는 호남계 주먹으로 얼마전 월남빤찌로 불리던 명동의 주먹과 시비를 벌이다 그를 두들겨 패주고 나서 곧바로 명동 행동대원들에게 걸려 집단으로 구타를 당한 자였다.

"자식들 치료비만 대주면 끝나는 줄 아나 보지. 그리고 양은이는 어딨나?"

"아까 홀에 있던데요."

"홀에?"

"네, 양은이가 워낙 사교성이 뛰어나 업소 직원들과도 잘 지내지 않습니까?"

"양은이 좀 찾아 봐. 아직 숙소로 가지 않았겠지?"

"네, 형님. 아직 어디 있을 겁니다."

철희가 밖으로 나가 금새 조양은을 데리고 왔다.

"형님, 부르셨습니까?"

"그래, 어서 와. 요 몇일새 얼굴이 안좋아 보이네."

"괜찮습니다. 형님!"

"앉아. 이제 때가 왔다."

오종철이 소파에 앉는 조양은에게 어금니를 깨물며 말했다.

"때가 오다뇨 형님?"

"태촌이가 선수를 치고 나가면서 이름을 얻고 있는데 너도 이번 일로 주먹계에 확실하게 자리 잡을 수 있을 거야."

"형님, 그럼……?"

"그래 명동을 치는 거다. 신상사를 잡으면 명동도 끝이다."

"형님이 결정하셨다면 저도 백번 따릅니다. 그리고 선봉도 제가 서고요. 그러려면 준비가 있어야 할텐데요?"

조양은이 두 눈을 반짝이며 말했다. 주먹이 크려면 한 번쯤은 커다란 사건의 중심에 서야 된다는 것이 불문율인 이상 조양은은 이번 기회가 다시 없는 호기라는 생각이었다.

상대가 명동이었고 신상사라는 것이 더욱 마음에 들었다. 성공하면 스타가 되는 것이고, 설령 실패를 한다 해도 조양은으로서는 밑질 게 없는 장사인 셈이었다.

"번개가 도와 주기로 했다. 행동대는 너와 철희가 맡아라. 그리고 내일부터 작전을 짜봐?"

"전면전이 아니고 기습으로 말입니까?"

"그 방법이 간편하고 성공률도 높지 않겠어. 방법을 짜서 나에게 가져와 봐."

"알겠습니다, 형님. 그렇게 하죠."

"그리고 동재 소식 들었나?"

"동재라면 광주 OB식구 이동재 말입니까?"

"그래, 그 친구 대형사고를 쳤던데……."

오종철이 자리에서 일어나더니 책장속에 놓여 있던 반쯤 남아 있던 작은 양주병을 따더니 한입 털어 넣었다.

"대형사고라뇨, 형님?"

조양은은 광주에서 알고 지내던 이동재인지라 관심이 간다는 듯 질문을 했다.

"동재가 남현이형을 질러 버리고 서울로 올라온 모양이다."

"남현이 형님을요?"

조양은은 놀라움을 금할 수 없었다. 그것은 주먹 세계에서는 용납이 안되는 하극상이었기 때문이다.

"그래, 그래서 지금 광주가 난리가 난 모양이야."

"남현이 형님은 어떻게 되셨는데요?"

"간신히 명 부지는 한 모양인데……. 동재 그 친구 지나친 거 아냐? 양은이 너는 어떻게 생각하나?"

오종철이 다시 양주를 입에 털어 넣고 조양은의 얼굴을 바라보았다. 그 눈빛이 의미가 있었다.

"이해 관계를 모르니 뭐라고 말씀 드리기는 뭐 하지만 동재 그 친구 위치가 어렵겠는데요."

"그러니까 광주에서 있지 못하고 서울로 올라와 버린 것 아닌가."

"……?"

조양은은 광주의 신세대 주먹의 한명인 이동재까지 서울로 올라왔다는 말에 긴장감을 느꼈다. 그 둘은 원래 한 뿌리였다. 광주에 뿌리를 박고 있는 두 개의 조직이 서울에서 각자 자생한다는 것은 득보다는 실이 많을 것이라는 것이 조양은의 판단이었다.

"요즘 시국이 그래. 이제 선후배고 뭐고 없는 시대가 온거야. 나 그만 집에 가겠다."

오종철이 양주병을 치워 놓고 사무실을 나갔다. 조양은은 문밖에서 그를 배웅하고 다시 사무실로 돌아와 앉았다. 갑자기 머리가 복잡해졌다.

'명동과 전쟁을 벌인다, 그리고 이동재가 광주에서 올라왔고…….'

조양은은 담배 한 대를 꺼내 피며 독백을 내 뱉었다. 위험하고 무모한 일이었다. 그러나 힘들고 어렵기 때문에 그만큼 기회인지도 모른다는 생각이 들었다.

"한다, 나는 할수 있어."

조양은은 반쯤 들어있는 담배곽을 손안에서 쥐어 구겨 버렸다. 벽에 걸려 있던 괘종 시계가 어느새 12시를 알리고 있었다.

나빌라에서 오종철과 만난 지 며칠 후 조양은은 모자를 깊게 눌러 쓰고 명동 사보이호텔에서 얼마 떨어지지 않은 수정다방에 앉아 있었다.

다방은 명동의 분위기를 고스란히 담아 내듯 분재와 동양화 서예 족자 등으로 가득 했다. 특히 '다향수정(茶香水晶)'이란 글자가 전서체로 사람의 눈길을 끌었다.

"음……."

조양은은 한자가 빼곡하게 쓰여진 족자에서 눈을 떼지 않고 있었다. 물론 모르는 글자가 아는 글자보다 많았으나 시간을 보내기 위해서는 아는 한자라도 하나 하나 확인해 보는 수 밖에 없었다.

"손님, 커피 조금 더 드릴까요?"

"됐어요."

조양은은 친절을 베푸는 다방 마담의 호의를 정중하게 거절하고 출입구 쪽을 바라보았다.

출입구 쪽엔 수많은 손님들이 들락거렸다. 명동의 거물 신상사가 자주 오는 다방다웠다. 훗날 신상사가 사보이호텔에서 망신을 당한 후 몇년간 출입처를 옮겼던 곳이 바로 이 수정다방이었다.

"형님?"

"오, 이제 오나?"

조양은이 출입문으로 들어오는 박기창을 보고 반겼다. 박기창은 사보이호텔에 가 호텔의 동정을 살피고 오는 중이었다. 지피지기 백전백승(知彼知己 百戰百勝)이라는 병법대로 사전에 적정을 살피고 온 일종의 척후병인 셈이었다.

"확실하게 파악해 갖고 왔습니다. 이것 보시죠?"

박기창이 주머니 속에서 메모지 한 장을 꺼내 놓았다. 메모지 위엔 사보이호텔 내부의 평면도가 그려져 있었다.

"이곳이 출입구고 이쪽이 커피숍입니다. 그리고 이쪽 통로가 지하로 들어가는 길이고, 이쪽이 후문으로 주차장 하고도 연결되어 있구요."

"커피숍에 신상사가 있던가?"

"네, 손님 몇과 얘기를 나누고 있었습니다. 이른 오후에는 거의 거기에 나와 있답니다."

"꼬리들은?"

"딱히 경호를 달고 다니는 것 같지 않았습니다. 그러나 워낙 발이 넓은지라 불특정 다수가 항상 붙어 있다는 것을 염두에 둬야 할 것입니다."

"좋아, 이 정도라면 충분히 승산이 있다. 해볼만 해."

조양은은 박기창이 내놓은 메모지를 받아 안주머니 속에 넣고 차를 시켰다.

"형님?"

"응?"

조양은은 출입문을 보며 움찔 놀라는 박기창의 말에 그쪽을 바라 보았다. 출입문 안으로 건장한 중년의 사내들 몇이 들어오고 있었기 때문이었다.

"이승완입니다."

"이승완?"

조양은은 박기창의 말에 중년의 사내를 주시했다. 말로만 듣던 전북 주먹의 대부 이승완을 처음 본 순간이었다.

이승완.

태권도 선수 출신으로 공인 7단인 이승완은 해병대 태권도부 감독으로 이름을 날리다 전북의 또 다른 주먹인 홍관·임무박 등과 함께 서울에서 자리를 잡고 사업으로 대성을 거두고 있는 중이었다.

더구나 그의 밑엔 김용남·서정욱·이태문·이경완 등 일당백의 주먹들이 포진해 일가(一家)를 이루고 있었다.

"형님, 나가시죠?"

"잠깐."

조양은은 자리에서 일어나 이승완과 일행들이 앉아 있는 자리로 갔다. 이승완이 자신을 향해 걸어오는 조양은을 긴장을 하며 바라 보았다.

얼굴을 모르는 청년의 접근에 경계를 하지 않는다면 그것은 주먹이 아닐 것이다.

"형님, 인사드리겠습니다."

"누구시더라……?"

"저는 오종철 형님 밑에 있는 조양은이라고 합니다."

"아, 그렇소. 나 이승완이외다."

이승완이 의외라는 표정을 짓다가 이내 평상심을 찾고 손을 내밀어 악수를 청했다. 호남계들의 출입금지(?)구역인 명동에 조양은이 들어온 것에는 관심이 없는 모양이었다.

"그럼 형님, 다음에 뵙겠습니다."

"아 차라도 한잔 하셔야지?"

"아닙니다. 다음에 한번 정식으로 찾아뵙죠."

"그럽시다. 이게 내 명함이오. 한번 찾아주시오."

이승완은 명함을 한 장 꺼내 조양은에게 주었다. 탁월한 사교성으로 주먹계는 물론 정치, 재계 등에 엄청난 줄을 갖고 있는 이승완답게 처음 보는 타조직의 젊은 주먹까지도 소홀하게 대하지 않았다.

이런 인연으로 조양은은 훗날까지도 이승완과 좋은 관계를 유지하고 여러 면에서 편리를 제공 받기도 한다.

"형님, 이승완에게 다 까발리면 어떡합니까? 이승완도 신상사패나 만찬가지인데요?"

박기창이 수정다방을 나오면서 조양은에게 불만을 늘어 놓았다.

"우리가 이곳을 돌아 다닌다는 게 무슨 얘기거리가 되나? 그리고 승완이형이라는 것을 알면서 어떻게 인사를 안할 수 있나? 신경 쓸것 없고 우리 일이나 진행시키자."

조양은은 더 이상 얘기하고 싶지 않다는 듯 앞장 서 걸어갔다.

겨울이 바짝 다가왔는데도 명동 거리엔 인파들로 넘치고 있었다.

2

신설동에서 제기동으로 빠지는 대로변에 있는 한 다방에 남표와 청량리서 형사계의 김반장이 마주 앉아 있었다. 종로서에 근무할 때 인연을 맺어 형, 동생 하는 처지였기에 남표가 어느 정도의 정황을 설명해 주고 만난 것이었다.

"남표 니 말대로라면 억울하기 그지 없겠지만 지금까지 수사 내용은 너희 3인의 작품으로 결론이 나고 있어. 더구나 수배까지 떨어졌는데도 나타나지 않고 도피를 하고 있으니 더 그럴 수밖에. 일단 자수를 하는 것이 좋겠어."

김반장이 남표를 보자마자 자수를 권했다.

"형님, 형님까지 이러시면 어떡합니까? 제 말도 좀 자세하게 들어 보고 전말을 밝히는데 도움을 주셔야죠?"

"이봐, 나는 이 사건 담당이 아냐. 이 사건은 별도 수사반이 설치되어 서장이 직접 지휘를 하고 있다고. 위에서 연일 난리야. 지금 시국이 미묘하기 그지없는 때에 부랑자나 다름없는 판자촌을 건달 주먹들이 불을 질러 사람이 둘이나 죽은 거야. 사회 여론이 극도로 안좋다고."

"그런 것은 알지만 형님, 이 사건은 그게 아니라니까요."

"니 말대로 일도패의 강상수 등 그날 거기에 갔었던 놈들 다 와 조사를 받고 갔어. 개들 진술이 하나같이 불을 질렀다면 너희들일 것이라는 진술이었어."

"강상수 그 새끼 정말 안되겠군……!"

남표는 어이가 없는 표정으로 어금니를 깨물었다. 그러나 모든 것은 자신에게 불리할 뿐이었다.

"소방서와 경찰 감식으로 화재 원인은 민철이가 살고 있는 방의 지붕에서 부터 였어. 거기는 전기 배선도 없는 곳이라 방화가 분명하다는 결론이 났어."

"그렇다고 민철이가 미치지 않은 이상 자기 방에 불을 지를리는 없지 않습니까?"

"아냐. 그 친구는 3개월이나 방세를 밀리고 있어 며칠 전에도 집주인과 대판 싸움을 했던 모양이야. 거기다 전과자고…… 충분히 지 살던 집에 불 정도는 지를 위인 아닌가?"

김반장은 남표가 처한 입장에는 별다른 관심이 없다는 듯 말했다. 왠만하면 자신의 손에 모조리 잡혀 줬으면 어떻겠느냐는 투였다.

"형님, 그럼 저희들이 다 자수해서 죄도 없이 중방화범으로 모조리 징역을 가야 된다는 말입니까?"

"아니지. 일단 서에서 수사를 받아 보고 죄가 없으면 나오는 거지. 남표 섭섭하게 들릴지 모르지만 이번 사건은 장난이 아냐."

"그러니까 진상을 밝혀야 되는 것 아닙니까? 민철이는 절대 불을 지르지 않았습니다. 그것은 제가 보장합니다."

남표가 답답하다는 듯 가슴을 치며 말했다.

"너도 공범으로 수배를 받고 있는데 보장은 무슨 놈의 보장? 남표 이렇게 해 보는 것이 어떨까?"

김반장이 남표를 바라보며 좋은 수가 생각났다는 듯 말했다.

"무슨 방법이라도 있겠습니까?"

"어차피 수배를 받고 있는 상황에서 시간을 끌면 민철이나 자네들이나 다 불리한건 사실이잖아."

"그렇겠죠. 도피는 곧 시인이나 마찬가지니까요."

"그러니까 민철과 동우를 자수시켜 진실을 얘기하게 하고 너는 변호사를 한 명 사서 법률상 조력과 뒷처리를 하면서 혐의를 벗어 나는 거야. 그 방법 밖에 다른 방법은 없어. 그렇지 않은가?"

"……?"

남표는 김반장의 의견에 일리가 있다는 생각이 들었다. 그러나 쉽게 수긍이 가는 것은 아니었다. 사태가 자신의 원하지 않는 방향으로 한참을 앞서가고 있는 것이 답답할 뿐이었다.

"남표, 지금으로서는 그 길이 최선이다. 시간을 놓치면 구제받을 수 없는 처지에 놓일 수 있어."

"형님, 지금 오히려 협박하는 것입니까?"

"협박은, 이 사람아 무슨 협박? 다 서로 좋자고 하는 거지."

김반장은 같은 값이면 민철과 동우를 자신의 손을 통해 잡히게 해 달라는 식이었다.

"형님, 무슨 말씀인지 다 알아 들었으니 다시 전화 드리겠습니다."

"왜 일어 나려고……?"

김반장이 자리를 뜨려는 남표를 불안하게 바라 보았다. 대어(?)를 앞에 놓고 낚시줄을 늘어 놓고 있는 꾼의 표정이었다.

"형님 말씀이 최선이라면 그렇게 할테니 민철이와 동우형 좀 부탁합니다."

"그럼, 경찰에 있는 동안은 내가 돌봐 줄께. 암."

"다시 전화 하겠습니다."

"언제?"

"늦어도 내일 중으로 하겠습니다. 다른 곳에 잡히게 하지는 않을테니 걱정하지 마십시오."

"그래, 믿을께. 가봐."

김반장이 자리에서 일어나는 남표와 악수를 하고 다방을 빠려나가게 해줬다. 이미 다방안에 서너명의 형사들이 들어와 앉아있었다. 그러나 김반장은 그들에게 체포를 하라는 신호를 보내지 않았다. 형사의 직감으로 그렇게 해야 할것 같은 생각이 들었던 것이다.

김반장과 헤어진 남표는 덕수궁 법원쪽으로 가 한 변호사 사무실을 들렸다. 지난번 자신의 사건을 맡아 성심껏 도와 주었던 변호사였다.

조윤형 변호사 사무실.

작은 나무 간판이 걸린 낡은 3층 건물의 한켠에 사무실을 열고 있는 조윤형 변호사는 훗날 부여·서천에서 국회의원을 지내는 등 정치에 관심이 많은 사람이었으나 당시는 젊은 변호사로서 형사 사건에 주력하고 있는 중이었다.

"오, 이게 누구시오?"

"안녕하십니까? 인사가 늦었습니다."

남표가 인사를 하고 다가섰다. 조윤형이 손을 내밀며 반갑게 맞아 주었다. 마침 사무실엔 여직원 한명이 퇴근 준비를 하고 있었다.

"언제 나왔소?"

"반년쯤 되었습니다. 사무실이 좀 그렇습니다."

남표는 사무실을 돌아보며 말했다. 변호사 사무실 치고는 실내가 너무 검소했다. 책장을 빨간 벽돌위에 나무판자를 대고 사용할 정도였다.

"불편하지만 않으면 돼지, 사무실 치장이 뭔 소용이 있나요? 그런데 남표씨 또 뭔 사건이 있나요?"

조변호사가 남표를 주시하며 말했다. 한가하게 옛날 사건의 변호사에게 인사나 하러 온 것으로는 보이지 않는 모양이었다.

"조변호사님, 본의 아니게 또 한번 누를 끼치게 되었습니다."

"그래요, 일단 왔으니 그 얘기부터 듣고 우리 식사나 합시다. 미쓰 정, 여기 차좀 한잔……."

조변호사는 탁자 위에 메모지를 꺼내 놓고 남표의 말을 경청했다. 남표가 청량리 판자촌 화재사건의 전말을 다 애기 하자 그가 고개를 끄덕이며 말했다.

"그래, 일단은 경찰이 용의자로 보고 있는 그 친구들을 경찰에 자진 출두시켜야겠군요?"

"자수가 아니라 출두입니까?"

"지은 죄가 없다면 당연히 출두죠. 자수라는 것은 죄를 시인하고 정상 참작을 바라는 것이니까 말이죠. 일단 출두를 해서 정황을 애기하고 사건과 무관함을 계속 주장해야 하는데 그게……."

조윤형은 변호사라는 직책상 법률적인 조언을 하면서도 항상 의뢰인들에게 자신하지 못하는 부분이 그 부분이었다.

형법상 모든 피의자는 진술를 거부할 수 있고, 자신에게 불리한 진술이나 증언 등을 부인할 수 있음에도 도대체 형사소송법상의 대원칙인 그 조항이 무용지물인 것이 한국의 수사기구인 탓이었다.

"형사들이 막무가내로 밀어부칠까 그게 걱정입니다. 이것 저것 가리지 않고 때려 잡듯 나오면 주범으로 몰려 있는 민철이는 하지 않은 일도 했다고 할 것입니다. 달리 무슨 수가 없을까요?"

"그 친구가 방화를 했다는 결정적 증거가 없는 이상 전적으로 정황에 의거한 자백만이 증거가 될 가능성이 큰데 우리는 변호사가 진술과정부터 철저하게 배척을 당하고 있으니 그렇지만 한

번 해봅시다. 내 동료 변호사들 몇과 공동 전선을 펴서라도 고문 강압 수사는 막아 볼테니."

"그래 주시겠습니까? 이거 감사합니다. 또 한번 폐를 끼치게 되는군요."

"폐라뇨? 나의 고객이고 손님인테……."

남표는 변호사 선임 계약을 하고 함께 저녁을 먹으며 사후 대책을 논의한 후 철영의 집으로 다시 돌아왔다. 늦은 시간이었다.

"방법이 없어요. 형과 민철이가 일단 경찰에 출두를 해서 사실대로 말하고 진실을 주장하는 수 밖에. 내가 지금 김반장과 변호사를 만나고 선임계까지 내고 오는 중입니다."

남표가 동우와 철영의 얼굴을 바라보며 말했다. 민철은 한쪽에서 남표의 말에 귀를 기울이고 있었다.

"조사받는 순간부터 변호사의 도움을 받는다는 말이지?"

철영이 남표에게 물었다. 그는 사기와 횡령 등으로 5,6개의 전과가 있는 탓에 법에 대해 어느 정도 감을 잡고 있었다.

"우리가 우려했던 덮어쓰지 않기 위해서 할 수 없었습니다. 동우형, 이거 미안하게 되었습니다. 며칠 고생하게 되어서……?"

남표가 동우에게 진실로 미안한 표정을 지었다. 사건의 발단이 자신으로 시작되었다는 자책에서였다.

"아냐, 재수가 없으려니 그렇게 된 거지. 그렇지만 우선 발 등의 불부터 꺼야 되니까. 그럼 출두해서 조사만 받으면 될까?"

"우리는 진실하니까 무슨 일이 있겠습니까? 만약을 위해 변호사를 선임하고 김반장에게도 협조를 구했으니 며칠 조사만 받으면 될겁니다. 그리고 민철 너는 끝까지 너의 진실만 얘기하면 된다. 알겠지? 이 형이 너 징역 가게는 하지 않을테니까."

남표가 민철의 어깨 위에 손을 올려 놓고 말했다. 겁이 많고 엉뚱한 곳이 있지만 의리와 정이 많은 친구였다.

"형님만 믿고 있을께요. 그리고 저는 진실만 말하면 되는 거죠?"

"그래. 나도 함께 가야겠지만 그러지 못해 미안하다."

"아닙니다. 형님이 뒤를 봐줘야 하는데 안되죠. 그럼 경찰에 언제 출두하죠?"

민철이 어느 정도 각오와 자신감도 생겼는지 목소리에 힘이 있었다.

"형님, 내일 아침 김반장에게 이리 데리러 오라고 하겠습니다. 그래도 되겠죠? 오늘은 여기서 경찰에 가서 어떻게 진술을 할것인지 말을 맞추고요. 그리고 철영이 형은 술하고 안주 좀 준비해 주고요."

남표는 지갑에서 만원권 몇장을 꺼내 철영에게 주며 말했다. 그가 알았다는 듯 돈을 받아 들고 밖으로 나갔다.

"형, 그리고 민철아……."

남표는 동우와 민철을 가까이 앉게 하고 변호사에게 자문을 받아온 내용을 자세하게 설명하고 주지를 시켰다. 그들도 몇번씩 징역을 다녀 온 탓에 남표의 말을 쉽게 알아들었다.

"그리고 특히 그건은 절대 얘기 하면 안되는 거 알죠 형? 그리고 너……?”

남표는 최억기의 집에 들어갔다 나온 일을 그들에게 단단히 주의를 주었다.

“정말 빵에 갈일 있나? 나 벌써 그일 까마득하게 잊었다. 민철이 이 새끼는 어떨지 모르지?”

“형, 제가 어디 짱구입니까? 나 징역 보내주쇼, 나팔을 불게…….”

민철이 어느 정도 용기를 얻었는지 활달하게 말했다. 남표는 그 모습을 보며 어느 정도 안심을 할 수 있을 것 같았다.

3

광주 주먹계에서 전례를 찾기 힘든 대사건을 일으킨 이동재는 자신을 따르던 동생들을 데리고 서울로 올라 왔다. 갈등의 이유야 어떻든 선배이자 보스를 제거한 사건이 원로 주먹들과 지역 여론이 좋을 수가 없었다. 그만큼 광주는 좁은 지역사회였다.

이동재는 동생들을 무교동의 한 여관에 숙소를 정해 묵게 하고 자신은 측근 한명만을 데리고 서울에 연이 닿는 선배들을 찾아 다녔다. 그러나 서울 분위기도 광주에 못지 않았다.

"서울 사정도 광주와 다를 게 없네. 도대체 주먹들이 슈킹할 곳이 없어. 그리고 동생들은 자꾸 늘어만 가고……."

어딘가 근거지에 연을 대줄 만한 중견 선배들은 하나같이 이동재를 거부(?)했다. 안남현을 친 것이 결정적인 문제같았다.

"형님, 아예 선배들의 도움을 받는 것은 포기해야 될 것 같습니다."

이동재의 보디가드겸 기사인 기형목이 문전박대를 당한 것에 기분이 상한 듯 말했다.

"어차피 선배들의 도움을 받을 생각은 없었다. 그냥 올라왔으니 인사나 하고 다니는 거야. 나 동재가 서울에 왔노라고……."

"그런 이유라면 형님, 인사도 치워버리죠? 그깟 늙다리들 찾아가 위신만 올려 줄 필요가 없잖습니까?"

"그래도 인사는 인사지. 그래야 조금 시간이 흐르면 그때 나와 손을 잡지 않은 것을 후회하게 해줄 것 아닌가?"

"형님, 다음엔 어디로 갈까요?"

"번개한테 가보자."

"번개요? 그런 별명의 건달도 있나요?"

"너도 선배 주먹들 별명과 이름 좀 알고 살아라. 라데방스로 가자."

이동재가 승용차의 뒷자리에 앉으며 말했다. 그때 보스급 주먹들은 찝차에서 승용차로 거의 차를 바꾼 상황이었다.

"그곳이 조양은이 취직했다는 곳입니까?"

"그곳은 나빌라고, 양은이 하고는 관계없는 곳이다. 아냐, 관계가 있을지도 모르겠다. 번개형이 워낙 이쪽 저쪽을 다 잘 챙긴다고 하니."

"양은이형은 어느 정도 자리를 잡은 모양이죠?"

기형목이 광주를 먼저 떠났던 조양은을 거론했다. 조양은과 그들은 한 뿌리였다.

"자리는 무슨자리. 업소에 붙어 웨이터나 하고 있는 주제에."

이동재가 차창을 바라보며 내뱉듯 말했다. 그것은 평소 이동재가 조양은을 어떻게 보고 있느냐는 속내였다. 같은 뿌리를 가진 주먹이면서도 상대를 인정하지 않는 마음이 끝내 이동재와 조양은이 화해하지 못하고 상쟁을 벌였던 단초였다.

번개는 라데방스에 있었다. 얼마동안 출근하지 않다 오래간만에 업소에 나오자 손님이 찾아왔다. 이동재였다.

"이동재?"

"네 번개형님, 서울에 올라와서 인사를 안드릴 수 없어서요. 태준이형, 창조형 다 인사를 드렸습니다."

"그래 그들이 반기던가?"

"반겨달라고 인사를 드린 것은 아닙니다. 후배의 도리로 인사를 한거죠."

이동재는 번개 앞에서 조금도 위축되지 않고 말했다. 김태촌, 조양은이 자신을 찾아와 인사를 할 때도 그랬다. 그들은 모두 50년생이었다. 그들은 동년배이면서 같은 고향을 둔 주먹세계의 라이벌이었다.

"술한잔 하겠나?"

번개가 이동재를 쌀쌀하게 내치지 않고 따뜻하게 대했다. 비록 광주에서 주먹계에 불미스런 일을 저지른 장본인이라 해도 자신을 찾아온 손님을 박정하게 대할 수는 없었다.

"술요? 좋죠 형님……."

번개와 이동재는 구석의 한쪽 자리를 차지 하고 술 한병을 시켰다.

"나와바리를 떠나와 어떻게 살려 하나? 계획은 있나?"

번개가 이동재의 술을 한잔 받으며 말했다. 안남현의 일은 번개의 관심밖이었다. 물론 물어보고 싶은 것이 없는 것은 아니나 꼭 알고 싶은 것도 아니었다. 광주는 사실 너무 먼곳이 아닌가.

"만들어야죠. 형님, 저는 OB의 나와바리를 만들 것입니다."

"OB라고?"

"네 형님, 제가 광주 OB 젊은 식구들을 대부분 데리고 올라왔습니다. 그러니 당연히 OB죠. 두고 보십시오 형님, 광주 OB는 저 동재로 인해 전국적인 OB가 될테니까요."

번개는 놀라지 않을 수 없었다. 이동재는 어떻게 보면 김태촌이나 조양은 보다 한발 앞서 있었다. 아직은 서방파라는 이름속에 있는 김태촌이나 아직 이렇다 할 조직을 못만들고 있는 조양은에 비해 이동재는 광주의 한 전통조직을 그대로 승계했다는 자신감을 갖고 있었다.

"자네는 주먹이 뭐라 생각하나?"

번개는 이동재의 시선을 바라보며 질문을 던졌다. 추상적이고 어떻게 보면 모호한 질문이었다.

"뭐 별거 아니라고 생각합니다. 말로는 의리와 신의를 내세우곤 합니다만 사실 까놓고 우리 주먹 세계에 그런 것이 존재합니까? 형님 정말 의리와 신의라는 것이 있는 겁니까? 말로는 의리와 신의를 나불대지만 뒤에서는 항상 자기 이익과 자기 보신 그거 아닙니까"

이동재가 번개 앞에 자신의 속 마음을 털어 놓듯 말했다. 그 말에 번개도 딱히 대꾸할 말이 없었다. 사실이지 주먹세계라는 것이 그랬다.

"형님, 권력이 총구에서 나온다는 말이 있습니다. 모택동이 그랬다죠. 우리 주먹 세계엔 주먹 세고 무대포고 성질 불같으면 되는 것 아닙니까? 지금 전국에 한가닥 하는 선배들 중에 이 범주에서 벗어나는 선배가 있으면 얘기해 보십시오. 그럼 제가 그 선배를 할아버지로 모시겠습니다."

이동재가 입에 거품을 물듯 말했다. 번개는 이동재의 성격이 단순하면서도 직선적이라는 것을 알 수 있었다. 거기에다 그는 주먹 세계에 무엇인가 맺힌게 있는 것 같았다.

"번개, 여기 있었어?"

그때 광희가 테이블로 와 번개에게 말했다. 찾고 있었던 모양이었다.

"그래…… 무슨 일이야. 아 참 이 친구 동재라고 알지?"

"동재? 아 광주 OB의……."

광희가 이동재의 아래 위를 훑어 보며 말했다. 이동재가 자리에서 일어나 인사를 했다.

"이동재입니다."

"나 광희요."

두 사람이 손을 풀자 마자 이동재가 번개에게 말했다.

"형님, 저 이만 가보겠습니다. 반갑게 맞아주셔서 고맙습니다."

"다음에 보지. 반가웠네."

번개는 이동재와 악수를 나누고 광희가 이끄는 사무실로 갔다.

사무실은 번개가 자신의 개인 용무로 사용하는 작은 공간이었다. 그곳엔 테이블 하나와 작은 책상이 놓여 있었다. 그곳에 오종철이 와 있었다.

"번개?"

"아이고 예까지 어떻게……?"

번개는 오종철의 뜻밖의 방문에 놀라며 그를 반겼다.

"만나기가 대통령 만나기 보다 힘들어 찾아왔지 뭐야?"

"미안하게 됐어. 어떻게 하다보니 그렇게 됐군."

"태촌이 일은 어떻게 된거야. 그거 기준이 장난이지?"

오종철이 오기준을 걸고 넘어 갔다.

"장난은, 그들도 생각이 있었겠지."

번개가 두 사람 사이가 자꾸 멀어지는 듯해 우려하는 심정으로 말했다. 오기준과 오종철은 서로 화합할 수 없는 단계를 벗어나 있었다.

"그건 그렇고 나 시작했어."

오종철이 번개에게 통고하듯 말했다.

"시작하다니?"

"명동을 치는 일 말이야. 이미 양은이와 철희에게 오더를 줬어. 뒤물릴 수 없는 일이야. 어때? 참여할 거지?"

"벌써 거기까지 진행시켰단 말이지? 좀 빠른 것 같지 않나?"

"시간을 기다리다 보면 하 세월이야. 빠른 듯한 것이 늦은 것이라는 말도 있잖아."

오종철은 이미 모든 결심이 서 있는 듯 했다. 여기서 번개는 더 이상 물러 설 수 없었다. 자신이 주도적인 입장에 서 있지는 않았지만 오종철 혼자 고군분투하는 것을 지켜볼 수만은 없다는 생각이었다.

"알겠네. 내가 어떻게 도우면 되겠나?"

"하하, 역시 번개라니까. 다른 것 없어, 나와 번개가 힘을 합쳐 이번 일을 저질렀다고 해야 뒤가 수습이 될거야. 암암리에 알아보니 신상사의 배경이 보통 막강한 것이 아니더라고."

"한동안 주먹 랭킹1순위으로 군림했으니 어디와 손이 안닿을까, 박통까지도 선이 닿는 것 같던데……?"

"박통…… 그거 정말이야?"

오종철이 믿을 수 없다는 표정을 지었다. 그러나 그것은 사실이었다. 당시 신상사는 박정희 친족인 박재홍과 아주 가깝게 지내고 있었다. 그것이 신상사가 영남 주먹들과 가까이 하게 된 이유였다.

"육사출신 정걸 그리고 이승완 등과 종횡으로 연결된 인맥이 상상을 초월해 그런 변수도 생각해서 일을 꾸며야 할거야."

번개가 신중한 자세를 권했다. 오종철도 그런 번개를 이해한다는 듯 수긍하는 표정을 지었다.

"살필 것은 살펴야겠지. 그런데 아까 손님이 온 것 같던데……."

"동재라고 알지?"

"이동재 말인가? 그 친구가 왔었어?

"서울에 올라 왔다고 인사를 왔다는 거야."

"남현이형을 작살냈다지. 야 요즘 후배들 무서워서 이 생활 청산해야지 큰일났어."

오종철이 두 손을 들고 말했다. 확실히 이동재의 사고가 주먹세계에 충격을 준 모양이었다.

"정글의 법칙이니 어쩌겠어. 힘이 없으면 당하는 거지. 사실 우리가 꾸미는 일도 그런 케이스 아냐?"

"아니지. 동재건 하고는 다르지. 우리야 나와바리 확장이지만 동재는 내란 아닌가."

"내란?"

"그럼, 그것이 내란이지 뭐야? 그런데 이러고만 있을 거야. 술한잔도 안 주고?"

오종철이 목이 마렵다는 표정을 지었다.

"아 미안, 내가 지금 뭐하는 거야?"

번개가 종업원을 불러 귀에 대고 무어라고 말했다. 잠깐 열려 있는 문 저쪽으로 다리가 쭉빠진 아름다운 여자들의 춤추는 모습이 보였다.

제 9부

개전(開戰)

싸움의 승리는
정신력에서 시작된다.
그러나 그 정신력도 기예가 뒷받침
되지 않으면 허무하다.

- 신도환 -

1

일명 사보이호텔 사건.

75년 1월, 일단의 괴청년들의 기습을 받고 망신살이 뻗친 신상사는 전 조직원을 풀어 무교동에 근거지를 둔 호남계 주먹들의 색출 작업에 나섰다. 이만저만 망신이 아니었다. 신상사는 챙피스러워 매일 출근하다시피 하던 사보이호텔을 피해 근교에 있는 수정다방에 캠프를 차리고 동생들을 독려하고 있었다.

"어떻게 됐나? 그 놈들 다 어디로 간거야?"

신상사는 전화통을 잡고 이곳 저곳 독려를 하는 중이었다. 신상사가 당했다는 소식을 듣고 그의 동생들이 거의 총 출동해 오종철과 그 부하들을 찾고 있는 중이었다.

"이런 망신이 있나? 이 자식들 뭐 그런놈들이 있어."

신상사는 한쪽 자리로 와 앉으며 말했다. 그 앞에 박원선이 앉아 있었다.

"이봐, 흥분하지 마. 자네답지 않게 왜 이래?"

박원선이 지나치게 흥분하고 있는 신상사에게 자중을 하라고 말했다.

"형님, 제가 지금 흥분 안하게 됐습니까? 어제 그놈들이 제게 무슨 짓을 할려고 했는지 모르십니까?"

"모르긴 이 사람아, 호텔 커피숍과 로비가 박살나고 더구나 수일이가 병원에 입원까지 했는데."

김수일은 신상사의 처남으로 명동에서 사업을 하고 있는 중이었다. 그가 신상사를 만나러 왔다가 호남 주먹들에 의해 린치를 당한 것이었다. 세상에 일려졌던 사보이호텔 사건은 이것이 전부였다. 신상사는 그곳에 있지 않아 정면 충돌은 일어 나지도 않았었다. 그러나 이 사건은 엄청난 파장으로 주먹계 뿐만 아니라 사회에 파문을 일으키고 있었다.

▲백주대낮 호남계 주먹들 명동 신상사 공격 피습!

조선, 동아일보 등 유수의 일간지 뿐만 아니라 라디오는 거의 매 시간마다 이 사건을 사회면 톱뉴스로 보도하고 있었다. 마치 밤의 세계에 대전쟁이라도 일어 났다는 듯 전 언론이 호들갑을 떨고 있었다.

"형님, 이 신문들을 좀 봐요. 이게 뭡니까? 도대체 사보이호텔에서 뭔 일이 일어났는데 이 난리란 말입니까?"

신상사가 조간과 석간 신문을 탁자 위에 펼쳐 놓으며 말했다. 자신이 당한 것은 아니었으나 망신살이 뻗친 것은 사실이었다.

"결과보다도 시도를 주목하는 것 같아."

"시도라니요? 형님?"

"어제 사건을 밤의 세계 전쟁의 선전포고 정도로 보고 있는거지."

"형님, 선전포고는 무슨 선전포고입니까? 그 자식들 그짓 벌려놓고 모조리 내빼 코빼기도 보이지 않는데."

신상사는 분이 풀리지 않는다는 듯 씩씩거렸다. 사실 무교동 쪽으로 호남계 주먹들을 색출하러 보낸 신상사의 동생들 보고로는 호남계 주먹들 그림자도 볼 수 없다는 것이었다.

"더이상 충돌을 피하고 싶어서 잠수를 탔겠지. 메스컴이 저 난리를 치는데 잘못 움직이다가 된통 걸리는 수가 있을테니까 말야. 그런데 주모자가 누구야?"

"오종철이랍니다. 무교동 그 친구말입니다."

신상사가 물컵을 들어 마시며 말했다. 오종철은 그들도 익히 아는 자였다.

"역시 그 친구였군. 내 언젠가 사고칠 줄 알았다니까. 그런데 그 친구 혼자 이 일을 꾸몄단 말야?"

"혼자 했겠습니까? 호남파니 뭐니하는 그놈들의 야합이 있었겠죠."

"하긴, 근거도 없는 일개 무리를 갖고 천하의 신상사를 손 봐줄 수는 없겠지?"

"형님, 형님까지도 천하의 신상사니 뭐니 하니까 철모르는 어린 애들까지 나를 어찌 해보겠다고 날뛰는 것 아닙니까?"

"내 말뜻은 그게 아니고 참 태준이를 불러 보지 그래?"

박원선이 호남 주먹의 대부격인 송태준을 거론했다. 송태준은 박원선이나 신상사와도 알고 지내는 사이였다. 주먹 세계의 정상급들의 내면은 어떨지 몰라도 표면은 서로 통하는 사이였다.

"그렇잖아도 이곳에서 만나기로 했습니다."

"이곳에서……?"

"금방 올겁니다. 송태준이 한테 놈들을 찾아 내라고 하면 찾아내겠죠. 그 놈들을 가만 놔두지 않을 겁니다."

신상사가 들고 있던 물컵을 탁자 위에 내려치며 말했다. 생각할수록 화가 치미는 모양이었다.

"송태준이가 그런 일에 협조를 할까? 그 친구도 따지고 보면 명동에 감정이 있을텐데?"

"형님, 송태준이가 명동이나 저에게 감정 있을 게 뭐 있습니까? 그가 호남 주먹들의 대부라고 하니 만나보는 거죠. 협조를 하면 좋은 거고."

신상사와 박원선이 그런 얘기들을 하는 중에 다방 안으로 신상사의 동생인 상규가 들어왔다. 그는 김수일이 입원한 병원에서 오는 중이었다.

"형님?"

"그래 상규, 상태는 좀 어때?"

신상사가 자리에서 일어서며 김수일의 상태를 물었다.

"얼굴과 머리를 칼로 찍혀 찢어진 곳을 다 봉합했습니다. 다행히 뇌나 다른 곳은 크게 다친 곳이 없어 3주 정도면 퇴원할 수 있을 거랍니다."

"그래 그거 다행이군. 그리고 다른 사람들은?"

신상사는 김수일과 함께 있다가 당한 손님들의 상태를 물었다. 사보이호텔로 난입했던 자들은 손님들중에서 건장한 체격이다 싶으면 공격을 하고 본 탓에 김수일 외에도 다친 사람이 몇 명 있었다.

"그들도 크게 다치지는 않았습니다. 오늘 퇴원한 자도 있고요."

"알았다. 너는 병원으로 가 단속을 잘 하고 있어. 놈들이 그곳에 또 나타나면 안되니까. 하도 이상한 놈들이라 마음을 놓을 수가 없어."

신상사는 상규를 병원으로 다시 돌려보내며 말했다. 설마 설마 하다 당하고 보니 호남파에 대한 노이로제가 걸릴 정도였다. 그도 얼마전부터 무교동, 소공동을 중심으로 일단의 호남계 주먹들이 세를 이뤄 자신의 동생들과도 충돌을 하는 등 낌새가 좋지 않다는 것을 알고 있었다. 그러나 그들이 자신을 겨냥해 이런 사고(?)를 칠 줄은 꿈에도 생각하지 못했다.

"나 가게에 좀 가볼게. 너무 화를 내지는 말아. 철부지들의 치기라고 생각하고 말아."

박원선은 신상사에게 너무 신경쓰지 말라는 말을 하고 수정다방을 나섰다. 가게가 문을 열 시간이었다.

신상사.

육군 특무대 상사 출신으로 명동을 중심으로 주먹 생활을 하던 정팔의 압록강동지회에 들어가 중앙극장 기도를 거쳐 명동의 대표적 주먹이 되었던 신상사는 다방의 의자에 앉아 담배를 한 대 태워 물며 뒤틀린 심사를 달랬다.

김두한·이화룡·이정재 3강 시대를 거쳐 신상사·유지광·심종현(마쯔)의 후 3강 체제의 최강으로 군림하던 자신의 지난 날이 한 순간에 오욕을 뒤집어 쓰고 있는 모습을 참을 수 없었다.

"이놈들, 반드시 버릇을 고쳐 놓고 말겠어."

신상사는 손으로 성냥골을 몇개나 부러 뜨리며 시계를 자꾸 보았다. 송태준이 약속 시간에 정확하게 나타났다.

"일찍 나오셨습니다."

송태준이 알듯 모를듯한 미소를 지으며 신상사 앞에 와 앉았다. 신상사가 연배며 평소 형님이라고 부르는 사이였으나 요즈음 호남계 주먹들이 강성해지고 부터 조금 서먹서먹한 관계였다. 그러나 그들이 척을 질 일은 없었다.

"종철이 지금 어디 있는지 알지?"

신상사가 송태준에게 대뜸 오종철의 행방을 물었다.

"글쎄요. 종철이가 행방을 저에게 보고 하고 다니는 아이가 아니라서……."

"이거 왜 이래? 동생이 그 친구 행방을 모르면 누가 아나?"

"상현이 형님, 어제 그 일때문에 그러시는 모양인데 종철이가 그런 일을 저질러 놓고 여기저기 자신의 행방을 알리고 다니겠습니까? 어쨌든 형님 무사하신 것 보니 다행입니다."

송태준이 신상사의 아래 위를 훑어보며 위로(?)의 말을 했다.

"종철이 개 혼자 일을 꾸민 것 같지 않은데 혹시 자네나 기준이, 번개가 다 짜고 한거 아냐?"

"형님, 우리 호남 식구들이 뭐 나오는 게 있다고 형님 하나를 잡으려고 다 짜고말고 하겠습니까? 저희들끼리 싸우지나 않으면 다행이지요."

송태준은 입맛이 쓰다는 듯 말했다. 자신을 따르는 호남계 주먹들 중 오기준과 오종철의 갈등에 신경을 쓰다가 얼마전 광주에서 발생했던 안남현사건으로 그도 큰 충격을 받은 뒤였다.

"……?"

신상사는 송태준의 반응을 보며 이제까지 캐묻던 자세를 누그려 뜨렸다.

"물론 알지. 동생이 이번 일에 개입하지 않았다는 거 내가 왜 모르겠어? 그런데 오종철인가 개는 왜 그러는 거야? 자신이 밤의 대통령이라도 되겠다는 거야? 뭐야?"

"종철이 그 친구 다 좋은데 앞 뒤 안가리는 성격이 좀 문제입니다. 이번 일도 욱하는 마음에서 그랬을 겁니다. 지난번 월남뻰찌건도 있고."

"그 건은 내가 이미 사과를 해서 일단락 된거 아냐. 주먹이 그깟 일로 틀어져 이따위 짓을 한다는 것이 말이 되나 말야? 그리고 일을 저질렀으면 끝장을 볼 일이지 모조리 도망을 쳐 버리면 어쩌자는 거야?"

신상사가 답답하다는 듯 계속 말을 이었다. 상대가 싸움을 걸어 놓고 종적을 감춰버리자 천하의 신상사도 대책이 없는 모양이었다. 송태준은 오종철이 생각보다 영리하다는 생각을 하며 말했다.

"그 사건으로 언론들이 온통 난리를 치자 걔들도 놀라 숨어 버렸을 겁니다. 이럴 때 경찰에 잡혀 봐야 좋을 게 뭐가 있겠습니까?"

송태준은 신상사를 달래는 식으로 나왔다. 이번 거사는 명백한 실패였다. 신상사는 두눈 멀쩡하게 뜨고 공격에 나섰던 오종철과 그 수하의 주먹들을 찾아 내려고 혈안이 되어 있었다.

"그러니까 내가 미쳐 버리는 게 아닌가? 나를 전국적으로 개망신 시켜놓고 코빼기도 보이지 않으니 내가 돌아버리지 않게 생겼냐 그 말이야."

송태준은 신상사의 푸념을 들으며 한가지 미처 깨닫지 못한 것을 느꼈다. 그랬다. 오종철이 철희・조양은 등을 보내 신상사를 공격했던 작전은 실팼으나 소득이 적지 않다는 것을 느낄 수 있었다.

신상사의 동요…….

그것이었다. 언제까지고 계속 되기만 할 것 같던 신상사의 천하가 동요를 하는 것이 눈에 보이고 있었다. 더구나 언론은 사태의 본질을 보지 않고 주먹세계의 일대 쟁투로 명동파의 몰락을 소설쓰듯 쓰고 있었고 상대적으로 호남계 주먹들의 전면 등장을 예고해 주고 있었다. 그것을 송태준은 자신을 포함한 호남계 주먹들의 수확이라 생각했다.

"그건 그렇고 형님, 지금 경찰의 사찰이 저희들에게 집중되고 있습니다. 종철이와 관계없는 자들은 풀어 주시죠?"

송태준은 경찰의 밀착 감시가 강화된 것을 신상사의 작품으로 생각하고 있었다. 사실 그때 신상사는 자신이 알고 있는 모든 인맥을 동원해 호남계 주먹들에 압력을 가하는 중이었다.

박대통령의 조카되는 박재홍이 유용하게 사용된 것은 물론이었다.

"종철이 소식을 내 놓으면 풀어주지."

신상사가 송태준의 얼굴을 바라보며 말했다. 정치권과 연결된 주먹계의 파워도 명동이 한 수 위였다.

중정의 강승복 준장이나 문무희 과장 등이 뒤를 돌봐 준다 하더라도 권부의 최상층과 선이 닿는 명동을 당할 수는 없었던 것이다.

"종철이 소식을 알아보죠. 어제 사건은 이쯤해서 정리되었으면 좋겠습니다. 그럼……."

송태준이 신상사와 대화가 다 끝났다고 생각되었는지 자리를 떴다. 신상사도 그를 만류하지 않았다.

2

찬바람이 불고 있었다. 한해가 가고 또 다른 한해가 와 그 첫달이 쏜살같이 지나 가고 있었다.

시간이 악마의 이빨을 드러내 놓고 청춘과 인생을 파먹고 있다는 어떤 고승의 말을 떠올리며 남표는 여관 방바닥에 등을 대고 누워 있었다.

"음……?"

남표는 신음을 토해냈다. 방금 다녀 온 서대문형무소에서 본 동우와 민철의 모습이 눈에 아른거려 가슴속에 울화가 치밀었다.

사건이 생각보다도 훨씬 악성으로 진행되고 있었다.

"형님? 어떻게 되는 겁니까?"

미결사에서 1심 재판을 기다리고 있는 처지인 민철은 안절부절 못하고 있었다.

"판자촌 사람들 중 너와 형에게 결정적으로 불리한 증언을 한 사람이 나타나 일이 어렵게 꼬이고 있다. 나와 조변호사가 백방으로 뛰고 있으니 좀 참아 봐."

"형님, 도대체 어떤 미친놈이 내가 방화하는 것을 보았다고 증언을 했답니까요? 그게 말이나 됩니까요."

민철이 어이가 없다는 표정을 지으며 하소연을 했다.

"니가 불을 지르고 동우형이 옆에 서 있던 것을 봤다는 거야? 바로 너의 앞집에 세들어 살던 사람이었어."

"그 주태백이 장씨 말입니까?"

"맞아 장영종이라는 사람이었어. 너도 아나?"

"그 작자 알콜 중독자입니다. 정신도 왔다 갔다 하고요. 그런 친구가 어떻게 증인입니까? 형님께서 한번 만나 보시지 그러셨습니까?"

"조변호사 사무실의 직원들과 그 친구를 만나러 백방으로 애를 썼는데 실패했다. 내 다시 한번 찾아볼께. 너와 동우형이 무혐의로 나오려면 그 친구의 증언을 번복시키는 방법밖에 없어."

"형님, 그 방법 밖에 없다면 빨리 장영종을 찾으세요. 경찰이나 검찰은 소재를 알 것 아닙니까?"

"일단 다음 공판에 증인의 위증여부를 검증하는 반대 심문 절차가 있으니 만날 수 있겠지. 조변호사가 정말 열심히 뛰고 있으니 마음 편하게 먹고 기다리고 있어."

"동우 형님은 뵈었습니까?"

철민이 면회실 철창을 두 손으로 잡고 동우를 걱정했다.

"동우형은 웃는 얼굴로 너를 걱정하더라. 힘을 내, 필요한 것 다 영치했으니."

남표는 서대문형무소를 나와 청량리서 김반장을 만났다. 남표는 이 사건에서 혐의를 완전히 벗어 자유로워진 상태였다. 퇴근 이후 당직을 맡고 있던 김반장이 남표를 반겼다. 형사과 사무실 한쪽에 마련된 유치장 안에 잡범 몇명이 아무렇게나 앉아 있었다.

"증인이 나타나 공소유지가 된 모양인데 일이 이상하게 꼬이는 것 같지?"

김반장은 빈 의자 하나를 남표 앞에 밀어 놓으며 말했다.

"1반 작품 아닙니까?"

"이봐! 여기는 경찰서야. 그런 말을 가려서 해야지."

김반장이 1반 쪽을 바라보며 주의를 주었다. 1반은 모두 퇴근한 후였다.

"형님, 증인을 만나볼 수 없을까요?"

"변호사를 통했으면 증인 연락처를 알았을 게 아닌가?"

"연락처를 백방으로 수소문 해도 도저히 찾을 수 없었습니다. 1반에서 어디다 보호하고 있는 모양인데 말이죠."

"글쎄. 하긴 경찰이 수사상 중요한 증인을 보호할 수도 있으니까 그럴 수도 있겠지."

김반장이 동료 형사들의 눈치를 살피며 남표에게 말했다. 그 와중에도 몇명의 피의자들이 정복 경찰들과 사복형사들의 손에 끌려 와 당직반에 넘겨지고 있었다.

"형님, 어떤 수가 없을까요?"

"글쎄 증거없는 형사 사건에 목격자가 나타났으니. 그런데 그 증인이라는 작자가 정상이 아니라면서……?"

"네. 알콜중독자라는 말도 있습니다. 동네에서도 내놨던 인간인 모양이던데요."

"그럼 그 증인의 당시 현장부재증명을 확인해 봐. 역으로 말이야."

김반장이 남표의 귀에 대고 속삭이 듯 말했다. 증인의 알리바이를 역 추적해 보라는 말이었다.

"저와 조변호사의 사무실에서도 그 점을 중점적으로 살펴보았는데 단서를 찾을 수가 없었습니다. 불이 났던 그 시간에 증인의 행적이 오리무중이예요."

"답답하군. 불은 났고 목격자가 있고……."

남표는 도움을 주지 못해 미안해 하는 김반장을 남겨 놓고 사건 현장으로 가 다시 한번 증인의 그날 행적을 아는 사람들을 탐문하다 숙소로 사용하는 여관으로 돌아와 있었다.

"전화입니다."

남표는 방문 앞에서 어디선가 전화가 온 것을 알려주는 종업원의 말에 주인방으로 가 전화를 받았다.

전화가 귀하던 시대라 중급 호텔도 방마다 전화기를 달지 못하던 시대였다.

"아 조변호사님?"

"그 친구 소재를 알아냈어요."

조변호사가 밝은 목소리로 전화를 했다.

"그래요? 그곳이 어디입니까?"

남표도 덩달아 들뜬 목소리로 반문을 했다.

"주소는 정확히 모르고 검찰에서 연락이 되는 전화번화를 알아냈습니다. 전화번호가……."

"네 불러 보시죠?"

남표는 전화기 옆에 있는 볼펜과 메모지를 들고 전화번호를 적었다.

"조심스럽게 접근해야 됩니다. 형사 소송법상 증인에 대한 협박이나 위해를 엄격히 규제하고 있어 잘못하면 접근하지 않느니만 못하니 말입니다. 현장부재증명과 할 수 있으면 증인이 증언 능력이 없는 사람임을 밝혀낼 수 있으면 더욱 좋을 것입니다."

남표는 조변호사와 통화를 끊고 주인의 양해를 얻어 메모에 적은 번호로 전화를 했다.

"아, 여보쇼?"

"……?"

남표는 수화기 저쪽에서 들려오는 목소리를 듣고 전화를 끊었다. 그 목소리는 놀랍게도 강상수였다.

눈이 내리고 있었다. 오래간만에 보는 눈이었다. 기상대 발표로도 몇년만에 처음 있는 적설량이라는 보도였다. 도로 위의 차들이 엉금엉금 기어 다니고 있었다.

등교길에 나선 검은색 교복의 남학생들이 장갑낀 손으로 눈을 단단하게 만들어 동료들의 등과 가방 등을 맞추며 즐거워 하고 있었다.

밤새 눈이 많이 내려 있었다. 남표는 종암동의 작은 셋방을 얻어 옮겨 놓은 오미령에게 전화를 한통 하고 오일도 사무실을 찾았다.

셋방에 어울리지 않는 전화였지만 오미령이 최만동과 살때부터 있었던 전화였기에 장소를 옮겨 놓은 것이었다.

"남표……."

"네 사모님."

"별고 없지? 그 일은 잘돼?"

"네. 걱정하지 마시고 편하게 계십시오. 일보고 한번 들르겠습니다."

"남표 1분만 더 하자. 눈이 많이 왔나 보지?"

"아직 눈 구경을 못하셨습니까?"

"지금 일어나니까 경자가 그러는 거 있지. 밤새 눈이 많이 왔다고, 차들이 잘 다니지 못할 정도라고. 아이들이 눈을 뭉쳐 눈싸움을 한다고 정말 그래?"

"네, 까까머리 고등학생들이 등교길에 눈 싸움을 하는군요. 눈이 밤고구마 처럼 단단하게 뭉쳐집니다. 조금 있다 옷을 튼튼하게 입고 경자씨와 밖에 한번 나가 보십시오. 이따가 뵙겠습니다."

남표가 오일도 사무실에 들어서자 오일도는 물론 강상수와 그의 동생들이 기다렸다는 듯 반겼다. 특히 강상수의 표정에 음흉한 미소가 감돌았다.

"나를 보자고 했다고?"

오일도가 남표를 보고 말했다. 그는 손톱깎기로 자신의 손을 다듬고 있었다. 남표가 자신을 찾은 것이 뜻밖이라는 표정이었다.

"형님과 단 둘이 얘기하고 싶습니다."

남표가 강상수와 주변을 물리쳐 달라는 말을 했다.

"나와 할 말이 있다고……?"

"형님, 안됩니다. 이 새끼 무슨 짓을 저지를지 모릅니다."

강상수가 펄쩍 뛰며 나섰다. 일대 일 대면은 절대로 안된다는 투였다.

"나둬 봐. 대신 갖고 있는 연장을 탁자 위에 내려 놓아라. 가능 하겠나?"

오일도가 손톱깎기를 뒤로 던져 버리면서 남표를 응시했다. 선택을 하라는 투였다.

"그러겠습니다."

남표는 허리춤에 차고 있는 칼을 풀어 탁자 위에 올려 놓았다. 강상수가 그 칼을 집어 주변들을 데리고 밖으로 나갔다. 실내엔 두 사람만이 남아 있었다.

"그래 나를 다시 찾아온 이유가 뭐냐?"

오일도가 단도직입적으로 말했다. 더 이상 남표에 대한 어떤 미련을 버린 듯 했다. 그러나 그가 남표를 만나준다는 자체가 오일도의 애정 표현인지도 몰랐다.

"형님, 장영종을 형님이 데리고 있는 이유가 뭡니까?"

"장영종이라니? 그게 누군데……?"

"장영종을 모르신다는 말입니까? 청계천 판자촌 방화사건의 목격자로 그가 나서는 바람에 민철과 동우형이 지금 방화범으로 빵에 가 있습니다."

"그런 일이 있었나? 그런데 장영종을 내가 데리고 있다니 그것이 무슨 소리인가?"

오일도는 금시초문이라는 표정을 지었다. 그 모습에 남표도 의아해질 수 밖에 없었다.

"상수형이 민철과 동우형을 방화범으로 모는 장난을 쳤습니다. 물론 저까지 빵에 보내려 엮으려 한 거죠. 장영종이라는 목격자를 내세워 민철과 동우형이 곤란을 겪고 있습니다."

"가만히 있어 봐. 그러니까 상수가 판자촌에 방화를 하고 남표너와 민철에게 덮어 씌우려 했다는 말인가? 목격자까지 바지로 세워서?"

오일도가 믿을 수 없다는 듯 재차 물었다.

"그렇습니다. 한 치도 틀림없는 사실입니다."

"지금 재판중이란 말이지?"

"네, 몇일 후면 심리공판이 열립니다."

"검찰이 목격자를 증인으로 채택했나?"

"네. 공소유지가 급급한 검찰이라서 앞 뒤 안가리고 그 자를 증인으로 채택해 곤란하게 됐습니다."

"그 증인을 지금 상수가 보호하고 있다는 말이 사실인가?"

"네 형님, 검찰에서 이 사건을 맡은 변호사가 간신히 알아낸 증인의 연락처에 이 전화번호가 있었습니다."

남표는 수첩에 적힌 전화번호를 보여 주었다. 오일도가 그 번호를 보더니 저으기 놀랐다.

"맞다. 이 번호 얼마전 내가 상수에게 놔준 번호야. 음…… 남표, 일단 오늘은 돌아가라. 내가 조금 더 알아보고 연락을 하마. 변호사 사무실이 어디라고?"

"조윤형 변호사라고 광화문에 있습니다."

"알았다. 음…… 나도 이제 은퇴할 때가 된 모양이다."

오일도는 시트에 머리를 기대고 한 손바닥을 이마 위에 댔다. 골치가 아픈 모양이었다. 자신도 모르는 사이에 자신의 조직에서 이런 엄청난 음모(?)가 벌어지고 있는 것을 까맣게 모르고 있었던 것이다.

"형님, 명동에서 형기형이 왔는데요?"

밖에 나가 있던 강상수가 느닷없이 들어오며 말했다. 윤형기는 신상사의 측근으로 오일도와도 안면이 있는 사이였다. 오일도가 몇년 후배였다.

"형기형이 어쩐 일이십니까?"

오일도가 자리에서 일어나며 윤형기를 맞았다. 참모로써 신상사의 절대적 신임을 받은만큼 몸가짐이 반듯한 신사가 바로 그였다.

"연락도 없이 와서 미안합니다."

윤형기가 오일도에게 하대를 하지 않고 존칭어를 쓰는 이유는 한 조직의 보스에 대한 예우였다.

큰 조직이라고 해서 작은 조직들을 억누르지 않는 것이 명동의 특성이었다.

"형도 참, 별말씀 다 하십니다."

"다른 이유는 아니고 몇일전 있었던 사건 때문에 왔는데 혹시 종철이와 그 동생들 소재를 아는지 해서……?"

오일도는 사보이호텔 사건으로 명동이 총력을 기울여 호남계 주먹들을 찾아 나섰다는 것을 알 수 있었다. 오일도 자신도 사보이호텔 사건 소식을 듣고 놀라고 있던 터였다.

3

사보이호텔을 공격한 후 조양은은 중림동의 한 가정집에 동생들 몇명과 은거하고 있었다. 작전은 실패나 마찬가지였다.

처음 계획했던 신상사의 터럭도 건들지 못하고 그 동생 한명과 시민들 몇명에게 중상을 입혀 전국 경찰의 신경만 건드린 꼴이 되어 있었다.

"형님, 다 잘되었는데 재수 나쁘게 신상사가 없는 바람에, 틀림없이 커피숍에 있다는 것을 확인했었는 데도 어찌 일이 그렇게 되었는지 모르겠습니다."

방안에 웅크리고 앉아 있던 박기창이 분하다는 듯 말했다. 십년 공부가 다 헛되고 말았다는 표정이었다.

"신경쓰지 말고 잠이나 자둬라. 다음에 또 기회가 있겠지."

조양은이 베개를 끌어다 베고 벽쪽을 바라보며 말했다. 그도 모처럼 대어(?)를 낚을 수 있는 기회가 눈앞에서 사라진 것이 분하고 안타까웠다.

"다음에 또 입니까?"

박기창의 옆에 앉아 있던 성민기가 말했다. 작전에서 망을 보았던 친구였다.

"기회가 또 오지 않겠나? 그 때가 오면 피하지 않겠다. 그런데 종철이 형님하고는 왜 연락이 안되는 거야?"

조양은이 거실쪽에 대고 큰 소리로 말했다. 그 쪽에도 사람들 몇 명이 소파 위에 앉거나 누워 있었다.

"연락이 전혀 안되는 데요. 형님……."

"그래 업소나 숙소에도……?"

"업소는 문을 닫았는지 아예 전화도 안받고 숙소도 마찬가지입니다."

"……?"

조양은은 그 짧은 시간에도 수많은 생각이 머리속을 맴돌았다. 사태가 심각해져 있는 모양이었다. 나빌라가 문을 닫았다면 명동의 반격이 분명할 터였다.

"형님, 승봉이입니다."

"빨리 들어오라고 해."

조양은은 시내로 사태의 전개를 파악하고 오도록 내보냈던 강승봉이 돌아오자 반갑게 맞이했다. 강승봉은 막내뻘의 동생이었다.

"형님, 다녀왔습니다."

"그래 어떻게 됐나?"

"헉…… 형님……."

강승봉이 목이 타는지 숨을 헐떡 거렸다.

"야, 물좀 줘라."

조양은이 말하자 박기창이 물주전자를 강승봉에게 건네 주었다. 그가 벌컥 벌컥 물을 마시고 말했다.

"신상사가 수정다방에 캠프를 치고 우리를 잡겠다고 서울 전 지역에 조직원들을 풀었답니다."

"서울 전역에?"

"네, 그리고 경찰이 난리가 났습니다. 이 신문들 좀 보십시오."

강승봉이 손에 들고 있던 몇개의 신문을 내놓았다. 사회면마다 사보이호텔 사건을 대서특필하고 있었다.

"대단하군. 살인사건이 난 것도 아닌데……?"

조양은은 신문을 펼쳐들며 놀라움을 표했다. 따지고 보면 사보이호텔 사건은 주먹세계에서 늘상 있을 수 있는 단순 폭력 사고라 할 수 있었다.

사람 몇이 다치고 기물이 조금 부서진 것이 전부였다. 그러나 세상이 받아들이는 모습은 그것이 아니었다.

"형님이 완전히 스타가 되었습니다. 주먹계뿐만 아니라 여러 사람들이 커다란 관심을 갖고 바라보고 있던데요."

강승봉이 엿듣고 보고 온 것들을 얘기했다. 고인물이 썩는다는 말처럼 세상은 지나친 장기집권(?)을 식상해 하고 있다가 이번 거사에 환호(?)를 보내주는 것 같았다.

"신상사는 그렇다해도 경찰은 왜 난리를 치는 거야? 지나치게 과민 대응을 하고 있지 않나?"

조양은이 언론과 함께 경찰까지 덩달아 달아 올라있는 이유를 물었다.

"언론이 너무 시끄러우니까 그러는 거겠죠. 형님 이제 어떡하죠?"

"내가 생각해 볼테니 너는 저쪽 방에 가서 쉬고 있어."

조양은은 강승봉을 다른 방으로 보내놓고 박기창을 불렀다.

"기창이 너는 말야."

"네 형님."

"애들에게 단단히 교육시켜. 앞으로 얼마 동안은 개별 행동을 금하고 가급적 시내 출입을 삼간다. 그리고 꼭 시내에 나갈 일이 있으면 3인 이상 조를 이뤄 행동한다. 알았지?"

"네 형님, 그렇게 지시를 하겠습니다."

"형님, 큰형님 전홥니다."

조양은이 박기창에게 앞으로의 주의 사항을 말하기가 무섭게 거실에서 부르는 소리가 들렸다. 오종철의 전화였다.

"네 형님…….'

조양은은 수화기를 들고 오종철의 얘기를 들으며 고개를 끄덕였다. 동생들의 시선이 일제히 조양은에게 쏠렸다.

"네 형님 그러겠습니다."

조양은은 수화기를 내려놓고 자신의 자리로 와 자리를 잡았다.

"큰형님께서 뭐라고 하십니까?"

박기창이 궁금한 듯 참지 못하고 질문을 던졌다.

"상황이 안좋다고 자중하고 있으라는 말이지 뭐겠어."

"큰형님은 염려 없으시겠죠."

"우리 일이나 신경 쓰자. 그리고 너 서방파 얘기 들어 봤나?"

조양은이 갑자기 화제를 바꾸어 서방파를 거론했다.

"서방파라니요, 형님?"

박기창이 무슨 말이냐는 듯 반문을 했다.

"서방파가 요즘 엄청나게 크고 있다면서?"

"아 무슨 말씀이라고…… 사실 지금 서울에서 욱일승천하는 조직중의 하나가 바로 서방파 아닙니까. 오기준·박영장·김봉수, 거기다 번개까지 힘을 합하고 있다는 말이 있으니까요."

"김태촌이 가장 잘 나간다면서……?"

"서방파의 행동대장이니까요. 거기다 신민당 사건으로 전국구가 되었고요. 참 이번 사건으로 형님도 명실상부한 전국구가 아닙니까?"

"전국구? 내가……?"

"아, 형님 전국구가 별겁니까? 전국적으로 통하면 전국구지. 이번 사보이호텔 사건으로 형님은 명실상부한 전국구가 된것입니다. 저희들은 그런 형님 밑에서 건달 생활을 하게 된 것이 영광이고요."

박기창이 조양은의 동생임이 자랑스럽다는 듯 가슴을 펴고 말했다. 그랬다. 75년 1월에 있었던 사보이호텔 사건은 별다른 사고가 없었음에도 사회와 주먹세계에 미친 영향은 엄청난 것이었다. 그것은 넘어 설 수 없었던 그 세대 주먹의 거대한 벽의 균열을 예고하는 것이었고, 바야흐로 3세대 건달들의 출현을 등장시키는 무대였던 것이다.

신상사의 오종철과 조양은의 탐문은 집요하게 계속되었다. 명동의 주먹들이 저녁이면 무교동으로 넘어 와 업소나 당구장 등을 뒤지고 다니는 통에 무교동이 명동에 접수된 것이나 마찬가지였다. 심지어 불량(?)스럽게 생겼다는 이유 하나로 명동으로 끌려가 매타작을 당하는 청년들이 있을 정도였다.

"형님 저쪽 음악다방에 좀 가 있죠?"

"그래 다리도 아프고."

조양은은 강영신 한 명을 데리고 무교동에 나와 돌아다니고 있었다. 은신생활도 지겹고 또 불어난 동생들과 살아갈 생활비도 벌어 써야 할 형편이었기 때문에 한세월 방에서 시간을 보낼 수도 없었다.

쉘브르.

두 사람이 들어간 음악다방은 한참 신인으로 등장하고 있는 통기타 가수들이 노래를 하는 다방이었다. 송창식이니 윤형주니 하는 가수들이 거의 매일 출연하고 있었다.

"형님, 이번 일로 형님 이름을 모르는 사람이 없을 정도입니다. 일이 매끄럽게 되지는 않았지만 형님에게는 전화위복 아니겠습니까?"

"전화위복?"

조양은이 멀리 무대위의 의자에 앉아 노래를 부르고 있는 한 여가수를 바라보며 말했다.

"네, 형님. 별다른 사고도 치지 않고 단숨에 전국적인 이름을 얻기가 어디 그리 쉽습니까? 상대를 너무 절묘하게 골랐던 것 같습니다. 신상사가 아닌 다른 그 어떤 대상을 택했다 하더라도 이 정도 조명받는다는 것은 어림 없었을 겁니다."

조양은은 강영신의 말을 귓전으로 흘리며 탁자 위에 누군가 보다 놓고 간 듯한 잡지를 뒤적거렸다. '주간경향'이라는 선정적 주간지였다.

▲밤의 세계에 지각변동이 온다!

검은 고딕체의 활자로 뽑은 제목이 한참 인기를 끌고 있는 톱스타인 문희의 수영복 사진을 바탕으로 뚜렷하게 나와 있었다. 방송신문 순서가 지나고 나자 3류 잡지까지 사보이호텔 사건을 흥미위주로 편집보도하고 있었다. 사건의 여파를 실감할 수 있는 대목이었다.

"양은이파……?"

조양은은 관련기사를 읽다가 자신의 이름을 딴 조직이름이 활자화 된 것을 보고 마음이 묘했다. 이제 싫던 좋던 자신은 양은이파의 보스가 되어 있었고, 세상은 그를 그렇게 보고 있었다.

"형님, 지금 바깥에서 무슨 얘기가 도는지 아십니까?"

"무슨 얘기가 도는데……?"

"주먹 세계에 3대 패밀리 시대가 왔다는 말이 있습니다."

"3대 패밀리라니 그게 무슨 말이야?"

"패밀리 곧 식구라 그말 아닙니까? 3대 조직이란 그말이죠."

강영신이 신이 나는지 흥분을 감추지 못하며 말했다.

"3대 조직 그게 어떤 조직인데?"

조양은은 별다른 흥미를 느끼지 못했으나 궁금한 점이 있어 물었다.

"서방파, OB파, 양은이파 이 3개 조직을 세상에서 3대 패밀리라고 부르고 있다 이말입니다."

"……."

조양은은 강영신의 그 말에 가슴 한쪽이 뜨끔하는 것을 느꼈다. 생각보다 무엇인가가 너무 빠르게 진행되는 느낌이었다.

빨리 떠오르는 타켓은 먼저 표적이 된다는 것을 잘 알고 있는 까닭에 조양은은 이 시점에서 한 번 숨을 골라야 한다는 생각을 했다.

"영신이 너 서울 근교 가까운 곳에 아는 사람 좀 없나?"

"서울 근교에 말입니까? 그리 멀지 않은 친척이 고양쪽에 한 분 살고는 있는데요."

"그래. 그럼 너 그 친척집에 가서 혼자 기거할만한 방좀 하나 알아봐."

"형님이 쓰실려고요?"

"누가 쓰던 깨끗한 건 좀 그렇더라도 조용하고 한적하면 돼. 그런데 저 친구 누구야?"

조양은은 출입구로 걸어 들어오는 몇몇의 청년들을 보고 자신의 눈을 의심했다. 광주에서 활동하던 이동재가 다른 어깨들을 데리고 다방 안으로 들어서고 있었기 때문이다.

"형님 누굽니까? 명동애들입니까?"

강영신이 긴장을 하며 그들을 주시했다. 강영신은 이동재와는 아직 안면이 없는 사이였다.

"동재야, 광주에서 올라 왔다더니 여기서 만나는군."

조양은이 싸늘한 눈초리로 이동재를 쏘아보았다. 안으로 들어오던 이동재가 조양은의 시선을 느끼고 쳐다보았다. 순간 그는 얼굴에 작은 미소가 스쳤다.

"오, 이거 누구야. 양은이 아냐?"

이동재가 뜻밖이라는 표정과 약간 재미있다는 표정을 지으며 조양은 앞으로 걸어오며 말했다.

"서울에 홀로 왔다더니 여기서 보는군?"

조양은이 의자에서 몸을 빼기 편한 자세를 취하며 말했다. 안남현이 당한 사건으로 인해 그의 감정이 좋을 수가 없었던 탓이다.

"왜? 나는 서울에 올라오면 안되고 너는 돼나?"

이동재가 조양은에게 노골적으로 시비를 걸듯 말했다. 이동재는 광주에서도 조양은을 인정하지 않으려는 경향이 있었다.

"지금 뭐하는 거야?"

강영신이 자리에서 벌떡 일어나며 소리쳤다. 금방이라도 칼을 뽑아들 기세였다.

"이 새끼가 어디 겁대가리 없이 눈깔을 깐다냐? 까길……?"

이동재의 뒤에 서 있던 사내들이 앞으로 나서려 했다. 2대 6의 상황이었다.

"영신이 너 잠깐 앉아 있어. 동재 그래 나에게 할 말이 있나?"

조양은이 강영신을 진정시키고 자리에서 일어나 이동재의 시선을 쏘아 보았다. 순간 두 사람의 눈에서 인광이 떨어지는 듯했다.

"있지."

이동재가 선 자세에서 담배를 꺼내 물었다. 그의 담배 끝에 부하 하나가 금색 라이터를 켜 불을 붙혔다. 언제 앞 사람의 얼굴을 향해 날아 올지 모를 담배였다.

"그게 뭔가?"

조양은이 이동재와 부하들의 움직임을 한 눈에 담으며 반문했다.

"나의 식구들에게 손을 대지 않았으면 좋겠다."

"나의 식구……?"

"OB식구들은 다 나의 조직이니 넘보지 말라는 말이다."

이동재는 자신과 뿌리가 같은 조양은의 동생들을 염두에 둔 말인 듯 했다.

"웃기는 얘기군. 나는 그렇게 하지 못하지."

"못해?"

"그래, 못한다면 동재 니가 어떡할 건데?"

"호……!"

이동재가 한쪽 어깨를 으쓱 하면서 뒤로 한 발 물러섰다.

조양은이 테이블 쪽에서 통로로 내려와 이동재의 시선을 응시했다.

70년대 후반 한국의 밤의 세계를 피로 물들였던 OB파와 양은이파의 보스 조양은과 이동재 —그 숙명의 라이벌이 무교동의 한 음악 다방에서 싸늘하게 마주 보고 서 있었다.

〈2권에 계속〉

전국을 누비며 여자화투기술자로서 명성을 떨친 서 미리엄-
누가 이 여자에게 돌을 던질 것인가? 도박의 시초는 묻지 말자.
누구의 유혹에 빠졌든 육욕에 눈이 멀었건 그 이유는 캐묻지 말자.
어느 미모의 여자도박사 25시!

충격! 베스트 셀러 1위

머물고 싶었던 날들

서 미리엄/장편현장소설

신국판/정가 8.500원
전국 유명서점 판매중

육체의 노예가 될 수 밖에 없었던 한 여자의
원색적인 사랑, 그녀는 그렇게 살아가고 있었다.

나의 전생은 무엇이며 사후에는 무엇으로 환생할 것인가?

● 영혼이란 무엇인가?
● 전생의 안연은 무엇인가?
● 사람은 왜 죽어야만 하는가?

영혼과 전생이야기

〈전3권〉
안동민/편저

왜 내 인생은
이다지도 고달플까?
죽지도 살지도 못할 인생이라면
당신에게도 희망은 있다!!

이런 사람들은 지금 운명을 바꿔라

➡ 임신 · 출산을 못해 고민하고 있는 분
➡ 돈에 허덕이거나 사업이 부진한 분
➡ 취직이나 시험운이 없다고 생각되는 분
➡ 밤의 여인들이나 주벽, 도벽이 있는 분
➡ 원인모를 병에 시달리고 있는 분
➡ 역마살이 끼었다고 생각되는 분
➡ 인생이 콱 막혀버려 자살 직전에 있는 분
➡ 가운이 쇠퇴하거나 몰락직전에 있는 분
➡ 부부간에 애정이 없거나 별거 · 이혼 직전에 있는 분
➡ 형제간에 불화와 반목이 계속되는 분
➡ 자살자가 많은 집안의 고민을 갖고 있는 분
➡ 수십번 맞선을 봐도 성사되지 못하는 분
➡ 교도소를 자기 집처럼 드나드는 분

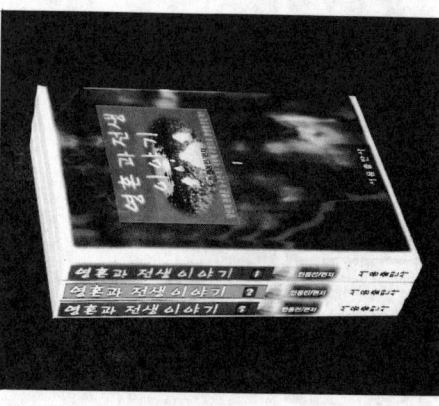

정가 8,500원
전국유명서점판매중!

서음출판사
TEL : (2253)5292~3